Jan Zweyer

Glänzender Tod

Kriminalroman

Bibliografische Information der Deutschen Nationalbibliothek: Die
Deutsche Nationalbibliothek verzeichnet diese Publikation in der
Deutschen Nationalbibliografie; detaillierte bibliografische Daten sind
im Internet über http://dnb.dnb.de abrufbar.

Herstellung und Verlag:
BoD – Books on Demand, Norderstedt

ISBN: 978-3-752-67346-3

Covergestaltung: Jan Zweyer

Der Autor

Jan Zweyer wurde 1953 in Frankfurt am Main geboren. Mitte der Siebzigerjahre zog er ins Ruhrgebiet, studierte erst Architektur, dann Sozialwissenschaften und schrieb als ständiger freier Mitarbeiter für die Westdeutsche Allgemeine Zeitung. Er war viele Jahre für verschiedene Industrieunternehmen tätig. Heute arbeitet Zweyer als freier Schriftsteller in Herne.

Nach zahlreichen zeitgenössischen Kriminalromanen hat er sich mit der Goldstein-Trilogie Franzosenliebchen, Goldfasan und Persilschein das erste Mal historischen Themen zugewandt. Es folgte die von Linden-Saga, eine Familiengeschichte aus dem Ruhrgebiet (bisher fünf Bände, zuletzt: Schwarzes Gold und Alte Missgunst, Ein Königreich von kurzer Dauer, beide Grafit-Verlag).

In der **Reihe Wiederaufgelegter Bücher** werden verlagsseitig vergriffen Texte von Jan Zweyer als Buch und eBook neu veröffentlicht. Der Originaltext unterliegt jetzt den neue Rechtschreibregeln. Inhaltliche Veränderungen wurden nur in Ausnahmefällen vorgenommen.

Die Hauptpersonen

Jean-Paul Büsing, freiberuflicher Versicherungsdetektiv, hat einen neuen Auftrag

Claudia Weber hat sich von ihm scheiden lassen

Bastian Büsing, einziger Sohn der beiden, hat Probleme

Marlene Schneider, Oberstaatsanwältin, hat Informationen

Dr. Heinz Dermöller hat eine Führungsposition in einer Versicherungsgesellschaft inne

Gerd Tillmeier, Kunsthändler, hatte einen Segelunfall

Joszef Jaronka hat den Unfall definitiv nicht überlebt

Sonja Tillmeier, geborene **Jaronka,** hat eine Kunstgalerie

Gyula Jaronka und **Lászlo Jaronka,** Brüder von Sonja, hatten nur einmal Glück im Leben

Géza Narócy, Freund der Familie Jaronka, hat nicht viel zu sagen

Maria Hadju, ungarische Polizistin, hat mehrere Morde aufzuklären

Jussuf Barachi, Wiener Kunsthändler, hat Humor

Andreas Huber hat die Geschäfte Barachis zu führen

Steininger, Staatsschützer aus Wien, hat viel Ärger

Slobodan Mirkovac, Händler, hat eine Münzsamm-
lung

UTINAM·EA·MODESTA·SUPELLEX·TIB·O·SEVSO·
MULTOS·PER·ANNOS·SERVENTUR·
ET·QUOQUE·LIBERIS·TUIS·USUI·SIT

The Times (London, 30.8.2000, Seite 28):

Kunstauktion gescheitert?

(Eigener Bericht) Eine von dem bekannten Londoner Auktionshaus Sotheby's geplante Versteigerung wertvoller Antiquitäten musste kurzfristig abgesagt werden. Wie unser Reporter aus zuverlässiger Quelle erfahren hat, soll es sich bei den Verkaufsobjekten um Teile eines antiken Geschirrs handeln. Ein Richter hatte gestern in einem nicht-öffentlichen Schnellverfahren entschieden, die Sammlung dürfe so lange nicht zum Verkauf gelangen, bis die tatsächlichen Eigentumsverhältnisse geklärt seien. Anscheinend sind Zweifel an der Echtheit der Herkunftszertifikate aufgekommen. Daher hatte das Kulturministerium interveniert und das Verfahren angestrengt. Die Sammlung wurde vorläufig beschlagnahmt.

Londoner Kunsthändler sagten, es hieß, dass der Wert der zur Versteigerung kommenden Sammlung einige Millionen Pfund betrage. Auf Anfragen unserer Redaktion entgegnete Tom Bailery, Sprecher des Auktionshauses, dass es erklärte Geschäftspolitik seines Hauses sei, Gerüchte dieser Art weder zu bestätigen noch zu dementieren. Bailery wörtlich: »Der Name Sotheby's stand schon immer für Diskretion. Und daran wird sich nichts ändern.« Bailery gab jedoch bekannt, dass Sotheby's im Namen des Besitzers Einspruch gegen den Beschluss des Gerichts einlegen werde. »Die Dokumente wurden von uns geprüft«, sagte der Sprecher des Auktionshauses. »Nach unserer Meinung sind sie über jeden Zweifel erhaben.« Darüber wird nun das Hauptverfahren zu entscheiden haben.

Erster Teil

1

Mozart brachte mir ein Ständchen. Ich drehte mich auf die andere Seite und zog mir die Decke über die Ohren.

Die Erinnerung an die gestrige Nacht drängte sich mir in mein Bewusstsein. Ich hatte Claudia, meine Ex, getroffen. Und wie immer, wenn ich Claudia traf, war es um Bastian gegangen. Unser fast neunzehnjähriger Sohn war so ungefähr das einzig Brauchbare, was aus unserer kurzen Beziehung hervorgegangen war. Und wie immer, wenn es um Bastian ging, hatte es Streit gegeben.

Ich zog die Decke noch ein Stück höher und bemühte mich, das Gedudel zu ignorieren. Vergeblich. Mozart spielte weiter. Vorsichtig blinzelte ich mit dem linken Auge. Es war taghell. Der Funkwecker blinkte mir die Uhrzeit entgegen. Zehn vor elf. Die ersten Takte der ›Kleinen Nachtmusik‹ wiederholten sich penetrant. Meine Hand tastete auf dem Nachttisch herum, fegte die halb volle Seltersflasche auf den Boden und fand das Mobiltelefon.

Stöhnend richtete ich mich auf. »Ja?«

»Sind Sie dran?«

Es dauerte einen Moment, bis ich die Stimme zuordnen konnte. »Wer sonst?«

»Liegen Sie etwa noch im Bett?«

Ich schluckte eine ungehörige Bemerkung herunter. »Um was geht es?«

»Um eine Lebensversicherung über drei Millionen.«

»Viel Geld.«

»Das sehen wir auch so. Deshalb brauchen wir Ihre Hilfe. Wann können Sie hier sein?«

Es dauerte einen Moment, bis ich mich gedanklich so weit sortiert hatte, dass ich mir meine Pläne für den Tag vergegenwärtigen konnte. »Nicht vor zwölf.«

»Dann bis um zwölf.« Dermöller legte auf.

Langsam schraubte ich mich aus dem Bett und schlurfte ins Badezimmer. Helles Sonnenlicht durchflutete den Raum. Mit beiden Händen stützte ich mich auf die Kante des Waschbeckens und warf einen Blick in den Spiegel. Was ich sah, gefiel mir nicht besonders. Ein Gesicht undefinierbaren Alters – dabei bin ich erst siebenundvierzig –, einen nackten Körper, den als trainiert zu bezeichnen bei unvoreingenommenen Beobachtern Lachsalven auslösen würde, einen Dreitagebart mit Wachstumslücken und einen recht stattlichen Bierbauch. Mir fielen bei dieser Inspektion alle meine guten Vorsätze ein, die ich mit schöner Regelmäßigkeit in den Neujahrsnächten fasste und die bereits am nächsten Morgen erfolgreich verdrängt waren: weniger trinken, gesünder ernähren und vor allem mehr Bewegung.

Das lauwarme Wasser der Dusche tat gut. Zwanzig Minuten später war ich so weit wiederhergestellt, dass ich mich in die Öffentlichkeit wagen konnte.

Ich beschränkte mein Frühstück auf eine Tasse koffeinfreien Kaffee, verschloss die Tür zu meinem Appartement und stieg unten auf der Straße in meinen Mercedes, um Dermöller von der Versicherungsgesellschaft, die mir meinen Lebensstandard sicherte, in Essen aufzusuchen.

Ich bin Versicherungsagent und wohne in der Nähe des Revierparks Gysenberg in Herne. Natürlich bin ich nicht so ein Klinkenputzer, der anderen Leuten Policen, die sie nicht brauchen, aufschwatzt. Mehr ein Versicherungsdetektiv. Natürlich auch nicht so ein Detektiv, wie er aus amerikanischen Kriminalgeschichten bekannt ist. Ich laufe nur selten nachts im Trenchcoat auf Schuhen mit Gummisohlen durch dunkle Stadtviertel und zücke meine 45er. Ich habe gar keine 45er. Genau genommen besitze ich überhaupt keine Waffe. Und keine Schuhe mit Gummisohlen. Ich bevorzuge Lederschuhe, am liebsten handgefertigt.

Auf meiner Visitenkarte steht auch nur deshalb ›Versicherungsagent‹, weil mir keine bessere Berufsbezeichnung eingefallen ist. Eigentlich hatte ich Architekt werden wollen. Hätte auch fast geklappt, wenn es da nicht ein Fach gäbe, dem schon Heerscharen zukünftiger Baumeister zum Opfer gefallen sind: Statik. Warum, zum Teufel, müssen Architekturstudenten die Kräfteverteilung in einem achtgeschossigen Hochhaus berechnen können, wenn es darauf spezialisierte Ingenieurbüros gibt?

Lassen wir das. Mein Job ist es nun, großen Versicherungsgesellschaften unnötige Ausgaben zu ersparen. Ich will es so erklären: Ein Hausbesitzer versichert mit seiner Hausratversicherung nicht nur das Mobiliar, sondern auch eine Modelleisenbahnsammlung für über einhunderttausend Mark. Unwahrscheinlich? Nein, in Deutschland werden ständig Sammlungen in irrwitziger Höhe versichert. Also, dieser Hausbesitzer versichert seine Modelle, darunter auch einige sehr rare, sehr gesuchte und sehr teure. Nun wird in sein Haus eingebrochen. Rein statistisch betrachtet, findet in Deutschland alle drei bis vier Minuten ein Einbruch statt. Es kann also jeden jederzeit treffen. Bei diesem Einbruch werden neben allerlei anderen Wertgegenständen auch genau diejenigen Lokomotivmodelle gestohlen, die ganz besonders wertvoll sind.

Die Versicherungsgesellschaft fragt sich natürlich, warum der Einbrecher neben dem ganzen Schmuck, dem Silberbesteck und dem anderen Gerümpel ausgerechnet und nur die wertvollen Lokomotivmodelle mitgehen lässt. Woher weiß der Einbrecher, welche besonders wertvoll sind? Zufall? Nie im Leben.

Natürlich gehe ich nicht jedem kleinen Versicherungsbetrug nach. Der neue, helle Teppichboden, den der beste Freund angeblich volltrunken mit Rotwein ruiniert hat, interessiert mich nicht. Ich habe mich auf die Dinge spezialisiert, in denen es im Schadensfall um viel Geld geht.

Ich arbeite freiberuflich. Mein Honorar ergibt sich aus einer Mischung aus Fixum und Erfolgsprämie. Und ich bin, in aller Bescheidenheit, nicht nur gut, ich bin sehr gut. Der Beste. Zumindest im Ruhrgebiet.

Zwei, drei Aufträge im Quartal. Damit komme ich gut zurecht und ich kann den Rest der Zeit mit Schachspielen, Museumsbesuchen und in italienischen Restaurants verbringen.

Im Übrigen: Ich hasse Trenchcoats. Aber ich liebe meine dunkelbraune Lederjacke, Modell Kampfpilot 1917, über alles. Sie ist schon über zwanzig Jahre alt und ziemlich speckig. Gerade deshalb trage ich sie so gern.

Ach ja, ich heiße Jean-Paul Büsing.

2

Die *Versicherung AG* residierte in einem der Hochhäuser in der Essener City. Ich parkte meinen Wagen in der Tiefgarage und fuhr mit dem Lift in die 20. Etage.

Wie immer bewachte Eleonore Wittig das Büro Dermöllers. Sie saß schon hier im Vorzimmer, als ich begann, für diesen Laden zu arbeiten. Ihr Alter war kaum zu schätzen – irgendwas zwischen fünfunddreißig und fünfzig. Sie trug schon immer dunkelblaue oder schwarze Kostüme und eine weiße, an den Rüschen gestärkte Bluse. Da ich sie nie mit einer anderen Bluse angetroffen hatte, musste sie Dutzende desselben Typs in ihren Schränken horten.

Sie schenkte mir die Andeutung eines Lächelns, als ich das Büro betrat, und unterbrach ihre Arbeit am Computer.

»Guten Tag, Herr Büsing«, sagte sie. »Herr Dermöller erwartet Sie schon.« Leise ergänzte sie: »Er ist wütend, weil Sie sich verspätet haben.«

Ich sah auf meine Armbanduhr. Kurz nach eins. Es musste einige Zeit her sein, dass der Chef der Schadensregulierung der *Versicherung AG* die frühere Bundesstraße 1 benutzt hatte. »Ich stand im Stau.«

Eleonore Wittig nickte verstehend und schaute auf die Verbindungstür zu Dermöllers Büro. »Er hat Kopfschmerzen und ist heute etwas gereizt.«

Seit sie mir vor zwei Jahren, als Dermöller mal nicht sofort Zeit für mich gehabt hatte, überraschend ihre Lebensgeschichte erzählt hatte, betrachtete sie mich als einen engen Vertrauten. Sie hatte eine katholische Internatsschule besucht und war fest entschlossen gewesen, in einen Orden einzutreten. Dann wurde ihr Vater pflegebedürftig und Jesus musste auf seine neue Braut verzichten. Nach einer Odyssee durch verschiedene Firmen war sie schließlich bei der *Versicherung AG* gelandet. Dermöller, damals noch ein kleiner Abteilungsleiter, hatte sie als Sekretärin eingestellt, obwohl sie außer Krankenpflege und einem Schnellkurs in Schreibmaschine und Steno keine formalen Qualifikationen aufweisen konnte. Sie hatte sich als zielstrebig und tüchtig erwiesen und ihren Chef bei seinem Aufstieg loyal begleitet. Eleonore Wittig verzichtete auf ein Privatleben, wenn man von den Besuchen der Messe freitags und sonntags absah. Sie kam vor ihrem Chef morgens ins Büro und verließ es erst, lange nachdem er abends gegangen war. Weil sie vermutlich unverrückbare moralische Prinzipien über vorehelichen und sonstigen Geschlechtsverkehr pflegte, hatte sie keinen Partner gefunden und ihr Herz Gott, Dermöller und der *Versicherung AG* verschrieben.

Sie stand auf und öffnete die Tür zum Chefzimmer. »Kaffee wie immer?«

Ich nickte und betrat das Allerheiligste.

»Sagten Sie nicht zwölf Uhr?«, begrüßte mich Dr. Heinz Dermöller in einem Ton, der Eleonore Wittigs Vermutung über seinen Gemütszustand bestätigte.

»Ich sagte: nicht vor zwölf. Zwölf sagten Sie.«

»Tatsächlich?« Dermöller winkte ab und zeigte auf die Sitzgruppe in einer Ecke des Büros, das angesichts seiner Größe auch als Turnhalle hätte dienen können. »Nehmen Sie Platz. Kaffee?«

»Frau Wittig hat mich bereits gefragt.«

»Sicher.« Er fixierte mich mit einem prüfenden Blick. »Harte Nacht gehabt, was?«

»Kommt darauf an, was Sie unter hart verstehen. Für mich war es eher normal.«

»Das spricht nicht gerade für Sie.«

»Diskutieren wir meinen Lebenswandel oder wollen Sie mir einen Auftrag anbieten?«

Eleonore Wittig und der Kaffee ersparten ihm eine Antwort. Dermöller wartete, bis die Sekretärin das Büro wieder verlassen hatte. Dann begann er: »Herr Büsing, wir haben ein Problem.« Er blätterte in einem Aktenordner, der vor ihm auf dem Tisch lag.

»Dachte ich mir. Sonst wäre mein Besuch bei Ihnen ja überflüssig.« Ich nippte an dem Heißgetränk.

»Sie sagen es.«

Mein Gastgeber suchte weiter in seinen Unterlagen. Ich wartete geduldig und bestaunte zum wiederholten Mal die Fotos von Feuerwehruniformen, mit denen der Amateurfotograf Dermöller die Wände seines Büros geschmückt hatte. Der Direktor sammelte Feuerwehrautos. Nicht die Modelle. Nein, die richtigen, großen. Die noch vor einigen Jahren im Einsatz gewesen waren. Mehrere Mercedes, MAN und einen alten Hanomag nannte er sein eigen. Zur Unterbringung seiner Sammlung hatte er überall in Nordrhein-Westfalen Scheunen angemietet und in seiner kargen Freizeit fuhr er seine Schätze ab.

Endlich fand mein Gegenüber das gesuchte Schrift-stück. »Im März 1998 hat ein Gerd Tillmeier bei uns eine Lebensversicherung über drei Millionen Mark abge-schlossen.«

Ich zitierte mich selbst: »Viel Geld.«

»Begünstigte war Tillmeiers Frau Sonja.« Dermöller griff zu einem schwarzen Ledertäschchen und kramte eine Pfeife hervor, die er umständlich reinigte und mit Tabak stopfte.

Ich versuchte meinen empörtesten Gesichtsausdruck. »Und?«

Dermöller ignorierte mein Mienenspiel, steckte die Pfeife an und machte dabei Geräusche, die an ein klei-nes Kind erinnerten, das mit seiner Holzeisenbahn spielt. Dann schickte er Qualmwolken in das Zimmer. »Tillmeier ist verschollen.« Der Direktor deutete auf die Pfeife. »Stört Sie doch nicht?«

»Nicht weniger als sonst.«

Dermöller lachte. »Ich verspreche Ihnen, dass ich, sollte ich Sie jemals zu Hause aufsuchen, dort nicht rauchen werde.«

Das befriedigte mich nicht im Geringsten, da ich nicht beabsichtigte, Dermöller zu mir einzuladen. Ohne gro-ßen Erfolg wedelte ich mit der Linken den Rauch fort. »Was heißt, er ist verschollen?«

»Tillmeier hat mit einem Schwager einen Segeltörn auf der Nordsee unternommen. Dabei sind sie anscheinend in einen Sturm geraten. Das Boot wurde einen Tag spä-ter vor Juist auf einer Sandbank gefunden. Den Schwa-ger, beziehungsweise das, was von ihm übrig geblieben war, entdeckten Wattwanderer nach vier Wochen im Ge-stänge einer der Bojen vor Cuxhaven. Tillmeier blieb verschwunden.« Dermöller hüllte sich erneut in Rauch-wolken. »Vor einem Vierteljahr ist die Ehefrau des Ver-missten an uns herangetreten, um die Versicherungs-summe zu kassieren.«

»Aber wie kann sie sich sicher sein, dass ihr Mann tot ist?«

»Sie hat ihn für tot erklären lassen.«

Ich stutzte. »Wann hat dieser Segelausflug stattgefunden?«

»Im April 1998.«

»Ich dachte immer, eine Todeserklärung könne erst nach Jahrzehnten erfolgen?«

»Ich auch. Bis unsere Hausjuristen mich aufgeklärt haben. Bei allgemeiner Gefahrenverschollenheit kann …«

»Bei was?«

»Allgemeiner Gefahrenverschollenheit. Das ist der juristische Fachbegriff. In diesen Fällen – Weltumsegler, Taucher oder Bergsteiger, die einfach verschwinden – kann bereits nach einem Jahr der Antrag auf Todeserklärung gestellt werden. Bei Seeverschollenheit nach sechs Monaten und bei Luftverschollenheit bereits nach drei. Und das hat Sonja Tillmeier getan. Sonst dauert das mindestens zehn Jahre. Wir haben das Verfahren geprüft, glauben Sie mir. Rechtlich ist nichts zu beanstanden. Gerd Tillmeier wurde für tot erklärt. Deshalb müssen wir zahlen.«

Ich verstand angesichts der klaren Rechtslage nicht ganz, warum ich dann in Dermöllers Büro herumsaß und schlechte Luft einatmete. »Wenn das alles so eindeutig ist, warum …«

Dermöller stand auf und machte ein paar Schritte. »Ich sagte, die Rechtslage sei klar. Natürlich haben wir vorsichtig einige Erkundigungen eingeholt. Der Kriminalpolizei kam einiges seltsam vor. Deshalb hat sie auch länger ermittelt als in solchen Fällen üblich. Es gab Anhaltspunkte, dass für den Tod des Schwagers eine Kopfverletzung ursächlich war. Man hat Wasser in der Lunge des Toten gefunden. Das bedeutet, dass er noch lebte, als er ins Meer stürzte. Aber die Kopfverletzung … Es fehlte jeder Beweis. Außerdem war der Sturm, in den die *Julia* geraten ist …« Er nahm wieder Platz.

»*Julia?*«

»Der Schiffsname. Fachleute haben uns bestätigt, dass ein Hochseesegler wie die *Julia* normalerweise einen Sturm dieser Stärke unbeschädigt übersteht, wenn der Skipper mit seinem Schiff umgehen kann. Tatsächlich waren die Schäden am Schiff minimal. Gesunken ist es jedenfalls nicht.«

»Konnte Tillmeier denn mit dem Schiff umgehen?«

»Was weiß ich. Auf jeden Fall segelte er regelmäßig. Und das seit mehr als zehn Jahren.«

Mein Kaffee war kalt geworden. »Sie vermuten also Versicherungsbetrug?«

Dermöller hob die Schultern. »Wie sagten Sie eben? Drei Millionen sind viel Geld.«

»Verstehe.«

Ich brauchte nicht lange nachzudenken. »Wenn ich beweisen kann, dass Tillmeier noch lebt, die üblichen fünfzehn Prozent. Dreihundert Fixum am Tag zuzüglich Spesen.«

»Einverstanden.« Doktor Dermöller erhob sich und reichte mir die Hand. »Frau Wittig hat für Sie Kopien unserer Unterlagen vorbereitet. Viel Glück.«

Das wünschte ich mir auch.

Er begleitete mich zur Tür. »Und Herr Büsing, bitte denken Sie an ordentliche Spesenquittungen. Diese ewigen Auseinandersetzungen mit unserer Rechnungsprüfung hängen mir zum Hals raus.«

Auch dem konnte ich nur zustimmen.

3

Auf dem Weg zurück nach Herne klingelte mein Handy. Bastian war dran.

»Paps, kann ich dich sprechen? Heute Abend?«

Bei mir gingen alle Alarmlampen an. Wenn mich mein Sohn nicht beim Vornamen, sondern ›Paps‹ nannte, hatte er Probleme. Diese hießen entweder Geldmangel, Beziehungsstress oder Ärger mit seiner Mutter nebst Anhang. Genau in der Reihenfolge. Claudia hatte mir gestern etwas von Flausen Bastians erzählt, die ich ihm in den Kopf gesetzt hätte und für die ich verantwortlich wäre. Drei Minuten später war aus einem Wortgeplänkel ein handfester Streit geworden und nach weiteren fünf Minuten saß ich allein in der Bochumer Kneipe, in der wir uns getroffen hatten. »Worum geht es denn?«

Mein Sprössling zögerte lange mit einer Antwort: »Es geht vor allem um Ronnie.«

Also handelte es sich diesmal um Nummer drei der Hitliste. Ronald Weber, genannt Ronnie, war der Stiefvater von Bastian und mein offizieller Nachfolger in Claudias Bett. Der Kerl war mir zuwider. Nicht deshalb, weil er meine Ex bumste. Ich war auch während unserer Ehe nicht der einzige Mann in Claudias Leben gewesen und es hat mir nie besonders viel ausgemacht. Zudem war ich als Gatte auch keine Idealbesetzung in dem Trauerspiel Ehe gewesen. Für unsere Trennung drei Jahre nach Bastians Geburt war ich mindestens so verantwortlich wie Claudia. Aber ausgerechnet Ronnie? Der Kerl war ein schrecklicher Pedant. Einer dieser Menschen, die ihr Leben an Uhr, Zollstock und ewig geltenden Prinzipien ausrichten. Einer, der mitten in der Nacht aufsteht, das vergessene Glas vom Wohnzimmertisch wegräumt, um anschließend das hohe Lied der Ordnungsliebe zu singen. Vermutlich hatten ihn diese Anlagen dazu befähigt, zum Oberstleutnant in irgendeiner Bundeswehrverwaltung in Münster aufzusteigen. Ich verachtete ihn. Trotzdem hatte ich mich während der ersten Jahre nach unserer Trennung bemüht, in Bastians Gegenwart nicht schlecht über Ronnie zu reden. Doch diese Rücksichtnahme hatte sich inzwischen als unnötig erwiesen. Bastian hasste seinen Stiefvater. Und Ronnie hasste ihn vermutlich ebenso.

»Was ist los?«, wollte ich wissen.

»Geht es um sieben? Bei dir?«

Ich seufzte. »Gut. Um sieben.«

»Danke.«

»Bis dann.«

Mein Magen meldete sich. Zum Frühstücken war es schon zu spät und für das Abendessen noch zu früh. Ich beschloss, die Unterlagen, die ich von Dermöller erhalten hatte, im *Kleinen Café* in Herne bei Tee und Kuchen durchzusehen und Bastian später zum Essen einzuladen.

Als ich den Bienenstich vertilgt hatte, griff ich zu den Papieren. Sie enthielten nichts Ungewöhnliches. Gerd Tillmeier hatte die Lebensversicherungspolice im Januar 1998 unterschrieben. Sie wurde gültig zum 1. März. Die monatliche Versicherungsprämie belief sich auf über eintausend Mark. Nicht gerade wenig. Tillmeier, der am 3. Mai 1956 geboren worden war, hatte die Routinefragen der Gesellschaft nach Krankheiten negativ beantwortet. Als Beruf war ›Galerist‹ eingetragen. Begünstigte war seine Frau Sonja Tillmeier, heute 36 Jahre alt, geborene Jaronka und aus Polgárdi in Ungarn stammend. Das Ehepaar wohnte in Recklinghausen. Ich blätterte weiter. Die Akte enthielt den Beschluss des Amtsgerichtes Recklinghausen vom 13. April 2000, in dem Gerd Tillmeier auf Antrag seiner Ehefrau für tot erklärt wurde. In der Begründung ging das Gericht ausführlich auf die Umstände ein, die wohl zum Tod des Vermissten geführt hatten – das hatte mir Dermöller schon auseinander gesetzt. Trotzdem las ich den Text sorgfältig durch. An einer Passage blieb ich hängen. Die enthielt einen Hinweis auf die kriminalpolizeilichen Ermittlungen, die einen Anfangsverdacht auf Fremdverschulden beim Tod des Schwagers Tillmeiers, Joszef Jaronka, begründeten. Allerdings hatte die zuständige Staatsanwaltschaft in Aurich das Verfahren fünf Monate später wieder eingestellt. Das Gericht führte aus, es gäbe keinen sachlichen Zweifel am Tod des Vermissten mehr. Deshalb müsse nach Paragraph … Bla, bla, bla. Den Rest schenkte ich mir.

Ich bestellte mir noch einen Earl Grey und meine Gedanken schweiften ab. Ich dachte an Marlene. Ich griff zum Handy und wählte ihre Dienstnummer. Irgendwann musste die Angelegenheit in Ordnung gebracht werden. Warum nicht jetzt?

»Schneider«, meldete sie sich.

»Jean hier.«

Schweigen.

»Marlene?«

Immer noch Schweigen.

»Bist du noch da?«

»Du hast vielleicht Nerven!«

Gott sei Dank. Sie sprach noch mit mir. »Ich verstehe ja, dass du sauer bist, aber …«

»Nichts aber! Du bist alt genug, um zu wissen, dass man Verabredungen einhält oder rechtzeitig absagt. Ich stehe den halben Tag in der Küche, gebe mir alle erdenkliche Mühe, deinen verwöhnten Gaumen zu befriedigen, und dann lässt du mich mit dem Fünf-Gänge-Menü einfach sitzen. Ich habe Stunden auf dich gewartet.«

»Es tut mir Leid, aber ich konnte wirklich nicht.«

»Es gibt Telefone! Vermutlich auch bei dir in Herne.« Sie legte auf.

Ich drückte die Wahlwiederholung. »Ich habe Blumen geschickt, um mich zu entschuldigen«, sagte ich hastig.

»Vier Tage später!«

»Ich war im Ausland. Ich kam nicht dazu, zu telefonieren.«

»Und als du wieder in Deutschland warst?«

»Habe ich die Blumen …«

»Blumen, ja. Unsere Verabredung war vor vier Wochen. Weshalb hast du zwischenzeitlich nicht angerufen?« Marlenes Stimme klang schon weniger wütend.

»Ich habe mich geschämt«, gestand ich.

»Das könnte ein Anfang sein.«

Mit Marlene Schneider verband mich eine alte Freundschaft. Wir waren in Arnsberg zusammen zur Schule gegangen, hatten uns dann während der Studienjahre aus den Augen verloren und vor fast zwei Jahrzehnten zufällig bei einer Demonstration gegen den Nato-Nachrüstungsbeschluss in Bonn wiedergetroffen. Marlene stand damals gerade vor dem zweiten juristischen Staatsexamen, ich vor der Aufgabe meines Studiums. Seitdem trafen wir uns, früher sehr zum Ärger von Claudia, mehr oder weniger regelmäßig. Die beiden hatten sich von Beginn an nicht verstanden. Claudia hat mir nie abgenommen, dass Marlene und ich nur wie Bruder und Schwester und nicht wie Mann und Frau miteinander umgingen.

»Hat es dir die Sprache verschlagen?« Sie schien versöhnt.

»Ich lade dich zum Essen ein, einverstanden?«

»Wann?«

»Am Wochenende?«

»Freitag oder Samstag?«

»Samstag.«

»Einverstanden. Italienisch. Ich komme nach Herne. Und jetzt sag, was du willst. Du willst doch etwas von mir, oder?«

Für Marlene war ich wie ein offenes Buch.

»Ich brauche einen Bericht der Staatsanwaltschaft Aurich von 1998.«

»In welcher Angelegenheit? Hast du das Aktenzeichen?«

Ich schilderte ihr den Vorfall.

»Ich werde sehen, was ich für dich tun kann. Aber verlass dich nicht darauf, dass ich die Unterlagen bis Samstag habe. Es bleibt doch bei Samstag?«

»Versprochen.«

»Hoffentlich.« Sie legte auf.

Erleichtert atmete ich durch und orderte einen Brandy. Marlene war nach Bastian zurzeit die wichtigste Person in meinem Leben, und das nicht nur deshalb, weil sie mir als leitende Oberstaatsanwältin jenseits aller Dienstvorschriften schon häufig Unterlagen besorgt hatte, an die ich sonst nie herangekommen wäre.

»Ihr Brandy, bitte sehr.«

»Danke.«

Ich schlürfte an dem Getränk und schmeckte die Spirituose für einen Moment auf der Zunge. Sie brannte leicht und wärmte den Gaumen beim Schlucken.

Dann rief ich Sonja Tillmeier an. Ich stellte mich als Vertreter der *Versicherung AG* vor und verabredete mich mit ihr in ihrem Recklinghäuser Geschäft für den nächsten Morgen.

Bastian war wie immer unpünktlich. Das hatte er von mir. Er kam fast eine Stunde zu spät. Ich schluckte eine unpassende Bemerkung herunter und ließ ihn eintreten. Er war gut gekleidet. Vor zwanzig Jahren nannten wir solche Typen Popper. Im Wohnzimmer schmiss er sich auf eines der Sofas und sah sich um.

»Du hast in letzter Zeit ja gut verdient.«

Ich blieb im Türrahmen stehen. »Wie kommst du darauf?«, fragte ich erstaunt.

»Neue Möbel.«

»Neue …?« Dann dämmerte mir etwas. »Wann warst du denn das letzte Mal hier?«

»Ostern.«

»Oh.«

Bastian deutete mein Erschrecken richtig. »Macht nichts. Du scheinst ja wirklich viel zu tun gehabt haben. Außerdem kann ich dich ja jederzeit anrufen.«

Ich war ihm für sein Verständnis dankbar, wurde aber das Gefühl nicht los, dass er nicht aufrichtig war.

»Möchtest du etwas trinken?«

»Hast du ein Bier?«

Als ich mit zwei Flaschen Pils aus der Küche zurückkam, beugte sich Bastian gerade über meine Schallplattensammlung. »Cool Jazz, Klassik und französische Chansons. Deinen Musikgeschmack würde ich nicht gerade auf der Höhe der Zeit nennen.«

»Das liegt an deinem Großvater«, murmelte ich. Meine Mutter hatte in den frühen fünfziger Jahren in Arnsberg eine ebenso stürmische wie kurze Liaison mit einem belgischen Besatzungssoldaten gehabt, von dem ich den Vornamen, die Liebe zu gutem Essen und die Affinität für alles Frankophile geerbt hatte. Obwohl ich meinen Vater nie kennen gelernt hatte.

»Unten im Schrank sind die Oldie-CDs«, sagte ich.

»Immer noch kein Techno?«

»Kein Techno. Ich mag dieses monotone Gestampfe nicht.«

Sein Blick sprach Bände. So musste ich als Siebzehnjähriger meine Mutter angesehen haben, als sie mir die Vorzüge deutschen Liedgutes erklären wollte.

Er kramte in meiner Sammlung und legte eine Scheibe der *Kinks* auf. »Die Anlage ist auch neu«, stellte er fachmännisch fest. »War sicher nicht billig.«

»Nicht so teuer wie deine«, bemerkte ich sarkastisch. Schließlich hatte ich beide HiFi-Anlagen bezahlt.

Bastian lachte. Er drehte die Lautstärke etwas höher und setzte sich neben mich auf das Ledersofa. Ich goss die Gläser voll, prostete ihm zu und sah ihn erwartungsvoll an.

»Was würdest du dazu sagen, wenn ich die Schule schmeißen würde?« Bastian zog es vor, mit der Tür ins Haus zu fallen.

Ich bemühte mich, gelassen zu bleiben. »Vermutlich das Gleiche wie deine Mutter. Kommt nicht infrage.«

»Du hast Recht.«

»Womit?«

»Sie hat sich sinngemäß genauso ausgedrückt.«

»Schade. Ich hatte schon gehofft, dich überzeugt zu haben.«

Bastian lachte wieder. Dann wurde er ernst. »Ich habe gestern mit Mama und Ronnie über meine Pläne gesprochen.«

»Sie waren begeistert, oder?«

»Waren sie.«

»Dann lass hören.« Ich lehnte mich zurück und versuchte, mich für das Kommende zu wappnen. Ganz gelang mir das nicht.

Als Bastian zwölf war, hatte er Chemiker werden wollen. Dazu angeregt hatte ihn ein Chemiebaukasten, den ich ihm zum Geburtstag geschenkt hatte. Der durch sein erstes Experiment ausgelöste Zimmerbrand musste von der Feuerwehr gelöscht werden.

Mit sechzehn hatte sich Bastian, nachdem er eine Formel-eins-Übertragung im Fernsehen gesehen hatte, den Mercedes seines Stiefvaters ausgeliehen. Er hatte zum Nürburgring gewollt. Auf dem Weg dorthin rammte er in einer Kurve einen Porsche, den ein Fünfzehnjähriger steuerte, der dasselbe Ziel gehabt hatte. Sie verbrachten anschließend gemeinsam mehrere Wochen in einem Krankenhaus in der Eifel. Immerhin bewahrten ihn die erlittenen Verletzungen vor einem Wochenendarrest, da der Richter irrigerweise annahm, diese Erfahrung würde ihm eine Lehre sein.

Im letzten Herbst hatte mich nachts ein Anruf der Polizei von Kalkutta erreicht. Bastian und einer seiner Freunde waren während einer, wie sie es nannten, soziologischen Exkursion durch die Elendsquartiere der indischen Hafenstadt ausgeraubt worden und nur knapp mit dem Leben davongekommen. Claudia und ich wähnten die beiden damals auf Mallorca.

Jetzt hielt ich mich an meinem Bierglas fest und wartete gespannt.

»Ich habe vor, mich selbstständig zu machen.«

»Aha.« Das hörte sich nicht sehr gefährlich an. »Womit?«

»New Economy.«

»Hm.« Ich hatte darüber gelesen, bisher aber angenommen, nur potenzielle Nobelpreisträger könnten sich in dieser Branche behaupten. Und die Zensuren meines Sohnes waren alles andere als berauschend. Ich nahm einen großen Schluck. »Was genau habe ich mir darunter vorzustellen?«

Diese Frage war ein Fehler. Bastian erklärte mir eine geschlagene Stunde seine Geschäftsidee. Ich hörte Internet, Java-Script und HTML, verstand aber kein Wort. Bastian war so in Fahrt, dass er auch nicht aufhörte zu reden, als ich zwischendurch in die Küche ging, um Bier im Kühlschrank nachzulegen.

»Na, was hältst du davon?«, fragte er mich, als er geendet hatte. Die *Kinks* hatten längst aufgehört zu spielen.

»Klingt interessant«, antwortete ich vorsichtig. »Wie willst du das finanzieren?«

»Mit Omas Erbe.«

Schlagartig wurde mir klar, welchen Verlauf Bastians gestrige Unterhaltung mit Claudia und Ronnie genommen haben musste. Claudias Mutter hatte meinem Sohn einen namhaften Geldbetrag hinterlassen, der bis zu seinem einundzwanzigsten Lebensjahr in festverzinslichen Wertpapieren angelegt war und der Finanzierung seines Studiums dienen sollte. Bisher hatte Claudia allen Forderungen Bastians, damit aus seiner Sicht unverzichtbare Investitionen in eine Südamerikareise, ein leistungsstarkes Motorrad oder ein Cabrio zu tätigen, widerstanden. Oberstleutnant Ronald Weber war ohnehin der Auffassung, Bastian solle sich sein Studium durch eigene Arbeit finanzieren und das Geld seiner Oma für ein Reihenhaus mit Gartenzwergen sparen.

»Hast du gestern auch das Erbe erwähnt?«

»Natürlich.«

»Und dann hat es Krach gegeben«, stellte ich fest.

»Es ist mein Geld.«

»Noch nicht. Erst in knapp zwei Jahren. Also, was ist passiert?«

»Ein Wort gab das andere. Ronnie hat mich angebrüllt. Dann habe ich ihn einen kleinbürgerlichen, verknöcherten Spießer genannt.«

Ich musste grinsen. Sein Stiefvater war ein kleinbürgerlicher, verknöcherter Spießer. »Und dann?«

»Er hat mich rausgeworfen.«

Das ging zu weit. »Wo sind deine Sachen?«

»Unten im Wagen. Ich wusste nicht, ob ich …«

»Meine Rotweinvorräte sind tabu, wenn ich nicht hier bin. Größere Feiern nur nach Absprache. Und du räumst deine Sachen selbstständig und ohne dreimalige Aufforderung auf. Einverstanden?«

»Einverstanden. Was ist mit der Schule?«

»Wir reden in ein paar Tagen darüber. Bis dahin schleppst du dich in den Unterricht. Jeden Tag. Machen wir den Deal?«

Er nickte.

»Gut. Eigentlich wollte ich dich zum Essen einladen. Jetzt habe ich keine Lust mehr auszugehen. An der Pinnwand im Flur hängt das Angebot vom Chinesen. Der liefert ins Haus. Such dir was aus. Ich nehme das scharfe Schweinefleisch mit verschiedenen Soßen. Vorher rufe ich deine Mutter an, damit sie weiß, wo du steckst. Und hol mir bitte noch ein Bier aus dem Kühlschrank.«

4

Die Kunstgalerie Tillmeier befand sich im Erdgeschoss eines Fachwerkhauses in einer Nebenstraße der fußläufigen Zone der Recklinghäuser Innenstadt. Eine Messingglocke an der Eingangstür signalisierte, dass ich den Laden betreten hatte. Es befanden sich schon Kunden in dem Geschäft, sodass ich Gelegenheit hatte, mich umzuschauen.

Die Galerie handelte nicht nur mit Kunst, sondern auch mit Antiquitäten. In der einen Ecke waren moderne Grafiken zu finden, in einer großen Glasvitrine warteten zahlreiche Porzellanpuppen auf Interessenten und in Regalen stand Geschirr zur Schau. An den Wänden hingen Ölgemälde, keines war für weniger als zweitausend Mark zu haben. Die Namen der Künstler waren mir fremd. Allerdings besagte das nicht viel, da ich von Malerei nur wenig verstand. Ich konnte Picasso von Rembrandt unterscheiden, das war es aber schon fast. Mein Interesse galt der Fotografie und, mit Abstrichen, der Bildhauerei.

Eine schwarzhaarige Frau von ungefähr dreißig beriet ein älteres Paar, das sich für ein Kaffeeservice interessierte.

Der Mann drehte mit Kennerblick eine Tasse nach der anderen um und prüfte kritisch deren Boden. »Und das ist wirklich Meißen 1898?«, fragte er zum wiederholten Mal.

Geduldig erklärte die Schwarzhaarige ihren Kunden den Stempel der Porzellanmanufaktur und verwies auf die Expertise, die die Echtheit der Antiquität bescheinigte. Nach einigem Hin und Her verließen die beiden den Laden, ohne etwas gekauft zu haben.

»Kann ich Ihnen helfen?«, wandte sich die junge Frau an mich. Sie sprach mit leichtem Akzent.

»Frau Tillmeier?«

Sie nickte.

»Mein Name ist Büsing. Wir haben telefoniert.«

»Sie kommen von der *Versicherung AG*?« Sie musterte mich verstohlen. Vermutlich entsprachen meine verwaschenen Jeans und die speckige Lederjacke nicht ihren Erwartungen.

»Richtig.«

»Können Sie sich ausweisen?«

»Ich kann Ihnen meinen Personalausweis zeigen, wenn Sie möchten.« Ich kramte vergebens in der linken Innentasche meiner Jacke. Auch rechts blieb die Suche erfolglos. »Aber vielleicht genügt es, wenn ich Ihnen sage, dass es um die Lebensversicherung Ihres Mannes geht. Sie können natürlich auch bei der Gesellschaft nachfragen. Die Nummer ist ...« Mein Ausweis fand sich in der Hose. »Bitte, hier.«

Sonja Tillmeier warf nur einen flüchtigen Blick auf das Dokument. »Danke. Kommen Sie.«

Wir gingen durch einen kleinen Flur und betraten ein modern eingerichtetes Büro, das in einem auffälligen Gegensatz zum Sammelsurium des Verkaufsraumes stand. Sie zeigte auf einen der Freischwinger und setzte sich selbst auf ein schwarzes Ledersofa gegenüber. »Um was geht es? Ich nahm an, dass alles geklärt ist.«

»Wir haben schon noch einige Fragen.«

Sie zog die Augenbrauen hoch. »Noch mehr Fragen? Ich habe einem Ihrer Kollegen zwei Stunden lang Rede und Antwort gestanden, Dutzende Seiten eines Formulars ausgefüllt und den Gerichtsbeschluss beglaubigen lassen, in dem der Tod meines Mannes amtlich festgestellt wird – was wollen Sie noch?« Sie hielt ihre Erregung nur mühsam zurück.

»Würden Sie mir bitte erzählen, was Sie über das Unglück wissen?«

Sie seufzte tief und sagte dann nach einem Moment: »Na gut. Mein Mann und mein Bruder wollten segeln ...«

»Entschuldigen Sie«, unterbrach ich. »Dürfte ich mir einige Notizen machen?«

»Natürlich.«

»Könnten Sie mir ein Stück Papier leihen? Ich habe mein Notizbuch im Wagen liegen gelassen«, erklärte ich.

»Auch das.« Sie holte mir das Gewünschte vom Schreibtisch. »Wo war ich ...«

»Sie sagten, dass Ihr Mann und Ihr Bruder segeln wollten.«

»Es war an einem Wochenende im April. Mein Bruder Joszef war bei uns zu Besuch, er hatte einen Geschäftstermin in Düsseldorf.«

»Was machte Ihr Bruder beruflich?«

Sie sah mich überrascht an. »Meine Brüder haben eine Spedition besessen. In Ungarn«, setzte sie hinzu. »Bis zu Joszefs Tod.«

»Sie haben mehrere Geschwister?«

»Ja.«

»Und alle leben in Ungarn?«

»Ja.«

»Wo?«

»In Polgárdi.« Sie stutzte. »Aber was hat das mit dem Tod meines Mannes zu tun?«

Ich winkte ab. »Nichts, verzeihen Sie.« Meine Neugier führte bisweilen zu Unhöflichkeit. Andererseits hatte ich schon öfter die Erfahrung gemacht, dass auch scheinbar Unwichtiges zu einem späteren Zeitpunkt bedeutsam werden konnte. »Bitte erzählen Sie weiter.«

»Gerd und Joszef waren beide begeisterte Segler. Mir liegt weniger daran. Ich werde sehr leicht seekrank. Deshalb bin ich nur bei sehr schönem Wetter und im Sommer mitgefahren. Aber nie im Frühjahr oder Herbst.«

»Verstehe.«

»Wir haben vor Jahren ein Segelboot gekauft, gebraucht, das aber meistens ungenutzt im Jachthafen Greetsiel lag. Das letzte Mal war ich 1995 auf dem Boot, wenn ich mich recht erinnere. Und jetzt …« Sie sprach nicht weiter.

»Die *Julia*?«

»Genau. Da mein Bruder häufiger in Westdeutschland zu tun hatte, fuhren mein Mann und er öfter an die Küste. An jenem Wochenende wollten sie nach Norderney und …« Das Telefon schellte. »Einen Moment.« Sie ging zum Schreibtisch und meldete sich. Dann sah sie zu mir herüber. Nach einigen Sekunden sagte sie: »Nein, nicht jetzt. Es geht nicht. Ich gehe zum anderen Apparat.« Sie drehte sich zu mir hin: »Ich bin gleich wieder da«, und verließ das Büro.

Ich stand auf, um mir etwas die Beine zu vertreten. Der Freischwinger war zwar schick, aber für jemanden mit meinem Körpergewicht fürchterlich unbequem. Ich machte ein paar Schritte und sah mich um. Zwei gerahmte Fotografien, die auf dem Schreibtisch standen, weckten mein Interesse. Auf einer war Sonja Tillmeier mit einem hoch gewachsenen, blonden und braun gebrannten Mann vor einem Segelschiff zu sehen. *Meine beiden großen Lieben – Sonja und Julia* stand quer über das Bild geschrieben. Der Gebräunte war wahrscheinlich Gerd Tillmeier. Ich griff zu dem anderen Foto. Darauf war Sonja Tillmeier mit drei Männern und einer älteren Frau abgelichtet. Die Ähnlichkeit zwischen den fünfen war nicht zu übersehen: vermutlich ihre Brüder und ihre Mutter. Ich hörte Schritte im Flur. Eilig stellte ich das Foto wieder auf seinen Platz und setzte mich.

»Bitte entschuldigen Sie«, sagte Sonja Tillmeier. »Darf ich Ihnen etwas anbieten? Einen Kaffee vielleicht?«

Ich verneinte.

»Gerd und Joszef segelten also gegen Mittag los«, fuhr die Frau endlich fort.

»Von Greetsiel?«

»Ja. Es ist nicht sehr weit von dort bis nach Norderney. Sie hätten es vor der Dunkelheit bequem bis zu ihrem Ziel geschafft, wenn das Wetter nicht umgeschlagen wäre. Mein Mann war ein sehr erfahrener und vor allem sicherheitsbewusster Segler. Er wäre kein unkalkulierbares Risiko eingegangen.«

»Als die beiden in See stachen, da war das Wetter gut?«

»Na ja, es war regnerisch. Und etwas windig. Aber, wie gesagt, mein Mann kannte die Nordsee. Sie müssen in einen plötzlich aufgezogenen Sturm geraten sein. Und dann ...« Sie sah durch mich hindurch. »Gerd wurde nie gefunden.«

Ich zog es vor, das nicht zu kommentieren.

»Joszef haben wir nach Hause überführt. Für Gerd habe ich eine Grabstätte gekauft. Auf dem Nordfriedhof. Es hat auch eine Trauerfeier gegeben, am leeren Grab. Vielleicht finden sie ihn ja noch ... Trotzdem. Ich brauche einen Ort, um mit meiner Trauer fertig zu werden. Können Sie das verstehen?«

Konnte ich.

Ihre Augen wurden feucht. »Mehr kann ich Ihnen nicht sagen.«

»Was wurde aus dem Boot?«

»Der *Julia*? Ich habe das Schiff nicht mehr gesehen. Ich habe es verkauft.«

»An wen?«

»Der Verwalter des Jachthafens hat mir ein großzügiges Angebot gemacht.«

Ich stand auf. »Vielen Dank, dass Sie so freundlich waren und mir Ihre Zeit geopfert haben.«

»Ich hoffe doch, dass dies die letzte Befragung dieser Art war.« Sie reichte mir ihre Hand.

»Vermutlich.« Überzeugt war ich von meiner Antwort selbst nicht.

Auf dem Weg zu meinem SLK kam mir ein Gedanke. Ich griff zum Handy und ließ mich mit Dermöller verbinden.

»Wissen Sie eigentlich, ob auch Joszef Jaronka bei Ihrer Gesellschaft eine Lebensversicherung abgeschlossen hat?«, fragte ich ihn.

Für einen Moment hörte ich nur seinen Atem.

Dann antwortete er: »Nein. Ich werde mich sofort erkundigen. Sie hören von mir.«

Als ich den Wagen starten wollte, sah ich Sonja Tillmeier um die Ecke biegen und eilig den Wall hinunterlaufen. Ich schaute auf die Uhr. Kurz nach elf. Eigentlich Hauptgeschäftszeit. Warum schloss Sonja Tillmeier um diese Zeit ihren Laden? Eine Aushilfe? Ich hatte außer ihr in den Räumen niemanden bemerkt.

Ich rief in ihrer Galerie an und lauschte einen Moment dem Anrufbeantworter. Dann stieg ich wieder aus meinem Wagen und ging in die Richtung, in der Sonja Tillmeier verschwunden war. An der nächsten Straßenkreuzung hatte ich sie wieder im Blick. Ich bin nicht sehr erfahren im Beschatten. Genau genommen habe ich vermutlich nicht mehr Ahnung davon als jeder andere, der im Kino einen Kriminalfilm gesehen hat. Daher war ich mehr als erleichtert, als Sonja Tillmeier bereits nach wenigen hundert Metern ein Haus betrat, ohne mich entdeckt zu haben.

Ich wartete zwei Minuten im Schutze einer Bushaltestelle und näherte mich dann dem Gebäude, in dem sie verschwunden war.

Die Jugendstilvilla beherbergte drei Wohnparteien: die Anwaltskanzlei *Nötte und Partner,* die Zahnarztpraxis *Willing* und eine Firma namens *Kardarcz Im- und Export.* Ich notierte mir die Namen und zog mich zurück.

Auf dem Weg zu meinem Auto ließ ich mich von der Auskunft zuerst mit der Anwaltskanzlei verbinden, nannte einen falschen Namen und verlangte Frau Tillmeier zu sprechen. Sie war dort unbekannt. Wäre sie an den Apparat geholt worden, hätte ich sofort aufgelegt. Auch in der Arztpraxis kannte sie niemand. Aber unter der Nummer der Handelsfirma hatte ich Glück. Es meldete sich eine sympathische, weibliche Stimme, die mir bedauernd mitteilte, dass Frau Tillmeier gerade eben gemeinsam mit dem Chef die Büroräume verlassen habe. Leider. Wenn ich aber wolle, könne sie eine Nachricht an Frau Tillmeier weiterleiten.

Ich verzichtete dankend.

Nachdem ich eine halbe Stunde erfolglos die Grabreihen auf dem Recklinghäuser Nordfriedhof abgelaufen war, begegnete mir ein Friedhofsarbeiter, der mich zu seinem Vorgesetzten führte. Letzterer hörte sich mein Anliegen an und zuckte dann mit den Schultern.

Ich hielt ihm einen Zehnmarkschein unter die Nase.

Er strich das Geld ohne Zögern ein und meinte: »Ich weiß nicht, ob ich um diese Zeit in der Verwaltung jemanden erreiche. Es ist Mittag.« Dabei sah er nicht mich an, sondern meine Brieftasche.

Ich verstand und ein weiterer Zehner motivierte ihn.

»Ich müsste anrufen. Aber ohne Handy?«

Ich gab ihm meins. Er telefonierte kurz und führte mich dann zu einem Grab, das nur wenige Schritte von dem Ort entfernt lag, an dem ich den Arbeiter angesprochen hatte. Die zwanzig Mark hätte ich mir sparen können.

Auf einem schlichten, unbehandelten Granitstein waren die Daten Gerd Tillmeiers eingemeißelt. Das Grab war schmucklos, sah aber so aus, als ob es vor kurzem gepflegt worden wäre.

»Wir haben das erst gestern in Ordnung gebracht«, informierte mich der Friedhofsgärtner, als ob er meine Gedanken lesen konnte. »Hat sich von den Angehörigen ja keiner darum gekümmert.«

Ich war erstaunt. »Was sagen Sie da?«

»Das Grab war völlig verwildert. War ja nie jemand hier. Da wurde mindestens ein Jahr nichts dran getan. Die Friedhofsverwaltung hat die Angehörigen mehrmals angeschrieben und aufgefordert, den Zustand zu ändern. Als dann keiner reagiert hat, mussten wir das machen. Bin mal gespannt, ob die Verwaltung die Kosten von den Hinterbliebenen eintreiben kann. Na, mir soll es egal sein. Wir kriegen unsere Knete ja von der Stadt. Schönen Tag noch.«

Der Mann ließ mich allein. Ich blickte noch einige Minuten völlig konsterniert auf die Grabstelle.

›Ich brauche einen Ort, um mit meiner Trauer fertig zu werden‹, hatte Sonja Tillmeier gesagt. Das hatte ich gut nachvollziehen können. Aber gehörte zur Trauerarbeit auch der Verzicht auf regelmäßige Grabpflege?

5

Marlene sah hinreißend aus. Sie trug Jeans, ein helles Shirt und einen dunkelblauen Blazer. Ich stand auf, um sie zu begrüßen. Als ich sie umarmte, konzentrierte ich mich auf den Duft ihrer Haare und nahm ein mir unbekanntes Parfüm wahr.

»Schön, dass du hier bist. Bitte entschuldige, dass ich ...«

Sie lächelte mich an. »Schon gut. Ich habe dir verziehen. Schließlich kenne ich dich lang genug.«

»Was willst du damit sagen?«

Ich zog einen Stuhl vom Tisch ab und bot ihr den Platz an der Wand an. Marlies hasste es, in Restaurants den offenen Raum im Rücken zu haben.

»Danke.« Sie setzte sich. »Manchmal kann ich verstehen, dass Claudia dich verlassen hat. Deine Verhaltensweisen erfordern gelegentlich eine große Toleranz, meinst du nicht auch?« Sie erwartete keine Antwort. »Und häufig stehst du dir selbst im Weg.«

Ich schwieg.

Der Kellner, der bisher diskret im Hintergrund gewartet hatte, präsentierte uns die Speisekarten. Marlene bestellte Prosecco.

»Für mich auch«, sagte ich und vertiefte mich in die Lektüre der Karte.

Fünf Minuten später hatten wir das Menü ausgewählt und waren zum Chianti Classico übergegangen. Der Wein war dunkel, schwer und erdig. Ich hob das Glas und prostete ihr zu.

»Ich bin mit dem Zug aus Dortmund gekommen«, informierte mich Marlene und nahm einen Schluck. »Ich kann doch heute Nacht sicher bei dir bleiben?«

Ich wollte gerade zustimmen, da fiel mir mein Sprössling ein. »Bastian wohnt seit ein paar Tagen bei mir. Das Arbeitszimmer ist durch ihn blockiert.«

»Na dann ...«, erwiderte sie etwas konsterniert.

»Nein, ich kann ja auf der Couch im Wohnzimmer schlafen. Für eine Nacht geht das schon.«

»Du musst ja nicht auf der Couch ...«

Der Kellner brachte die Antipasti.

Ich schüttelte den Kopf. »Nein, das kann ich dir nicht zumuten. Du bist zwar kleiner als ich und nicht so schwer, aber auch für dich wäre eine Nacht auf dem Sofa ...«

Sie winkte ab. »War nur so eine Idee. Ich nehme ein Taxi.« Ihre Augen bekamen einen melancholischen Ausdruck.

Plötzlich hatte ich das Gefühl, sie falsch verstanden zu haben, traute mich aber nicht, meine Gedanken auszusprechen. Wieder eine Chance vertan.

Nach der Vorspeise wurde das *Ossobuco alla Milanese* aufgetragen. Das Fleisch stammte von Kälbern aus Argentinien, wie der Kellner ungefragt versicherte. Wir wollten ihm glauben.

Ich schätzte an diesem Gericht besonders die Gremolata, die in diesem Restaurant immer frisch zubereitet wurde. Wie erwartet, war die Kalbshaxe wunderbar zart. Sie zerging fast auf der Zunge.

Beim Essen unterhielten wir uns hauptsächlich über meinen Sohn. Marlene teilte meine Besorgnis über Bastian und seine Probleme. Doch sie war der Auffassung, dass es völlig normal sei, wenn sich Bastian in seinem Alter von seinem Elternhaus abnabeln wollte. Dazu gehöre auch die Idee mit der Selbstständigkeit.

»Ich hatte eigentlich gehofft, er würde studieren.«

»Um dann was zu werden? Ein erfolgreicher Architekt wie sein Vater?«

Das saß. Ich schwieg beleidigt.

Sie legte ihre Hand auf meinen rechten Arm. »Entschuldige. Das habe ich nicht so gemeint. Aber sieh mal, wenn Bastian jetzt nicht versucht, seine Ideen zu realisieren, wird er dieser verpassten Chance sein Leben lang nachtrauern. Macht er es aber und scheitert, kann er immer noch studieren. Und wenn er erfolgreich ist ...«

Die Frage des Kellners nach unseren weiteren Wünschen unterbrach uns.

Nachdem Espresso und Grappa vor uns standen, zog Marlene einige gefaltete Papierblätter aus der Handtasche und schob sie über den Tisch. »Der Bericht der Staatsanwaltschaft. Ich habe ihn kopiert. Es hat mich einige Telefonate, Lügen und noch mehr Überredung gekostet, die Unterlagen zu besorgen. Also enttäusche mich nicht.«

Ich wusste, was sie meinte. Die Kopien würden in meinem Wandsafe gebunkert und nach Abschluss meines Auftrages im Aktenvernichter landen. Außer uns würde nie jemand von der Existenz dieser Papiere erfahren.

»Habe ich das jemals getan?«

Sie nippte am Grappa und sagte nach einem Moment: »In dieser Hinsicht nicht.«

Da war er wieder, der melancholische Blick.

»Was für Lügen meinst du?«

»Lügen ist vielleicht nicht das richtige Wort, sagen wir lieber ... kleine Unwahrheiten.«

»Und was für Unwahrheiten musstest du erfinden?« Ich schielte zu den Papieren, die vor mir auf dem Tisch lagen.

»Ich habe den Kollegen erzählt, dass ich von dem Fall vor einiger Zeit gelesen habe und an einer Veröffentlichung über die rechtlichen Konsequenzen der Anwendung des Verschollenheitsgesetzes arbeiten würde.«

»Was für ein Gesetz?« In den Unterlagen würde bestimmt ...

»Hörst du mir überhaupt zu?«

40

»Wie? Ja, natürlich.«

»Das regelt das Verfahren einer Todeserklärung.«

»Ach so.«

Ich blätterte in den Papieren, legte sie aber wieder zur Seite und bemühte mich, mein Interesse zu verbergen.

»Du benutzt ein neues Parfüm, nicht wahr?«, versuchte ich einen Themenwechsel.

»Ja. *Organza*. Du bist der Erste, dem das auffällt.« Sie strahlte mich an. »Aber du brauchst nicht abzulenken. Nun lies schon. Du platzt ja vor Neugier.«

Dankbar griff ich zu den Kopien. Zwei Fotografien fielen mir entgegen. Die Gesichter kamen mir bekannt vor. Ich sah hoch.

Marlene beantwortete meine stumme Frage. »Der blonde ist Gerd Tillmeier, der andere sein Schwager Joszef. Du kannst die Bilder behalten. Ich habe die Originale für dich gescannt und ausgedruckt.«

Ich überflog die erste Seite. Uninteressanter Formalismus. Dann wurde es spannender. Die *Julia* war mit Gerd Tillmeier und Joszef Jaronka an Bord am 4. April gegen zwölf von Greetsiel ausgelaufen. Das wusste ich bereits. Dafür gab es mehrere Zeugen. Das Wetteramt hatte für diesen Tag Windstärken von fünf bis sechs aus Südwest vorhergesagt. Tatsächlich erreichte der Wind dann mit Windstärke sieben bis acht fast Sturmstärke. Aber das sei für erfahrene Segler kein Problem, meinte der Verfasser des Dossiers. Eine ›Oceanis 440‹ von über dreizehn Metern Länge und rund einhundert Quadratmetern Segelfläche war hochseetauglich und hätte bei diesem Wetter keine Schwierigkeiten haben dürfen. Das Schiff war zusätzlich zur üblichen Sicherheitsausrüstung mit Radar, Funk und einem GPS-System zur automatischen Positionsbestimmung ausgestattet gewesen.

Die Crew eines Schnellbootes der Bundesmarine auf Übungsfahrt entdeckte den Segler dann am frühen Sonntagmorgen des 5. April am Rand einer Sandbank, etwa anderthalb Seemeilen nördlich der Insel Juist. Als auf der *Julia* weder auf Anruf über Megafon noch auf Anfragen über die üblichen Funkfrequenzen jemand reagierte, verständigte die Besatzung des Schnellbootes die Seenotrettung, die die Bergung des gestrandeten Schiffes veranlasste. Wie sich bei der anschließenden Untersuchung des Bootes herausstellte, waren die Segel der *Julia* bis auf ein für Starkwind ausreichendes Stück der Rollgroß eingeholt worden. Das Schiff war unbeschädigt, wenn man von kleineren Schleifspuren am Rumpf absah, die vermutlich durch das Auflaufen auf die Sandbank hervorgerufen worden waren. Alle technischen Einrichtungen waren voll funktionsfähig gewesen. Die Sicherungsleinen für die Crew waren vorhanden. Ein Rätsel blieb jedoch, warum die Besatzung sie trotz des schlechten Wetters nicht angelegt hatte. Auch die Rettungsinsel und das Beiboot waren intakt. Anhand der Registrierungsnummer wurde der Eigner ermittelt, dann Sonja Tillmeier verständigt. Von ihr erfuhr die Polizei, dass sich Tillmeier und Jaronka auf dem Schiff befunden hatten. Nur fehlte von ihnen jede Spur.

»Darf ich Ihnen noch etwas bringen?«, erkundigte sich der Kellner.

Wir orderten noch zwei Gläser Rotwein.

»Hilft dir das Dossier?«, wollte Marlene wissen.

»Hm«, antwortete ich und las weiter.

Aus dem in diesem Teil des Wattenmeeres typischen Strömungsverlauf und der Windrichtung und Windstärke konnten die Experten der Seenotrettung errechnen, welche Strecke die *Julia* zurückgelegt haben musste, bis sie führerlos auf die Sandbank aufgelaufen war. Kein Punkt dieser angenommenen Route war weiter als zehn Seemeilen vom Festland entfernt.

Joszef Jaronkas sterbliche Überreste wurden am 1. Mai von Wattwanderern entdeckt. Der Leichnam hatte sich in einem Bojengestänge verfangen. Die Identifizierung erfolgte zweifelsfrei über die Kleidung, einen Gebissabdruck und ein silbernes Medaillon, dass Jaronka seit seinem 14. Geburtstag trug. Der Tote hatte eine Schwimmweste angelegt, war aber nicht angeleint gewesen. Das kam durch die kriminaltechnischen Untersuchungen der *Julia* zu Tage.

Bei der Obduktion Joszef Jaronkas wurde ein Bruch der hinteren Schädelplatte festgestellt, so wie er typischerweise durch einen Schlag mit einem schweren Gegenstand entsteht. Der Schlag selbst war vermutlich nicht tödlich, die Ermittler gingen davon aus, dass Jaronka noch lebte, als er ins Meer stürzte. Da die Wassertemperatur Anfang April aber nur wenig über sechs Grad gelegen hatte, musste das Opfer kurze Zeit später an Unterkühlung verstorben sein.

Diese Schädelverletzung war Grund für die Staatsanwaltschaft gewesen, zunächst einen Anfangsverdacht auf ein Tötungsdelikt anzunehmen und gegen unbekannt zu ermitteln. Da sich aber für ein Gewaltverbrechen keine weiteren Anhaltspunkte ergaben und die Kopfverletzung auch durch ein plötzliches Überkommen des Großbaumes hervorgerufen worden sein konnte, wurden die Ermittlungen schließlich eingestellt. Gerd Tillmeier allerdings blieb spurlos verschwunden.

Ich faltete die Unterlagen zusammen.

»Na, was meint deine Spürnase. Unfall oder Mord?« Marlene schaute mich mit lustig blitzenden Augen an.

»Ich weiß nicht. Wenn Tillmeier Jaronka tatsächlich umgebracht hat, wie ist er dann vom Schiff auf das Festland gekommen? Bei der Wassertemperatur?«

»Mit einem Boot vielleicht?«

»Das Beiboot war noch vorhanden und der Außenborder hing noch an Deck des Segelschiffes.«

»Was ist mit einem zweiten Boot? Ein Schlauchboot vielleicht, das er erst an Bord aufgeblasen hat?«

»Mag sein.« Ich war nicht überzeugt. Trotzdem brachten mich Marlenes Spekulationen auf die Idee, dem Jachthafen in Greetsiel einen Besuch abzustatten.

»Da ist doch das Watt. Konnte er nicht einfach auf Ebbe gewartet haben und dann losmarschiert sein? Trockenen Fußes sozusagen?«

Ich warf einen Blick in den Bericht. »Das ist überprüft worden. Zwischen der Sandbank und Juist liegt ein sehr breiter Priel, der auch bei Ebbe ohne Hilfsmittel nicht zu durchqueren ist. Außerdem ist die Strömung dort sehr stark.«

»Oder mit einer Taucherausrüstung. Mit so einem Anzug aus ... Wie heißt das Zeug?«

» Neopren?«

»Genau. Er zieht den Anzug an und schwimmt. Wie weit war das gestrandete Boot von der Insel entfernt?«

»Anderthalb Seemeilen.«

»Für einen guten Schwimmer kein Problem. War dieser Tillmeier ein guter Schwimmer?«

»Keine Ahnung. Was ist mit seiner Kleidung?«

»Nimmt er mit. Es gibt sicherlich wasserdichte Rucksäcke oder so etwas.«

»Vermutlich. Aber meinst du nicht, dass deine Auricher Kollegen diese Überlegungen auch durchgespielt haben?«

»Sicher.«

»Warum haben sie dann die Ermittlungen eingestellt?«

»Weil zum einen ihre Personaldecke zu dünn ist und sie zum anderen für ihre Arbeit erheblich weniger Geld erhalten als du.«

Das leuchtete mir ein.

»Und deshalb bezahlst du jetzt auch die Rechnung und das Taxi.«

Ich nickte.

Als der Wagen kam, wagte ich einen erneuten Anlauf. »Willst du nicht doch bei mir übernachten?«

Statt einer Antwort küsste sie mich zum Abschied flüchtig auf den Mund.

Marlene stieg in das Taxi und sah noch einmal zu mir hoch. »Ich sagte doch, dass du dir manchmal selbst im

Weg stehst, Jean. Ruf mich an.« Damit schlug sie die Tür zu.

»Und wenn es mich das Leben kostet«, erwiderte ich theatralisch. Aber das hörte sie schon nicht mehr.

Mein Mieter aus dem Parterre stand schon im Flur, als ich in mein Haus zurückkehrte. Er brauchte nichts zu sagen. Ich hörte auch so, dass in meiner Wohnung in der ersten Etage des Zweifamilienhauses nicht alles so war, wie es eine typisch deutsche Hausordnung verlangen würde. Die Wände erbebten so stark im Rhythmus der Technoklänge, dass ich um die Standfestigkeit des Gebäudes fürchtete.

Ich nahm die Treppenstufen im Sprint. Bastian und zwei junge Männer, die ich noch nie gesehen hatte, hockten im Wohnzimmer, vor sich einige Flaschen Bier und überquellende Aschenbecher. Auf dem Boden vor meiner Stereoanlage lagen geöffnete CD-Hüllen.

»Mach die Musik leiser!«, brüllte ich gegen das Gestampfe an.

Bastian hob grüßend die Hand, seine Freunde nickten mir gönnerhaft zu.

»Die Musik«, schrie ich und zeigte auf die Lautsprecherboxen.

Bastian zuckte fragend mit den Schultern.

Wütend stampfte ich zur Anlage und drückte auf ›Stopp‹. Der Beat klang in meinem Kopf nach. Mein Sohn sah mich erstaunt an.

»Weißt du eigentlich, wie spät es ist?«, schnaubte ich.

»Kurz vor eins. Warum?«, erwiderte Bastian.

»Wir hatten einen Deal. Keine Feiern ohne Absprache.«

»Du hast gesagt, keine größeren Feiern. Das hier ist keine Feier. Wir haben uns nur getroffen, um Peters neue CD zu hören. Schließlich warst du nicht da. Ich konnte ja nicht ahnen, dass du jetzt schon wiederkommst.« Bastians Empörung wirkte echt. Vielleicht war es gerade dieses so selbstverständlich artikulierte Unverständnis, das mich völlig auf die Palme brachte.

»Jetzt ist Feierabend! Deine Freunde wollten ohnehin gerade gehen.«

Bastian schaute mich wie versteinert an. Dann wurde sein Blick eisig. »Wie du meinst«, blaffte er zurück.

Ich verzog mich in die Küche und öffnete eine Flasche Bier. Bastian und seine Gäste räumten leise flüsternd auf. Wenig später ging die Wohnungstür.

Dann trat Bastian in die Küche. »Du bist ein genauso ein Spießer wie Ronnie«, fauchte er. »Morgen bin ich weg. Dann bist du mit deinen verstaubten Jazzplatten, den Rotweinflaschen und deinem Frust wieder allein. Viel Spaß.« Er verschwand im Arbeitszimmer und knallte die Tür zu.

Ich trank das Bier aus. Auf dem Weg in mein Schlafzimmer blieb ich für einen Moment vor Bastians Tür stehen. Doch ich klopfte nicht, sondern schrieb nur: *Lass uns reden* auf einen selbstklebenden Notizzettel, den ich an seiner Tür befestigte.

6

In dem seltsamen Schwebezustand zwischen Schlaf und Wachsein hatte ich nur verschwommene Erinnerungen an meinen Traum: Bastian und Marlene heftig winkend auf einem sinkenden Segelschiff in stürmischer See und ich grinsend auf einer Rettungsinsel mit einer Bohrmaschine in der Hand, mit der ich den Rumpf des Bootes durchlöchert hatte.

Das Geräusch der zuschlagenden Wohnungstür ließ mich endgültig erwachen. Ich sah auf den Wecker. Es war kurz nach neun. Mühsam kroch ich aus dem Bett und schlurfte in den Flur. Die Tür zum Arbeitszimmer stand offen. Ich warf einen Blick hinein.

Bastian war nicht da, aber seine Sachen lagen noch an ihrem Platz. Anscheinend hatte er seine Drohung von gestern Abend doch nicht in die Tat umgesetzt. Dann bemerkte ich den Notizzettel. *In Ordnung* hatte er unter meine Bitte geschrieben. *Gegen 20 Uhr.*

Im Bad sah ich auf das Außenthermometer. Dreiundzwanzig Grad. Um diese Zeit! Und ein tiefblauer Himmel. Das versprach einer dieser Sonntage zu werden, an denen die Freibäder und Biergärten im Ruhrgebiet aus allen Nähten platzten. Ich beschloss, auf das Frühstück zu verzichten und sofort nach Greetsiel zu fahren, um mit dem Verwalter des Jachthafens zu sprechen. Ich hatte bis zu meiner Verabredung mit Bastian noch gut zehn Stunden Zeit. Der Weg hin und zurück müsste zu schaffen sein.

Wenig später ließ ich mir in meinem Cabrio den kühlenden Wind um die Nase wehen und drehte den CD-Player lauter.

Kurz hinter Osnabrück unterbrach ein Anrufer Billie Holidays *Summertime*. Es war Dermöller.

»Arbeiten Sie auch sonntags?«, erkundigte ich mich.

Dermöller knurrte etwas, das sich wie »Ich arbeite immer« anhörte und wie eine versteckte Kritik an meiner Lebensauffassung klang.

Ich schluckte eine Entgegnung hinunter.

»Wir haben Jaronkas Policen überprüft. Bei uns hat er keine Lebensversicherung abgeschlossen.«

»Schade.« Ein Ansatzpunkt weniger.

»Aber bei unserem ungarischen Tochterunternehmen. Zwei Tage, nachdem Gerd Tillmeier seinen Vertrag unterschrieben hat.«

»Wie viel?«

»Zehn Millionen.«

Ich sog die Luft ein.

»Nicht Mark. Forint.«

»Forint?«

»Ja.«

»Nun lassen Sie mich nicht dumm sterben.«

»Das sind nach heutigem Wechselkurs knapp fünfundsiebzigtausend Mark. Das Geld wurde im Sommer 98 an die Witwe ausbezahlt. Ich habe Ihnen eine Kopie der Unterlagen zugefaxt.«

»Danke.« Mir fiel die Handelsfirma ein, der Sonja Tillmeier einen Besuch abgestattet hatte. »Ich benötige Informationen über eine Firma *Kardarcz, Im- und Export.*« Ich gab die Anschrift durch.

»Welche Informationen?«

»Inhaber, Schufa und so weiter.«

»Verstehe.«

Dermöller unterließ es, sich nach dem Stand meiner Ermittlungen zu erkundigen. Er wusste, dass ich solche Fragen hasste.

Der Jachtklub in dem pittoresken ostfriesischen Fischerdorf lag auf der östlichen Seite des Hafenbeckens. Die Boote, die dort festgemacht waren, sahen ziemlich teuer aus. So teuer, dass ich mich fragte, wie hoch die jährlichen Liegegebühren in diesem Klub wohl waren.

Der Verwalter war nicht anwesend. Mittagspause. Ein Seebär mit breitem Kreuz und brauner Haut verwies mich an das Restaurant *Sielgatt* mitten im Ort: »Fragen Sic nach Jcns Sticdlcr. Dcn kcnnt da jcdcr.«

Je mehr ich mich dem Ortskern näherte, desto dichter wurden die Menschenmassen, die mir entgegenkamen. Von wegen anheimelndes Fischerdorf – Greetsiel war ein einziges großes Freilichtmuseum, das anscheinend Tausende von Besuchern anzog. Und der größte Teil von ihnen hielt sich augenscheinlich genau da auf, wo ich erst noch hinwollte.

Das *Sielgatt* war überfüllt. Ich kämpfte mich zur Theke vor und fragte nach Stiedler. Er saß an einem Tisch halb verborgen durch Heerscharen von Gästen im hinteren Bereich der Gaststätte.

Stiedler sah nur kurz von seinem Teller auf, als ich neben ihn trat, mich vorstellte und mein Anliegen, ihm einige Fragen zu stellen, vortrug. Er machte eine flüchtige Handbewegung, die ich als Einladung interpretierte, Platz zu nehmen. Also setzte ich mich und sah meinem Gegenüber dabei zu, wie er die letzten Reste einer Scholle mit Bratkartoffeln vertilgte.

»Also, worum geht es?«, fragte er mich mit bayerischem Dialekt, nachdem er seine Mahlzeit beendet hatte.

Er sah mir meine Überraschung wohl an. »Die Liebe hat mich hergezogen. Meine Frau stammt von hier.«

Ich nickte verstehend. »Es geht um Gerd Tillmeier, der vor gut zwei Jahren …«

Er winkte ab. »Ich erinnere mich. Sind Sie von der Polizei?«

»Nein. Versicherung.«

»Aha. Und womit kann ich Ihnen helfen?«

»Könnten Sie mir möglichst genau erzählen, was sich an dem Tag, an dem Tillmeier und sein Schwager zu ihrem letzten Törn ausgelaufen sind, ereignet hat?«

Der Bayer nahm einen tiefen Schluck aus seinem Bierglas. Dann erzählte er mir, an was er sich erinnerte. Das kannte ich alles schon aus den Akten.

»Und später haben Sie Frau Tillmeier die *Julia* abgekauft?«

»Woher wissen Sie das?«, fragte Stiedler verwundert.

»Sie hat es mir erzählt.«

»Es war ein Schnäppchen. Ein solches Schiff ist unter Freunden gut und gerne vierhundertfünfzigtausend Mark wert.«

»So viel?«, wunderte ich mich. »Das Boot war doch schon ziemlich alt. Und gebraucht.«

»Alt? Wie kommen Sie darauf?« Stiedler schüttelte heftig den Kopf. »Tillmeier hatte die *Julia* erst knapp ein Jahr vorher neu gekauft. Mit der Ausstattung hat das Boot mindestens sechshunderttausend gekostet. Wenn nicht mehr. Na ja, Frau Tillmeier machte sich nichts aus Segeln. Ich habe einen Versuch gestartet und ihr eine Offerte gemacht. Klar, das Boot war deutlich mehr wert. Zu meiner Überraschung hat sie mein Angebot jedoch ohne Zögern akzeptiert. Aber, wie gesagt, sie hatte für das Segeln nichts übrig.«

»Und wie viel haben Sie dafür nun hingelegt?«, erkundigte ich mich.

Stiedler grinste breit. »Nicht ganz die Hälfte.«

»Vom Neupreis?«

»Die Hälfte vom Freundschaftspreis.«

»Und wo ist das Boot jetzt?«

Der Verwalter zuckte mit den Schultern. »Irgendwo in der Ägäis. Ich habe es nur kurze Zeit später weiterverkauft.«

»Zu fragen, ob mit Gewinn, ist sicher überflüssig?«

Sein Grinsen wurde noch breiter. Dann sah er demonstrativ auf seine Uhr.

Ich stand auf. »Danke, dass Sie mir Ihre Zeit geschenkt haben ... – Ach, eine Frage noch. Was kostet in Ihrem Klub ein Liegeplatz?«

»Keine Chance. Alles belegt.«

»Ich frage nur aus Neugier.«

»Hängt von der Größe des Bootes ab.«

»Etwa so groß wie die *Julia*.«

»Fünfhundertfünfzig.«

»Im Jahr?«

»Im Monat.«

Stiedler bestellte sich noch ein Bier. Er machte nicht den Eindruck, als ob er wirklich noch einen Termin hatte.

Ich verließ das *Sielgatt* und bummelte durch den Ort. Vor einem kleinen Modegeschäft blieb ich stehen. Obwohl Sonntag war, hatte der Laden geöffnet. Rechts neben dem Eingang wehten bunte Seidenhalstücher im Wind. Ich sah mir die Tücher genauer an. Sie unterschieden sich vor allem in den farblichen Mustern. Vielleicht sollte ich Marlene eines davon mitbringen. Aber welches? Ich musste mir eingestehen, dass ich noch nicht einmal ihre Lieblingsfarbe kannte. Ich ging weiter. Nach drei Metern hatte ich das Halstuch schon wieder vergessen.

Auf einer Bank in der Nähe des Deiches dachte ich über das Gehörte nach. So wie es aussah, hatte ich die Höhe des Einkommens eines Recklinghäuser Kunsthändlers deutlich unterschätzt. Sechshunderttausend für ein neues Segelboot. Und fast siebentausend im Jahr nur für den Liegeplatz. Ich wunderte mich allerdings, dass Sonja Tillmeier anscheinend nicht wusste, dass ihr Mann ein neues Boot gekauft hatte. Oder weshalb sonst hatte sie die Segeljacht für nur rund zweihunderttausend verschleudert?

Mir knurrte der Magen. Ich hatte schon Appetit bekommen, als ich Stiedler beim Essen zusah. Also kehrte ich in eines der zahlreichen Restaurants ein, die sich um das Hafenbecken gruppierten.

Gegen vier saß ich wieder im Wagen. Und gegen sieben stand ich laut den Verkehrsmeldungen in einem vierzig Kilometer langen Stau vor Münster. Bis acht würde ich es bis Herne nicht schaffen.

Ich rief Bastian an, um ihm meine Verspätung zu erklären.

Sein Verständnis hielt sich in Grenzen: »Wir waren verabredet. Weil du das so wolltest. Ich habe mir den Abend freigehalten und jetzt kommst du nicht. Warum bist du nicht eher losgefahren? Warum musstest du überhaupt an die Küste? Aber so war das ja schon immer: Wenn ich mit dir reden wollte, hattest du nie Zeit. Immer gab es Wichtigeres als mich. Ich habe die Schnauze voll!«

»Bastian, ich …«

Zu spät. Er hatte schon aufgelegt.

7

Der Westdeutsche Rundfunk sagte in den Nachrichten um zehn Uhr Temperaturen bis dreißig Grad und für die Abendstunden aufkommende Gewitterneigung voraus. Gegen einen kräftigen Schauer hatte ich nichts einzuwenden. Er würde mir das lästige Gießen meiner Terrassenpflanzen ersparen.

Ich verließ meine Wohnung, um die Tageszeitung aus dem Briefkasten zu holen. Im Flur begegnete mir wieder mein Mieter, der erzählte, dass Bastian gestern Abend gegen halb neun das Haus verlassen hatte, um zu seiner Mutter zurückzukehren, wie er ihm gesagt hatte. Etwas Ähnliches hatte ich erwartet.

Als ich in die Küche zurückkehrte, war der Kaffee durchgelaufen. Ich goss meinen Becher voll, belegte die Toastscheibe dick mit französischem Weichkäse, biss hinein und widmete mich dem Studium der *Frankfurter Rundschau.* Auf der Sportseite blieb ich an einem Bericht über eine Schachpartie zwischen dem Weltmeister Garry Kasparow und dem Produkt einer Computerfirma hängen. Der Weltmeister hatte verloren – gegen eine Maschine! Vielleicht waren die Pläne meines Sprösslings ja doch nicht so dumm. Die Notation der Partie war abgedruckt. Ich überlegte, sie später nachzuspielen.

Das leise Klingeln des Faxgerätes aus dem Arbeitszimmer störte mein Frühstück. Dermöller schickte mir die gewünschten Informationen über die Recklinghäuser Handelsfirma. Ich fragte mich nicht zum ersten Mal, wie es den Mitarbeitern der *Versicherung AG* immer wieder gelang, fast jede Information in kürzester Zeit zu beschaffen.

Die *Kardarcz GmbH* war erst vor drei Jahren ins Handelsregister eingetragen worden. Als Geschäftsführer fungierte ein Nikolaus Müller. Zweck der Gesellschaft war der Im- und Export von Handelswaren aller Art. Alleiniger Gesellschafter der Firma war Peter Adamjecz aus Székesfehérvár. Mehr gab der Auszug aus dem Handelsregister nicht her. Nicht sehr aufregend, wenn man von dem ungewohnt klingenden Namen absah. Auch der Bericht der Schufa enthielt nichts Ungewöhnliches: Das Unternehmen unterhielt Konten bei mehreren Banken. Es war anscheinend alles in Ordnung. Jedenfalls gab es laut Schufa keine besonderen Auffälligkeiten wie ausstehende Kredittilgungen oder rechtskräftige Vollstreckungsbescheide.

Ich startete den Routenplaner auf meinem Computer und sah nach, wo sich dieses Székesfehérvár befand. Das Programm bot mir Ungarn an. Es dauerte einen Moment, bis der Rechner den Kartenausschnitt auf dem Bildschirm anzeigte. Tatsächlich: Der Ort mit dem unaussprechlichen Namen lag ganz in der Nähe von Polgárdi, dem Geburtsort von Sonja Tillmeier.

Aber brachte mich das weiter? Es konnte Dutzende von Gründen dafür geben, dass Sonja Tillmeier eine Firma aufgesucht hatte, deren Inhaber aus ihrer Heimat stammte. Ich entschied mich dafür, sie danach zu fragen und mich auch noch einmal nach den genauen Umständen des Verkaufs der *Julia* zu erkundigen.

Doch am Telefon der Kunstgalerie meldete sich eine mir unbekannte weibliche Stimme. Sonja Tillmeier sei nicht zu sprechen. Sie befände sich in Urlaub. Wegen einer dringenden Familienangelegenheit sei sie am Samstagmorgen überraschend an den Plattensee gefahren.

Der Balaton. Polgárdi lag in der Nähe.

Nein, sie wisse nicht, wann Frau Tillmeier wieder nach Recklinghausen zurückkehren werde. Nein, die Chefin habe kein Handy und sei telefonisch nicht erreichbar. Und im Übrigen habe sie jetzt Kundschaft. Mit dieser Bemerkung beendete die Frau unser Telefonat.

Ich trank noch einen Kaffee. Sehr viel weiter war ich nicht gekommen. Mein einziger Ansatzpunkt hieß Sonja Tillmeier und die hielt sich in der ungarischen Provinz auf. Ich dagegen saß in Herne und trat auf der Stelle. Das musste ich ändern.

Ich rief Bastian bei seiner Mutter an, um ihm zu sagen, dass ich für einige Tage nicht zu Hause sei. Das war ich ihm und meinem schlechten Gewissen schuldig. Es hob keiner ab. Also hinterließ ich nur eine Nachricht auf dem Anrufbeantworter.

Dann verstaute ich einige Sachen in meiner Reisetasche. Ich war noch nie am Plattensee gewesen, stellte mir aber vor, dass auch dort leichte Sommerkleidung angemessen sei. Die bestand aus zwei Anzügen, Jeans, jeder Menge Shirts und natürlich meiner Lederjacke.

Für einen Moment erwog ich, einen Flug nach Budapest zu buchen, entschied mich aber dann doch für mein Auto. Ich fliege nicht besonders gern. Außerdem erschien mir der Aufwand für die Anreise vertretbar. Der Routenplaner meinte, dass ich in gut elf Stunden reiner Fahrtzeit die knapp tausendzweihundert Kilometer bis zum Balaton zurückgelegt haben müsste.

Schließlich informierte ich Dermöller. Der sagte mir die Hilfe des Tochterunternehmens der *Versicherung AG* in Ungarn zu. Frau Wittig würde mir via Handy die Adresse der Agentur in Polgárdi oder Umgebung zumailen, bei der ein deutschsprachiger Mitarbeiter beschäftigt war. Dieser könne mir als Dolmetscher behilflich sein.

Gegen elf saß ich in meinem Wagen. Ich öffnete das Dach und sah hoch. Ein strahlend blauer Himmel und keine Wolke weit und breit. Cabriowetter. Ich legte eine CD in den Player und fuhr los.

Abends war ich in Österreich in der Gegend von Linz und übernachtete in Weißkirchen an der Traun in einem kleinen Gasthof, der eine gute Speisekarte und ausgewählte Weine der Region anbot. Ich aß ausgiebig und wie meistens zu viel.

Vor dem Zubettgehen fiel mir ein, dass ich Bastian noch hatte anrufen wollen. Ich sah auf die Uhr: nach zwölf. Zu spät für ein Telefonat mit einem angehenden Abiturienten, der noch die Schulbank drücken musste – sofern sich Bastian, wie ich hoffte, an unsere Verabredung vom Donnerstagabend hielt.

Am nächsten Tag erreichte ich gegen Mittag Polgárdi. Die Kleinstadt lag etwa dreißig Kilometer nordöstlich vom Balaton. Nach kurzer Suche fand ich in der Innenstadt ein passabel aussehendes Hotel. Allerdings war das *Metropol* anscheinend auch das einzige Hotel in diesem Ort. Die großen Touristenströme schienen Polgárdi links liegen zu lassen.

Die Kommunikation mit der Mitarbeiterin an der Rezeption klappte besser als befürchtet. Die junge Frau sprach nicht nur fließend Englisch, sondern beherrschte sogar einige Brocken Deutsch. Ich buchte das Zimmer für zwei Übernachtungen, legte mich etwa drei Stunden aufs Ohr und erwachte gegen vier. Nun fühlte ich mich wieder ausgeruht und topfit. Nachdem ich geduscht hatte, streifte ich durch den Ort.

Viel war hier nicht zu sehen. Eine hübsche Kirche, einige Denkmäler – das war es schon. Nachdem ich eine Stunde durch den Ort gebummelt war, trank ich ein eiskaltes Bier in einem kleinen Straßenlokal am Markt und plante mein weiteres Vorgehen. Zunächst müsste ich Sonja Tillmeiers Aufenthaltsort ermitteln. Vermutlich hielt sie sich ja wohl bei ihrer Familie auf.

Leider hatte ich es versäumt, Dermöller nach der Adresse der Angehörigen von Joszef Jaronka zu fragen. Ich sah auf die Uhr. Nun war es zu spät. Auch die fleißigsten Mitarbeiter einer Versicherungsfirma hatten irgendwann Feierabend. Aber ich würde die Anschrift auch so herausfinden.

Ich verdeutlichte dem Kellner mit Händen und Füßen, dass ich ein Telefonbuch benötigte. Er verstand sehr schnell und brachte mir nicht nur das Buch, sondern auch ein schnurloses Telefon. Beim Durchblättern der

Schwarte wurde mir klar, dass ich die Unterstützung des Obers noch einmal benötigte. Anscheinend waren in dem Wälzer alle Orte zwischen dem Plattensee und Budapest dokumentiert. Er half mir dabei, das richtige Verzeichnis in dem voluminösen Werk zu finden. So entdeckte ich endlich vier Jaronkas, deren Telefonnummern und Adressen ich notierte.

Bei der ersten Nummer meldete sich eine Männerstimme, die ich auf Deutsch nach Sonja Tillmeier fragte. Die Stimme antwortete etwas auf Ungarisch. Ich wiederholte meine Bitte auf Englisch. Mein Gesprächspartner unterbrach das Telefonat mit einem Wortschwall und in einem Tonfall, der mich an eine wüste Beschimpfung erinnerte.

Bei der zweiten Nummer hörte ich erst etwas auf Ungarisch, dann ein Piepsen wie von einem Anrufbeantworter.

Bei der dritten Nummer ging niemand an den Apparat und der vierte Versuch verlief wie der erste, nur dass ich mich mit einer Frau zu verständigen versuchte. So ging es nun doch nicht. Ohne Dolmetscher kam ich nicht weiter.

Ich kehrte ins *Metropol* zurück und besorgte mir an der Rezeption einen Stadtplan. Die nächste halbe Stunde verbrachten die hübsche Hotelangestellte und ich damit, die Anschriften der verschiedenen Jaronkas in dem Plan zu markieren. Dabei strahlte mich die junge Frau ununterbrochen an. Ich machte mir keine Illusionen. Ihr Lächeln war rein professionell und galt dem zahlenden Gast, nicht dem Mann. Leider.

Zurück auf meinem Zimmer versuchte ich zunächst, Marlene zu erreichen. Sie war nicht zu Hause. Dann rief ich wieder bei Claudia an. Es meldete sich Ronnie. Ich erkundigte mich nach Bastian.

»Er will dich nicht sprechen«, bekam ich zur Antwort.

»Hat er das gesagt?«

»Claudia hat es mir erzählt. Sie hatten heute Nachmittag ein langes Gespräch miteinander.«

»Wo ist Bastian?«

»Auf seinem Zimmer.«

»Dann hol ihn bitte ans Telefon.«

»Einen Moment.« Ronnie legte den Hörer ab.

Im Hintergrund hörte ich einen kurzen Wortwechsel. Dann wurde der Hörer wieder aufgenommen.

»Er weigert sich, mit dir zu reden.« Claudias Tonfall gefiel mir nicht.

»Das soll er mir selbst sagen«, blaffte ich zurück.

»Kapier es doch. Du hast deine Chance gehabt.«

Verpasste Gelegenheiten schienen sich in den letzten Tagen zu häufen.

»Was hat dir Bastian erzählt?«, erkundigte ich mich deutlich konzilianter.

»Er hat Probleme.«

»Ich weiß. Die Sache mit der Selbstständigkeit. Ich habe mit ihm …«

»Nicht nur das.«

»Was sonst?«

»Du erinnerst dich an Karl?«

»Dem Namen nach.« Karl war der Freund, mit dem Bastian im letzten Jahr Indien heimgesucht hatte. »Was ist mit ihm?«

»Karl hat sich den Blinddarm herausnehmen lassen müssen.«

»Na und?« Ich hatte nicht die geringste Ahnung, worauf Claudia hinauswollte.

»Bei der Blutuntersuchung vor der Operation haben die Ärzte festgestellt, dass Karl HIV-positiv ist.«

»Du willst damit sagen …«

»Ja. Karl hat Aids.«

»Scheiße.« Ich kannte den Jungen zwar nicht persönlich, aber soweit ich wusste, war er Bastians bester Freund.

»Du hast Karl am Samstag aus deiner Wohnung geworfen.«

»Ich habe was?« Dann kapierte ich. »Verstehe. Aber ich wusste doch nicht ...«

»Du verstehst wirklich nichts! Bastian und Karl haben in Indien mit derselben Frau geschlafen. Karl kann sich nur bei ihr angesteckt haben.«

Es dauerte einen Moment, bis ich die Tragweite dessen begriff, was mir Claudia gerade eben erzählt hatte. »Und Bastian?«

»Hat große Angst und sich wochenlang nicht zum Arzt getraut. Darüber wollte er mit dir sprechen. Gestern Morgen war er in der Klinik.«

Mein Mund war trocken. »Und?«, krächzte ich.

»Er bekommt das Ergebnis in einigen Tagen.« Claudia schluchzte auf.

»Ich komme sofort«, sagte ich mit zitternder Stimme.

»Du bleibst, wo du bist. Du kannst Bastian ohnehin nicht helfen. Jetzt nicht mehr.« Sie hatte sich wieder in der Gewalt.

»Kann ich mit ihm sprechen?«

»Zwecklos. Jedenfalls im Moment. Er ist wütend auf dich, weil du dich seiner Meinung nach eurem Gespräch entzogen hast.«

»Aber ...«

»Ich rufe dich an, wenn wir das Ergebnis wissen.« Abrupt beendete sie das Telefonat.

Ich weiß nicht genau, wie lange ich auf der Bettkante gesessen habe. Sicher mindestens eine halbe Stunde. Aids! Das klang fast wie ein Todesurteil! Und mein Sohn könnte davon betroffen sein. Warum ausgerechnet Bastian? Warum er? Wer war die Frau, mit der er und sein Freund ins Bett gegangen waren? Hatte er nicht damals eine Freundin gehabt? Wie hieß sie? Christine? Oder Christiane? Ich hatte es vergessen. Eigentlich wusste ich von Bastian viel zu wenig. Ich war der freundliche Geldgeber im Hintergrund, der die Urlaubsreisen finanzierte und die CD-Sammlung bezahlte, aber ansonsten keine großen Ansprüche stellte. Von Zeit zu Zeit verbrachten wir ein Wochenende zusammen, aber was er wirklich fühlte und dachte, davon hatte ich keine Ahnung. Und er? Hatte ich ihm jemals etwas von mir erzählt …?

Das Zimmertelefon schellte. Die Rezeptionistin erkundigte sich freundlich, ob ich beabsichtigte zu Abend zu essen. Wenn nicht, würde die Küche nun schließen, da ich der einzige Gast sei. Ich sah aus dem Fenster. Es dämmerte bereits. Gedanken rasten durch meinen Kopf. Ich würde hier bleiben. Claudia hatte sicher Recht. Es machte wenig Sinn, jetzt zurück nach Deutschland zu fahren.

»Ich bin gleich unten«, antwortete ich.

8

Die erste Hälfte der Nacht hatte ich lange wachgelegen und an Bastian gedacht. Als ich endlich eingeschlafen war, plagten mich Albträume. Morgens fühlte ich mich wie gerädert.

Nach dem Frühstück versuchte ich erneut erfolglos, Marlene zu erreichen. Ich erwog, sie in ihrer Dienststelle anzurufen, ließ es aber. Sie konnte sehr unwirsch reagieren, wenn sie bei einer dringenden Arbeit gestört wurde. Mir blieb nichts anderes übrig, als mich wieder mit meinem Auftrag zu beschäftigen.

Die erste Familie auf meinem Notizzettel fand ich sehr schnell. Sie bewohnte ganz in der Nähe des Hotels den ersten Stock eines Hauses, das ich schon längst zum Abriss freigegeben hätte.

Auf mein Schellen öffnete eine alte Dame, die ich auf mindestens siebzig schätzte. Zu meiner Überraschung sprach sie Deutsch. Und sie konnte mir weiterhelfen. Sie meinte sich zu erinnern, dass die dritten Jaronkas auf meiner Liste eine Tochter hätten, die nach Deutschland geheiratet habe. Damals, in den achtziger Jahren. Ob ich auf eine Tasse Tee …?

Ich hatte den Eindruck, dass Maria Jaronka schon länger keinen Besuch mehr gehabt hatte und glücklich über jede Abwechslung war. Obwohl sie mir Leid tat, lehnte ich dankend ab. Ich wollte mit Sonja Tillmeier sprechen und dann auf dem schnellsten Weg zurück nach Deutschland, zurück zu meinem Sohn.

Die Jaronkas, von denen die alte Dame gesprochen hatte, lebten in fast ländlicher Umgebung am westlichen Stadtrand. Das war Ungarn, wie ich es aus alten Filmen kannte: sandige Nebenstraßen, gelb gestrichene Gebäude und alte Frauen in Tracht.

Das Grundstück der Jaronkas war durch eine etwa zwei Meter hohe Natursteinmauer zur Straße abgegrenzt. Ein mannshohes, offenes Holztor ermöglichte den Zugang. Ich betrat den Besitz. Kies knirschte unter meinen Füßen. Direkt neben dem Tor parkte ein VW Golf mit Recklinghäuser Kennzeichen. Ich schien tatsächlich an der richtigen Adresse zu sein.

Etwa zwanzig Meter vor mir duckte sich ein lang gestrecktes Wohnhaus unter mächtigen Bäumen, rechts befanden sich Verschläge, vermutlich Kleintierställe. An einer Wassertränke tummelte sich eine Schar schnatternder Gänse. Jeden Moment erwartete ich, dass mich Lilo Pulver als Piroschka verkleidet mit einem »Bittä säähr?« begrüßen würde.

Statt ihrer schoss laut bellend ein schwarzer Hund von der Größe eines kleinen Kalbes um die Hausecke und preschte auf mich zu. Der Köter sah nicht so aus, als ob er mich nur begrüßen wollte. Klirrend zog er eine lange Kette hinter sich her. Mir rutschte das Herz in die Hose. Ich sah mich hektisch nach einer Deckung um. Der Weg zum Auto zurück war zu weit, zwischen mir und dem vielleicht rettenden Hauseingang befand sich der heranstürmende Wachhund. Wenn die Kette bis zum Hoftor reichen würde, war ich geliefert. Der Hund hatte nun aufgehört zu bellen und zeigte mir sein stattliches Gebiss. In Ermangelung anderer Alternativen blieb ich einfach stehen. Noch zehn Meter, fünf, zwei. Kein kleines Kalb. Eher ein großes.

Das Biest setzte zum Sprung an, hob ab und wurde, kurz bevor es meine Kehle erreichen konnte, zurückgerissen. Wütend kläffend sprang der Hund vor mir hoch und zog heftig an der Kette, die mich vor der Zerfleischung bewahrt hatte. Erleichtert wich ich zwei, drei Schritte zurück. Man konnte ja nie wissen.

Aus der Haustür trat ein junger Mann von höchstens zwanzig Jahren und rief dem Hund einen Befehl zu. Der legte sich brav auf den Boden, verfolgte jedoch misstrauisch jede meiner Bewegungen. Der Mann sprach mich an und ich begrüßte ihn auf Deutsch.

Mein Gegenüber war schlank und überragte mich um eine Kopflänge. Mir fielen seine schwieligen Hände auf, die bestimmt schon Gewichtigeres als Bleistifte getragen hatten.

»Sie kommen aus Deutschland?«, wunderte sich der Ungar. Er sprach mit einem schweren Akzent, aber immerhin in meiner Muttersprache.

»Ja.«

»Was möchten Sie?«

»Ich suche Sonja Tillmeier.« Ich trat einen Schritt auf ihn zu. Sofort erhob sich der Hund und knurrte grollend. Vorsichtshalber blieb ich wieder stehen.

»Was wollen Sie von ihr?«

»Ich würde gerne ein paar Worte mit ihr reden.«

»Sie ist nicht da.«

Ich zeigte auf den Golf. »Ist das nicht ihr Fahrzeug?«

Der Mann nickte nur, antwortete aber nicht.

»Herr Büsing, warum sind Sie mir gefolgt?« In der offenen Haustür stand Sonja Tillmeier.

Ich wandte mich ihr zu, bemüht, nicht in den Aktionsradius des Wachhundes zu treten. »Ich hätte noch einige Fragen an Sie.«

»Deshalb haben Sie den weiten Weg von Deutschland gemacht?« Sie schüttelte verständnislos den Kopf. »Hätte das nicht Zeit bis zu meiner Rückkehr gehabt?«

Wahrscheinlich, dachte ich. Aber sollte ich ihr gestehen, dass mich nicht sehr viel mehr als ein Gefühl an den Plattensee geführt hatte?

»Ich möchte den Fall zügig zum Abschluss bringen.« Das immerhin stimmte.

Sie wechselte unvermittelt in den Smalltalk. »Wo wohnen Sie in Polgárdi? *Metropol* oder haben Sie ein Privatquartier gefunden?«

»Im *Metropol*.«

»Kommen Sie herein.«

Das war leichter gesagt als getan. Ich warf erst einen skeptischen Blick auf das zähnefletschende Wesen zu meinen Füßen, dann einen flehenden zu ihr.

Sie verstand. »Gyula, der Hund.«

Der junge Mann zog das widerstrebende Tier am Halsband von mir weg und verschwand mit ihm um die Ecke.

Während ich mich dem Haus näherte, bemerkte ich aus den Augenwinkeln, dass sich eine der Gardinen an einem der Fenster bewegte.

Wir betraten einen Raum, der als Wohnküche fungierte. An einem schweren Eichentisch saßen zwei Männer. Sonja Tillmeier wechselte mit den beiden einige Worte auf Ungarisch und stellte mir einen der beiden als László Jaronka, ihren Bruder vor. Wir nickten uns zu. László war braun gebrannt und schmächtig, fast dünn, im Gegensatz zu dem Mann an seiner Seite. Unter dessen Shirt zeichnete sich die Figur eines Catchers ab: muskulöse Oberarme, ein Kreuz wie ein Kleiderschrank, kräftige, fast stiernackige Schultern. Géza Narócy – ein Freund der Familie, wie Sonja Tillmeier erklärte. Hinter mir betrat Gyula den Raum, blieb aber an der Tür stehen. Ich fühlte mich unwohl. Die Atmosphäre wirkte latent bedrohlich.

Sonja Tillmeier bot mir einen Stuhl an.

Als ich mich gesetzt hatte, ergriff sie das Wort. »Was wollen Sie wissen?«

Ich sah fragend in die Runde.

Sie interpretierte meinen Blick richtig. »Vor meinen Brüdern habe ich keine Geheimnisse. Und Géza versteht kein Deutsch.«

»Gut.« Ich beschloss, mit der Tür ins Haus zu fallen. »War Ihr Mann ein guter Schwimmer?«

Sie wirkte verblüfft. »Ich verstehe nicht ganz …?«

»Er konnte doch schwimmen?«

»Ja, natürlich. Was verstehen Sie unter einem guten Schwimmer?«

Ich dachte nach. »Hatte er den Grundschein der *DLRG*?«

Sie sah mich verständnislos an.

Mir wurde klar, dass diese Frage einer in Ungarn geborenen, aufgewachsenen und, wie ich aus den Akten wusste, kinderlosen Frau ziemlich unverständlich sein musste. Mir fiel ein Beispiel ein. »Hätte er die Donau durchschwimmen können?«

»Sie meinen also Ausdauer, nicht Schnelligkeit.«

»Ausdauer, ja.«

»In diesem Sinn war Gerd ein guter Schwimmer.«

Also war nicht auszuschließen, dass Tillmeier von der Sandbank bis zur Insel Juist gelangt sein konnte.

Ihre Brüder beobachteten mich aufmerksam. Géza Narócy spielte mit seiner Uhrkette und schenkte uns keinen Blick.

»Frau Tillmeier, Sie haben die *Julia* für rund zweihunderttausend Mark verkauft. Warum?«

»Sie haben mit Stiedler gesprochen«, stellte sie fest.

»Ja.«

63

»Sagte ich Ihnen nicht schon, dass ich kein besonderes Interesse am Segeln habe? Außerdem hat dieses Boot meinem Mann und meinem Bruder den Tod gebracht.«

»Das meine ich nicht. Warum zu diesem Preis? Das Schiff war deutlich mehr wert.«

Sonja Tillmeier schien ehrlich überrascht. »Tatsächlich? Das wusste ich nicht. Wie viel mehr wert?«

»Mindestens das Doppelte. Die *Julia* war fast neuwertig.«

»Das Doppelte, sagen Sie? Aber ... Gerd hatte sie doch vor Jahren gebraucht gekauft. Wieso ...?«

»Das Boot war knapp zwei Jahre alt und hatte einen Neupreis von über sechshunderttausend Mark. Verfügte Ihr Mann über so viel Geld?«

»Sechshunderttausend Mark?« Sie schüttelte den Kopf und blickte zu ihren Brüdern. Das Erstaunen der Frau schien nicht gespielt zu sein. »Wusstet ihr ...?« Dann wandte sie sich wieder mir zu. »Ich hatte keine Ahnung.«

»Konnte er so viel Geld mit seinem Geschäft verdienen?«, hakte ich nach.

Sie antwortete nicht.

»Wirft der Laden so viel ab?«, fragte ich scharf.

Im Zimmer hätte man eine Stecknadel fallen hören können. Der Freund der Familie beschäftigte sich immer noch mit der Kette, sah aber auf. Dass sich die Gesprächsatmosphäre verändert hatte, war auch ihm nicht verborgen geblieben. Die gelassene Aufmerksamkeit der Jaronka-Brüder war wie weggeblasen. Besonders der jüngere Bruder Gyula schien sich unbehaglich zu fühlen. Er warf ununterbrochen Hilfe suchende Blicke zu seinen Geschwistern. Fast schien es, als ob Gyula mit sich kämpfte, das Wort zu ergreifen. Er schwieg aber weiter.

»Sie müssten mir das doch erklären können. Konnte er einen solchen Betrag mit dem Ladenlokal verdienen?«, wollte ich nun zum dritten Mal wissen.

Sie zögerte mit der Antwort. Dann platzte es aus ihr heraus. »Nein, sicher nicht.« Sonja Tillmeier stützte ihren Kopf in die Hände.

»Woher stammt es dann?« Das war die Gretchenfrage.

Wieder keine Antwort. Sonja Tillmeier begann zu weinen.

László Jaronka stand auf, ging zu seiner Schwester, legte den Arm um ihre Schulter und sagte zu mir: »Das reicht. Für jemanden von der Versicherung sind Sie ziemlich neugierig.« Und dann zu seinem Bruder: »Bring ihn raus.«

Gyula trat an meine Seite. »Kommen Sie bitte.«

So schnell gab ich mich nicht geschlagen. »Eine Frage noch …«

»Kommen Sie. Es ist besser so.«

Gyula zog mich am Arm. Auch Géza Narócy war nun aufgestanden und nahm eine Haltung an, die mir nicht besonders gefiel. Also ließ ich mich von dem jungen Mann aus dem Raum ziehen.

»Seien Sie um fünf in Ihrem Hotel«, raunte mir Gyula Jaronka zu, bevor er die Haustür hinter mir schloss. Mein Eindruck eben war also richtig gewesen. Gyula Jaronka wollte mir etwas sagen.

Ich schaute mich suchend um. Die beißwütige Töle war nicht im Hof. Im Spurt verließ ich das Grundstück der Jaronkas und atmete erleichtert auf, als ich die Tür meines Wagens hinter mir zugeschlagen hatte.

Ich fuhr zurück zum *Metropol*. Entweder war Sonja Tillmeier eine begnadete Schauspielerin, oder sie hatte tatsächlich nicht gewusst, dass ihr Mann die alte durch eine neue *Julia* ersetzt und wie er den Kaufpreis aufgebracht hatte. Wenn sie aber den wirklichen Wert des Bootes gekannt hatte, hätte es wiederum keinen Sinn gemacht, das Schiff für diesen Spottpreis zu verschleudern.

Ich spann den Faden weiter. Wenn der Tod Gerd Tillmeiers nur vorgetäuscht war und es sich tatsächlich um Versicherungsbetrug handelte, musste Sonja Tillmeier als Anspruchsberechtigte in den Plan eingeweiht sein. Dann aber hätte es für Gerd Tillmeier keinen Grund gegeben, den wahren Preis des Bootes vor seiner Frau zu verheimlichen. Jedenfalls fiel mir keiner ein.

Und was war mit Joszef Jaronka? Er dürfte sich wohl kaum wissentlich an einem Betrugsmanöver beteiligt haben, das ihn das Leben kosten würde. Oder doch? Ich hatte von Menschen gelesen, die einen Selbstmord als Unfall kaschierten, damit die Familie in den Genuss der Versicherungsleistung kam. Manch einer versuchte auf diesem Weg, seine Familie vor einer Schuldenfalle zu bewahren. Verhielt es sich hier auch so? Wie sah es eigentlich mit den finanziellen Verhältnissen der Tillmeiers genau aus? Hatten sie Schulden? Die Fragen hätte ich mir schon viel früher stellen müssen. Ich musste mich unbedingt bei Dermöller danach erkundigen.

Vielleicht hatte Tillmeier aber auch Jaronka ermordet, um den Betrug glaubwürdiger erscheinen zu lassen. Oder die *Julia* war wirklich in einen Sturm geraten, Jaronka über Bord gegangen und Tillmeier hatte lediglich die Gunst der Stunde genutzt ...

Inzwischen war es fast Mittag. Zeit, eine Kleinigkeit zu essen.

Ich suchte mir einen Platz in dem Lokal, in dem ich bereits gestern gewesen war, und zeigte, als der Kellner an meinen Tisch trat, auf gut Glück auf ein paar Wörter in der Speisekarte, hinter denen ich eine Art Gulasch vermutete.

Das war ein Irrtum. Die Küche lieferte Rührei auf Toast.

Ich hatte gerade ein weiteres Bier geordert, als ein älterer, gut gekleideter Herr mit einem Schachbrett unter dem Arm das Lokal betrat, an der Theke ein Wasser trank und dann in einem dem Lokal gegenüberliegenden kleinen Park verschwand. Als passionierter Schachspieler erinnerte ich mich daran, dass Schach in Ungarn Volkssport war.

Nachdem ich ausgetrunken und bezahlt hatte, folgte ich dem Schachspieler in die Grünanlage. Nichts machte mir den Kopf so frei wie ein Partie Schach. Und bis fünf Uhr war es sowieso noch etwas hin.

Ich fand den Mann auf einer Parkbank, wo er sein Brett aufgebaut hatte und eine Partie gegen sich selbst spielte. Neugierig studierte ich die Stellung der Figuren. Nach einiger Zeit sah er auf und sprach mich an. Ich verstand kein Wort.

Er winkte mich zu sich, zeigte auf die Stellung und verdeutlichte mir mit einer Geste, dass ich einen Zugvorschlag machen sollte. Ich erkannte sofort das Matt in drei Zügen und zog den weißen Turm auf das richtige Feld. Der Schachspieler gab mir zu verstehen, dass ich mich setzen sollte. Gewogen und für schwer befunden.

Der Alte griff zu einem weißen und schwarzen Bauern und versteckte sie in seinen Händen. Ich wählte seine linke, führte so die weißen Steine und eröffnete mit dem Königsbauern.

»Sie sind Deutscher?«, erkundigte sich mein Gegenüber und platzierte seinen Bauern vor meinem.

Schon wieder ein Ungar, mit dem ich mich in meiner Muttersprache unterhalten konnte. »Woher wissen Sie …«

»Im Lokal eben. Sie bestellten ein Bier.«

»Wieso sprechen so viele Ihrer Landsleute Deutsch?« Ich machte meinen nächsten Zug.

»Das sind nur die Älteren. Aber ich habe gelesen, dass Deutsch jetzt wieder zunehmend in unseren Schulen unterrichtet wird. Wir wollen schließlich in die Europäische Union. Und Deutschland ist der große Nachbar und Handelspartner im Westen.« Er lachte. »Wir wollen mit Ihnen Geschäfte machen. Da ist es vorteilhaft, Ihre Sprache zu sprechen.«

Einige Züge weiter wurde mir klar, dass mein Spielpartner die ungarische Verteidigung anstrebte. Eine Variante, die von den Schachexperten zwar für sicher, aber auch für etwas passiv gehalten wird. Ich rechnete mir deshalb gute Chancen aus, die Partie zu gewinnen. Im Mittelspiel übersah ich eine geschickte Springergabel und verlor einen Bauern. Fünf Züge weiter musste ich eine Figur opfern, um ein drohendes Matt abzuwehren, und noch vier Züge weiter war meine Stellung nicht mehr zu halten. Ich gab auf.

»Revanche?«, fragte ich.

Die nächste Partie verlor ich mit den schwarzen Steinen. Im dritten Spiel schließlich rettete ich mich zwar in ein Turmendspiel, das ich aber nach einem durch meinen Gegner erzwungenen Figurentausch aufgrund der ungünstigen Position meines Königs trotzdem verlor.

Ich hatte nicht die Spur einer Chance gegen den alten Mann. Schweigend verstaute er die Figuren.

»Sie haben mir eine Lektion erteilt«, bemerkte ich.

»Sie spielen nicht schlecht. Nur zu ungestüm. Sie müssen ruhiger werden. Wenn Sie in den nächsten Tagen Lust auf eine Partie haben – ich bin meistens um diese Zeit hier. Ansonsten fragen Sie dort im Lokal nach Viktor Lilienthal. Der Kellner ruft mich dann an.«

Mir dämmerte etwas. »Es gab einen in der UdSSR geborenen Schachgroßmeister, der so hieß. Wenn ich mich recht erinnere, vertrat er in den dreißiger Jahren Ungarn bei mehreren Schacholympiaden.«

»Ja. Andrea Lilienthal.«

»Sind Sie mit ihm verwandt?«

»Er war mein Vater.«

Jetzt wunderte mich nichts mehr.

Irgendwo läutete eine Glocke. Ich hatte die Zeit völlig vergessen. Es schlug fünf.

Keuchend erreichte ich wenige Minuten später das *Metropol*. In der Hotelhalle wartete bereits ein etwa zehnjähriger Junge auf mich, der mir wortlos einen Zettel in die Hand drückte und verschwand. Ich sah ihm einen Moment ziemlich perplex nach und faltete dann das Papier auseinander.

Wir uns treffen um neun Uhr im Restaurant ›Alte Mühle‹. Kommen Sie allein. G. J., las ich.

Die Initialen standen sicherlich für Gyula Jaronka. Ich knüllte das Papier zusammen und warf es in einen Aschenbecher. Nach wenigen Schritten kehrte ich zurück und zerriss die Notiz in kleine Stücke. Der junge Jaronka tat ziemlich geheimnisvoll. Warum kam er nicht einfach in das Hotel, um mit mir zu sprechen? Wenn er die Unterhaltung vor seinen Angehörigen verbergen wollte, war dann ein Restaurant ein geeigneterer Treffpunkt als das *Metropol*?

Die Hotelangestellte strahlte ihr Profilächeln, als ich sie nach dem Weg zu dem Restaurant fragte.

»Irren Sie sich nicht? Die *Alte Mühle* wurde schon vor Jahren geschlossen. Das, was von ihr übrig geblieben ist, liegt außerhalb der Stadt an der Hauptstraße nach Székesfehérvár.«

»Wieso ›übrig geblieben‹?«

»Einige Monate, nachdem der Besitzer das Restaurant geschlossen hatte, brannte es vollständig aus. Man vermutete Brandstiftung. Aber da die Versicherung bezahlt hat ...«

Sie zuckte mit den Schultern und ich verstand, was sie meinte. Ein heißer Abriss. Das kannte ich aus Deutschland. In dieser Hinsicht schien Ungarn reif für die Europäische Union zu sein.

Nein, ein anderes Restaurant gleichen Namens gäbe es nicht in Polgárdi, bestätigte sie auf meine Nachfrage. Da sei sie sich völlig sicher.

Also doch ein konspiratives Treffen. Was konnte Gyula Jaronka mir zu sagen haben? In vier Stunden würde ich es wissen.

Etwas ratlos ging ich auf mein Zimmer und führte ein ziemliches langes Telefonat mit Marlene. Natürlich schüttete ich ihr mein Herz über Bastian aus.

Nach dem Gespräch mit ihr fühlte ich mich besser. Es gelang mir sogar, etwas von dem fehlenden Schlaf der letzten Nacht nachzuholen.

Gegen halb neun brach ich auf. Ich folgte der Wegbeschreibung der Hotelangestellten. Gyula Jaronka wollte mir etwas mitteilen, aber er wollte nicht mit mir gesehen werden. Da war ein abgebranntes Restaurant vielleicht nicht der schlechteste Ort für ein Treffen.

Es herrschte reger Verkehr. Vor allem Lastkraftwagen donnerten durch die Dunkelheit. Ihre hellen Scheinwerfer irritierten mich. So wäre ich fast an der Ruine vorbeigefahren, wenn nicht ein verwittertes Schild mit einer stilisierten Mühle am Fahrbahnrand gestanden hätte.

Auf einem verwilderten Parkplatz hielt ich an und stieg aus. Es war inzwischen kurz nach neun. Der Vollmond warf sein fahles Licht und ließ mich etwa fünfzig Meter von der Straße entfernt die Reste eines stattlichen Gebäudes erkennen. Ich ärgerte mich, dass ich keine Taschenlampe bei mir trug, und stolperte über das Gelände. Als ich dem Haus näher kam, konnte ich sehen, dass ein Teil des Dachstuhles noch stand. Die Sparren ragten wie knochige Finger in den Himmel.

»Herr Jaronka?«, rief ich halblaut in das Dunkel.

Keine Antwort.

Ich rief noch einmal.

Wieder nichts.

Durch eine verkohlte Fensteröffnung versuchte ich vergeblich, im Gebäude etwas auszumachen. Also entschloss ich mich, die Ruine zu betreten. Über einen Schutthaufen gelangte ich in das Innere. Die fehlenden

Decken und der ausgebrannte Dachstuhl ermöglichten einen freien Blick zu den Sternen. Ein Geräusch unmittelbar vor mir erschreckte mich.

Mit einem Krächzen erhob sich ein Vogel, den ich in seiner Ruhe gestört hatte, in den Nachthimmel.

Ich atmete tief durch und rief erneut nach Gyula Jaronka. Vielleicht war er noch nicht hier. Ich würde einen Blick in den nächsten Raum werfen und dann auf dem Parkplatz warten. Vorsichtig setzte ich einen Schritt vor den anderen und hoffte, nicht in den Keller zu stürzen. In dieser Bruchbude war nicht auszuschließen, dass auch der Boden schadhaft war.

Inzwischen war ich mir nicht mehr so sicher, ob dieser Treffpunkt wirklich eine so gute Idee gewesen war.

Von der Straße dröhnte der Verkehr, und das Geräusch bremsender Fahrzeuge war zu hören. Ich schenkte dem keine weitere Bedeutung und betrat das nächste Zimmer, in dem die Decke anscheinend den Flammen getrotzt hatte. Daher war es hier so dunkel, dass ich die Hand nicht vor Augen sehen konnte.

»Herr Jaronka? Sind Sie hier?«, fragte ich, nicht daran glaubend, Antwort zu erhalten.

Vorsichtig tastete ich mich weiter. Meine Finger suchten die nächste Wand. Nach wenigen Metern stieß ich gegen etwas Weiches. Ich drückte etwas fester und der Gegenstand schwang leicht zurück. Die Oberfläche fühlte sich an wie rauer Stoff. Grob gewebter, rauer Stoff. Ein Sack, dachte ich. Hier hängt ein Sack. Meine Hände glitten tiefer. Mir stockte der Atem. Das, was ich fühlte, war kein Sack. Das waren menschliche Finger. Das war … Ich schrie erschrocken auf.

Plötzlich wurde es hinter mir hell. Ich schaute nach oben und erkannte, was direkt vor mir von der Decke baumelte: der leblose Körper Gyula Jaronkas.

Kommandos wurden auf Ungarisch gerufen. Völlig konsterniert wandte ich mich um und blickte in die Lichtkegel von Taschenlampen. Für einen Moment war ich geblendet. Schemenhaft bemerkte ich mehrere Personen mit Pistolen in den Händen.

Bevor ich verstehen konnte, was vor sich ging, wurden meine Arme auf den Rücken gerissen und Handschellen klickten. Dann wurde mein Gesicht gegen die Wand gepresst. Hände tasteten mich routiniert ab. Meine Brieftasche, das Handy und die Autoschlüssel wechselten den Besitzer. Eine Frau sagte etwas im Befehlston. Meinte sie mich? Der Versuch, mich umzudrehen, wurde energisch unterbunden. Uniformierte zerrten mich unsanft aus dem Haus. Auf dem Parkplatz blinkte es blau.

Die ungarische Polizei hatte mich festgenommen.

9

In den nächsten Stunden kam ich mir vor wie die Hauptfigur in einem schlechten Film. Die Polizisten brachten mich in das Präsidium von Székesfehérvár. Nach der erkennungsdienstlichen Behandlung schleppten sie mich ohne weitere Erklärung in den Keller, nahmen mir meinen Gürtel und die Schnürsenkel ab und bunkerten mich trotz meiner Proteste in eine Zelle ein.

Als sich die Zellentür hinter mir geschlossen hatte, geriet ich in Panik. Ich schrie und trat mehrmals heftig gegen die Tür, die sofort wieder aufgerissen wurde.

Drohend zeigte mir einer der Uniformierten seinen Gummiknüppel und brüllte etwas auf Ungarisch. Seine Gestik jedoch war eindeutig: Füge dich in dein Schicksal, sonst gibt es was auf die Nase. Das kapierte selbst ich und zwang mich zur Ruhe.

Die Zelle maß etwa zwei mal drei Meter. Rechts neben der Tür war ein stinkendes und dreckiges Etwas, das wohl früher als Klosettschüssel hätte durchgehen können. Daneben befand sich ein Waschbecken, das der Toilette in Sachen Schmutz und Gestank nur wenig nachstand. Das Bett war eine aus der Wand ragende Betonplatte, darauf lag eine dünne, ebenfalls stark verdreckte Schaumstoffmatratze mit einer Decke und einem Kissen. Ich wollte mir keine Gedanken darüber machen, welche Untermieter in diesem Lager hausten. In der Ecke stand ein kleiner Schemel. An der hinteren Stirnseite des Raumes befand sich in zwei Metern Höhe eine vergitterte Luke. Erhellt wurde das Ensemble durch eine ebenfalls vergitterte Leuchte an der Decke.

Ich hockte mich auf die Pritsche und realisierte nur langsam, was geschehen war. Ich hatte mich mit Gyula Jaronka verabredet und der war tot. Und die Polizei hatte mich neben der Leiche festgenommen. Wirklich großartig! Gyula hatte mir etwas mitteilen und jemand hatte das verhindern wollen. Das erschien mir eindeutig.

Ich überlegte, wer von unserer Verabredung erfahren haben konnte. Ein Mitglied der Familie Jaronka? Was war mit dem kleinen Jungen, der mir den Zettel ins *Metropol* gebracht hatte? Er konnte die Notiz ja schließlich gelesen und den Inhalt weitergegeben haben. Und dann gab es ja auch noch die Hotelangestellte – was hatte sie mitbekommen?

Mit einem Knall flog eine Klappe unten in der Tür auf und ein Becher und ein Teller wurden hereingeschoben. Dann schloss sich die Klappe wieder.

Ich inspizierte die unerwartete Gabe: zwei Scheiben Brot mit Wurst und ein Getränk, das wie eine Mischung aus schwarzem Tee und Fleischbrühe schmeckte. Wenigstens war das Gesöff heiß.

Ich versuchte mich zu erinnern, was ich über die Behandlung von Untersuchungshäftlingen wusste. In Deutschland mussten sie innerhalb einer bestimmten Frist einem Haftrichter vorgeführt werden. Bei Ausländern wurde zu diesem Haftprüfungstermin ein Dolmetscher hinzugezogen. Doch dieses spärliche Wissen bezog ich lediglich aus der Lektüre von Kriminalromanen, die ja bekanntlich mit der Realität polizeilicher und staatsanwaltlicher Ermittlungsarbeit nichts zu tun haben. Leider hatte ich in keinem Roman gelesen, wie in Ungarn mit U-Häftlingen umgegangen wurde. Ich hoffte, dass sich mittlerweile nicht nur das wirtschaftliche und politische, sondern auch das Rechtssystem Ungarns den Normen der EU angenähert hatte und ich nicht in diesem Bau verschimmeln würde.

Alle fünf Minuten sah ich auf meine Armbanduhr, die die Polizisten mir zu meiner Überraschung gelassen hatten. Aber vermutlich war es noch keinem Häftling gelungen, sich am Armband aufzuknüpfen oder sich sonst wie mithilfe eines Chronometers seinen irdischen Richtern zu entziehen.

Zwei Stunden später war ich ein profunder Kenner der Zellengraffiti. Die Palette der Zeichnungen ließ keinen Wunsch offen: Initiale und Genitale aller Art, gekratzte Kurzgeschichten, deren Inhalt mir aufgrund der Sprachbarriere verborgen blieb, an Galgen baumelnde Strichmännchen und obszöne Darstellungen voller Detailreichtum, die einem Anatomiestudenten alle Ehre gemacht hätten. Ich selbst verewigte mich mit einem prosaischen *J. P. B. was here* und dem heutigen Datum.

Kurz nach eins war ich so müde, dass ich es wagte, mich auf die Pritsche zu legen, Untermieter hin oder her. Trotz der Beleuchtung schlief ich sofort ein. Ich träumte wirr von Bastian an einem Galgen und von Marlene, die nackt und so üppig ausgestattet war wie eine der Frauen auf der Zellenwand.

Die aufschlagende Tür weckte mich. Vor mir standen zwei kräftige Männer, die mir unmissverständlich klar machten, dass ich mitkommen sollte. Es war halb zwei. Ich konnte also höchstens einige Minuten geschlafen haben. Ich erinnerte mich an einen Bericht von *Amnesty International* über Folter durch Schlafentzug.

Ein Schlagstock wies den Weg, als ich auf den Kellerflur trat. Folgsam schlurfte ich in die angegebene Richtung, bemüht, meine rutschende Hose festzuhalten.

Die Schließer führten mich im Erdgeschoss in einen dunklen Raum und schoben mich auf einen Holzstuhl, der vor einem Schreibtisch stand. Unvermittelt wurde es hell. Eine Tischleuchte blendete mich. Das kannte ich aus amerikanischen Fernsehkrimis. Jetzt war es so weit. Die Folter begann. Doch keine EU-Normen, dachte ich gerade, als der Schirm der Lampe weggedreht wurde, sodass mir das Licht nicht mehr unmittelbar in die Augen schien. Langsam konnte ich meine Umgebung erkennen.

»Sie heißen Jean-Paul Büsing?«, wurde ich auf Deutsch von einem Mann gefragt, den ich im Halbdunkel nur schemenhaft wahrnehmen konnte. Er saß mir gegenüber.

»Ja.«

»Wann sind Sie nach Ungarn gekommen?«

»Gestern, nein, vorgestern.«

»Wann denn nun?«, fragte er unwirsch nach. Seine Ungeduld war spürbar.

»Vorgestern. Am Dienstagmittag.«

»Was wollen Sie in unserem Land?«

Ich zögerte wohl etwas zu lange mit der Antwort.

»Was wollen Sie hier?«, brüllte er.

Aus einer Ecke links hinter mir hörte ich etwas halblaut auf Ungarisch. Es klang besänftigend und wie eine Frauenstimme.

Auf jeden Fall verfehlte die Bemerkung ihre Wirkung nicht. Mein Vernehmer wirkte bei seiner nächsten Frage deutlich ruhiger. Das alte Spiel: guter Polizist, böser Polizist. Trotzdem war ich für die Intervention der Unbekannten dankbar.

»Was hat Sie nach Ungarn geführt?«

Ich entschloss mich zur Wahrheit. Also erzählte ich von meinem Auftrag, von Sonja Tillmeier, dem Besuch bei der Familie Jaronka und meiner Verabredung mit Gyula. Der Polizist vor mir fragte häufig nach, ließ mich schon Gesagtes wiederholen und präzisieren, immer und immer wieder.

Nach etwa einer Stunde intensiven Verhörs wollte er wissen: »Rauchen Sie?«

Ich schüttelte müde den Kopf.

»Kaffee?«

»Ja, bitte.«

Der Mann stand auf und ging an mir vorbei in die Ecke. Ich hörte leise flüsternde Stimmen. Wenig später stand ein Becher mit dampfendem, starkem Kaffee vor mir. Ich trank in kleinen Schlucken.

Der Polizist kehrte an seinen Platz zurück und setzte das Verhör fort. »Kommen wir noch einmal auf den gestrigen Nachmittag zurück. Sind Sie von den Jaronkas direkt ins *Metropol* gefahren?«

»Aber das habe ich Ihnen doch schon Dutzend Mal gesagt«, stöhnte ich.

»Beantworten Sie meine Frage.«

»Ich habe mein Fahrzeug auf dem Parkplatz des Hotels abgestellt und bin essen gegangen.«

»Wann war das?«

»Gegen halb eins.«

»Und dann?«

»Habe ich im Park mit einem älteren Herrn Schach gespielt.«

»Wie lange?«

»Bis fünf.«

»Woher wissen Sie das so genau?«

»Eine Kirchturmuhr schlug. Und ich war mit Gyula Jaronka eigentlich um fünf im Hotel verabredet gewesen.«

Da begann der Mann wieder von vorn.

Ich verlor jedes Zeitgefühl.

»Wie hieß der Junge, der Ihnen angeblich die Nachricht übergeben hat?«

»Nicht angeblich«, empörte ich mich. »Der Junge war da. Fragen Sie die Angestellte an der Rezeption. Sie hat ihn gesehen.«

»Das werden wir. Wie hieß der Junge?«

»Aber ich weiß es doch nicht.« Ich hatte inzwischen quälende Kopfschmerzen.

»Warum haben Sie Gyula Jaronka umgebracht?«

»Ich habe ihn nicht ermordet!«, schrie ich und sprang auf. Sofort drückten mich starke Arme wieder auf den Stuhl.

»Wie hieß der Mann, der mit Ihnen Schach gespielt haben soll?«

»Lilienthal.«

»Wieso kennen Sie seinen Namen und nicht den des Jungen?«

»Der Mann hat ihn mir gesagt. Können wir nicht aufhören? Ich bin müde und …«

»Vorname?«

»Jean-Paul. Ich …«

»Nicht Ihren. Den von Lilienthal.«

In meinem Schädel drehte es sich. »Andrea.«

»Andrea? Ein Frauenname für einen Mann? Ich glaube Ihnen nicht. Wissen Sie, was ich glaube? Es gibt keinen Lilienthal. Es gibt auch keinen Jungen. Sie sind nach dem Essen nicht in den Park gegangen, sondern zur *Alten Mühle* gefahren. Dort haben Sie Gyula Jaronka umgebracht.«

»Nein, nein!« Ich war völlig fertig. »Warum sollte ich das tun?«

»Ich weiß es nicht. Sagen Sie es mir. Nun sagen Sie es schon!«

»Ich habe ihn nicht umgebracht«, jammerte ich. »Bitte lassen Sie mich in Ruhe.«

»Den Vornamen, Herr Büsing.«

Plötzlich hatte ich es. »Andrea war sein Vater. Er heißt Viktor. Der Mann heißt Viktor Lilienthal«, stieß ich hervor.

»Wann sind Sie nach dem Schachspiel ins *Metropol* zurückgekehrt? Nun antworten Sie. Wann? Wann?«

Die Stimme des Vernehmers hallte seltsam nach und wurde immer leiser. Mein Kopf wollte nicht mehr. Mein Körper wollte nicht mehr und ich wollte nicht mehr. Ich registrierte noch, dass ich nach vorne sackte. Dann merkte ich nichts mehr.

Ich erwachte in einem weiß gestrichenen Raum. Für einen Moment wusste ich nicht, wo ich war. Dann sah ich die vergitterten Fenster. Also immer noch im Knast. Aber in einem Krankenbett. Alles war besser als die Zelle. Ich drehte mich auf die Seite und schlief sofort wieder ein.

Ich wurde wach, weil mich jemand schüttelte. Vor dem Bett saß auf einem Stuhl eine Frau von etwa Mitte vierzig. Sie sah sehr müde aus.

»Ich bin Maria Hadju«, stellte sie sich auf Englisch vor und reichte mir ihre Hand. »Die leitende Ermittlerin in der Mordsache Jaronka.«

Ich richtete mich auf. »Gestern Nacht, bei dem Verhör, das waren Sie, richtig?«

»Ja, ich war dabei.«

»Und Sie waren auch am Tatort, als ich verhaftet wurde, oder?«

Die Polizistin nickte.

Das beruhigte mich. Warum auch immer.

»Wir haben Ihre Angaben überprüft. Die Zeugen, auch Viktor Lilienthal, haben Ihre Aussage bestätigt. Lilienthal meint aber, wir sollten Sie länger festhalten. Dann könnten Sie sich in Ruhe mit der Theorie des Schachspiels beschäftigen.« Sie lächelte. »Das haben wir natürlich nicht vor.«

»Heißt das …?«

»Selbstverständlich. Sie können sich ausschlafen oder sofort in Ihr Hotel zurückkehren. Wir haben die zerrissene Notiz, die Ihnen der Junge gegeben hat, nicht mehr gefunden, leider. Die Hotelangestellte konnte sich aber noch genau an die Situation erinnern. Allerdings hat sie den Burschen auch noch nie vorher gesehen. Schade. Ich hätte mich gerne mit ihm unterhalten. Aber vielleicht finden wir ihn noch.«

»Was ist mit der Familie Jaronka?«

»Ist nicht sehr kooperativ.«

»Und Gyula?«

»Wurde gefesselt und erhängt. Vorher haben ihn seine Mörder gefoltert. Wir haben Brandwunden auf seinen Armen gefunden, die von Zigaretten stammen. Er starb gegen drei am Nachmittag. Um diese Zeit waren Sie im Park. Viktor Lilienthal ist Ihr Alibi.«

Mir war zwar schon immer bewusst gewesen, dass für einige Leute Schach kein Freizeitvergnügen, sondern eine ernst zu nehmende Beschäftigung ist, der man sogar sein Leben widmen konnte. Dass mich dieses Spiel aber jemals aus einer Gefängniszelle holen würde, hatte ich nicht erwartet.

Die Frau stand auf. »Einen Rat noch, Herr Büsing.«

»Ja?«

»Passen Sie auf sich auf. Wir müssen davon ausgehen, dass die Mörder Gyula Jaronka gequält haben, um etwas aus ihm herauszupressen. Aber haben sie das Gewünschte von ihm erfahren …? Sie haben keine Ahnung, warum man ihn gefoltert hat?« Sie sah mich prüfend an.

Ich schüttelte stumm den Kopf.

»Verstehe. Fahren Sie zurück nach Deutschland. So schnell Sie können. Und wenn Sie uns das nächste Mal besuchen, dann bleiben Sie an den Stränden des Balaton. Übrigens: Die Unannehmlichkeiten bedaure ich.« Sie hob entschuldigend ihre Arme. »Wir mussten so handeln.«

»Warten Sie!«

»Ja?«

»Woher wussten Sie, dass ich mit Jaronka in der *Alten Mühle* verabredet war?«

»Ich habe mich schon gewundert, dass Sie diese Frage noch nicht gestellt haben. Ein anonymer Anrufer. Kein Ungar. Ein Deutscher. Vielleicht auch ein Österreicher.«

»Kam denn der Anruf aus dem Ausland?«

Sie sah mich fragend an. »Ach, was soll's. Nein, der Anruf kam von hier. Aus einer Telefonzelle in Polgárdi.«

»Ein Mann oder eine Frau?«

Sie winkte ab. »Das waren genug Informationen, Herr Büsing.« Damit verließ die Frau den Raum.

10

Als ich gegen vier ins *Metropol* zurückkehrte, war der Akku meines Handys leer. Und ich fand das Ladegerät nicht. Es lag vermutlich in Herne unter meinem Schreibtisch.

Also griff ich zum Hoteltelefon und rief als Erstes Claudia an.

Bevor ich auch nur ein Wort der Erklärung loswerden konnte, schnauzte sie mich an: »Wo hast du in den letzten vierundzwanzig Stunden gesteckt? Bastian hat seit gestern Nachmittag versucht, dich zu erreichen. Er hat drei oder vier Mal auf deine Mailbox gesprochen und um Rückruf gebeten. Ich habe mit Engelszungen auf ihn eingeredet, bis er bereit war, mit dir zu sprechen, und was macht sein famoser Vater?«

»Er saß in Ungarn im Knast.«

Für einen Moment war Claudia verblüfft. »Was hast du im Knast gemacht? Hast du dich wieder mit Polizisten angelegt?«

Sie konnte nicht anders. Sie musste die alte Geschichte aufwärmen. Während eines Urlaubs auf Kreta einige Monate vor unserer Hochzeit hatten zwei Freunde und ich eine Nacht in einer Ausnüchterungszelle in Heraklion verbringen müssen. Zu viel Retsina, Ouzo, Sonne, ein sehr lauter Radiorekorder, Nacktbaden im nächtlichen Meer und zwei griechische Polizisten hatten uns eine Anzeige wegen Erregung öffentlichen Ärgernisses und Widerstandes gegen die Staatsgewalt eingebracht. Am Morgen wurden wir durch ein Schnellgericht verurteilt und in den nächsten Flieger nach Deutschland gesteckt. Fünf Jahre durften wir nicht mehr nach Griechenland einreisen. Claudia war damals mit dem Gepäck alleine auf Kreta zurückgeblieben ...

»Ich bin verhaftet worden.«

»Dachte ich mir. Freiwillig wirst du ja wohl kaum ins Kittchen gewandert sein. Weshalb?«

»Mordverdacht.«

»Mord...« Sie schluckte. »Wie kommst du ...?«

»Ich bin ja wieder auf freiem Fuß. Die Anschuldigungen haben sich als haltlos erwiesen. Was ist mit Bastian? Kann ich ihn sprechen?«

»Der Befund ist negativ. Und zur zweiten Frage: Nein, du kannst ihn nicht sprechen. Er ist nicht da.«

Negativ! War das nun schlecht oder gut? »Was heißt das?«

»Er hat sich nicht angesteckt.«

Ich atmete tief durch. »Gott sei Dank. Wann ist er zurück?«

»Jean-Paul, er will dich nicht sprechen.«

Als Claudia zuletzt meine beiden Vornamen benutzte, hatte sie mir die Scheidung angekündigt.

»Erklärst du ihm bitte die Situation?«

»Mal sehen.«

»Danke.«

Ich teilte ihr noch mit, dass ich vermutlich in zwei Tagen zurück in Deutschland sein würde, und legte auf. Dann rief ich Dermöller an. Der war nicht da. Ich bat Frau Wittig, Auskünfte über die Vermögensverhältnisse der Tillmeiers einzuholen und erstattete kurz Bericht. Die Sekretärin erzählte mir wiederum, dass der avisierte

Dolmetscher zurzeit nicht greifbar sei. Sie wisse nicht, wann ich über ihn verfügen könne. Das empfand ich als kein besonderes Problem mehr. Hier schien ja jeder Zweite zumindest ein paar Brocken Deutsch sprechen zu können.

In Székesfehérvár erstand ich nach längerem Suchen in einem Elektronik-Geschäft ein passendes Ladegerät für mein Handy. Dann ging ich essen.

Gegen acht war ich wieder zurück im Hotel.

»Die Polizei möchte Sie sprechen«, verkündete das Profilächeln an der Rezeption. »Ich soll im Präsidium Bescheid geben, sobald Sie eingetroffen sind. Sie bitten Sie, das Hotel nicht mehr zu verlassen.«

Ich ließ mir ein Bier bringen und wartete. Wenn mich die ungarische Polizei wieder in Gewahrsam nehmen wollte, hätte sie sich kaum darauf verlassen, dass ich ihrer Aufforderung folgen würde. Sie hätten stattdessen Beamte im *Metropol* platziert. Das war es also nicht. Aber was wollte sie so dringend?

Nach überraschend kurzer Zeit traf Maria Hadju im Hotel ein. Ihre dunklen Ringe unter den Augen waren noch größer geworden. Das wunderte mich nicht.

»Sind Sie geflogen?«, erkundigte ich mich.

»Wir hatten in Polgárdi zu tun«, erwiderte sie.

»Hoffentlich nicht wegen mir. Eine Nacht in Ihrem Luxushotel reicht mir«, versuchte ich einen Scherz, der keine Wirkung zeigte.

Sie sah mich ernst an. »Heute Mittag wurde Lászlo Jaronka umgebracht.«

Mir blieb das Herz stehen. »Ich ...«

Die Polizistin winkte ab. »Ich weiß. Da waren Sie noch unser Gast. Ein besseres Alibi gibt es nicht.«

»Aber wie ...?«

»Erschossen.«

Dann erzählte sie die Geschichte. Jaronka hatte gegen elf das Haus verlassen, um mit dem Bestatter Details der Beerdigung seines Bruders zu besprechen. Bis etwa zwölf Uhr hatte er sich bei dem Totengräber aufgehalten. Danach war er nicht zurück nach Hause gefahren, sondern zu einem ehemaligen alten Weinkeller der Familie, eigentlich nur eine Höhle, die in einen Fels gehauen und mit einer Tür versehen worden war. Ganz in der Nähe dieses Kellers arbeitete Peter Kudar, ein flüchtiger Bekannter, auf seinem Feld. Dem war der Golf mit deutschem Autokennzeichen aufgefallen. Als Jaronka ausstieg, hatte er ihn auf den Wagen angesprochen. Sie wechselten einige Worte miteinander und gingen dann jeder seines Weges. Der Weinkeller lag versteckt zwischen Gebüsch auf einem verwilderten Grundstück. Deshalb hatte Kudar Jaronka schnell aus den Augen verloren. Gegen drei wollte der Mann eine Zigarette rauchen. Da der Golf immer noch auf seinem Platz stand, hatte er auf der Suche nach Jaronka und dessen Feuerzeug den Weinkeller betreten und dort den Toten gefunden.

»Hat er denn den Schuss nicht gehört?«

»Ganz in der Nähe verläuft die Eisenbahnlinie nach Budapest. Wenn man den richtigen Moment abpasst … Vielleicht hat der Mörder auch einen Schalldämpfer benutzt. Das werden die weiteren Ermittlungen zeigen.«

»Was ist mit diesem Kudar? Vielleicht hat der …?«

»Sicher. Er ermordet Jaronka und ruft dann selbst die Polizei.« Maria Hadju warf ungeduldig ihr Haar nach hinten. »Herr Büsing, Sie kommen nach Ungarn, um einen vermeintlichen Versicherungsbetrug zu untersuchen, bei dem ein Angehöriger der Familie Jaronka ums Leben gekommen ist. Kaum sind Sie hier, werden zwei weitere Brüder innerhalb von vierundzwanzig Stunden umgebracht. Halten Sie das für Zufall? Ich nicht.« Sie steckte sich eine filterlose Zigarette an und zog nervös daran.

»Was ist mit diesem unbekannten Anrufer?«, erkundigte ich mich.

»Der Sie belastet hat?«

»Ja. Ich würde mir die Aufzeichnung des Gespräches gerne anhören.«

Sie zögerte. »Das ist nicht möglich. Es hat einen technischen Defekt gegeben. Unsere Experten sind dabei, das Gespräch zu rekonstruieren.« Diese Antwort war ihr sichtlich unangenehm.

»Verstehe …«

»Auf welchen Betrag belaufen sich die Versicherungssummen für Joszef Jaronka und den Mann von Sonja, diesen …«

»Tillmeier.«

»Genau.«

»Zehn Millionen Forint bei Jaronka.«

»Dafür bringt vermutlich niemand drei Menschen um. Und bei Tillmeier?«

»Drei Millionen Mark.«

»Für eine solche Summe schon eher.« Sie dachte nach. »Unterstellen wir, es handelt sich bei dem Segelunfall um einen Versicherungsbetrug.«

»Dann muss Sonja Tillmeier eingeweiht sein. Wie soll ihr Mann sonst an das Geld kommen?«

»Und? Was meinen Sie?«

»Ich bin mir unsicher.«

»Halten Sie es für möglich, dass die Jaronkas ihren Schwager wegen eines Versicherungsbetruges erpresst haben?«

»Dann wäre ja ihre Schwester als Begünstigte ebenfalls Opfer der Erpressung … Das kann ich mir nicht vorstellen. Andererseits: Wenn Sonja Tillmeier nicht mit ihrem Mann teilen möchte und stattdessen ihre Brüder als Partner vorzieht …« Ich überlegte weiter. »Aber warum sollte sie das tun? Sie ist alleinige Nutznießerin des Vertrages. Weshalb sollte sie ihre Brüder an dem Geschäft beteiligen? Ihr Mann ist vollständig von ihrem Goodwill abhängig, wenn es sich wirklich um einen Betrug handelt.«

»Vielleicht hasst sie ihn?«

Das ungepflegte Grab. Das wäre eine Erklärung. »Und Joszef? Sie nimmt den Tod eines Bruders in Kauf?«

Maria Hadju zündete die nächste Zigarette an. »Vielleicht war es ja tatsächlich ein Unfall und Tillmeier hat nur die Gunst der Stunde genutzt.«

»Haben Sie Sonja Tillmeier befragt?«

»Natürlich.«

»Und?«

»Sie behauptet, von nichts zu wissen.«

»Glauben Sie ihr?«

»Herr Büsing, was ich glaube oder nicht, spielt hier keine Rolle.«

Da hatte sie Recht. »Aber warum wollte mich Gyula sprechen? Auspacken und seine Geschwister, zumindest seine Schwester, verraten?«

»Ich teile Ihre Bedenken. Allerdings: Hat Ihre Gesellschaft eine Belohnung ausgesetzt?«

»Wofür?«

»Für den, der Anhaltspunkte für einen Betrugsfall liefert.«

»Nein. Es gibt keine Belohnung.« Meine Provision war ja in dem Sinne keine Belohnung.

Die Polizistin nestelte an ihrer Tasche und zog einen Brief heraus. »Den haben wir in der Jacke des Ermordeten gefunden, ist vielleicht interessant für Sie. Ein Freund Gyulas hat ihn geschrieben. Darin erwähnt er, dass er glaubt, Gyulas Schwager vor einigen Tagen gesehen zu haben.«

»Tillmeier?« Ich war wie elektrisiert. War das der Grund, warum mich Gyula Jaronka sprechen wollte?

»Wie gesagt, der Mann ist sich nicht sicher, aber wir werden der Sache nachgehen. Immerhin würden die Morde in einem anderen Licht erscheinen, wenn sich der Briefschreiber nicht geirrt hat … Wenn Sie oder Ihr Auftraggeber etwas erfahren sollten, wären wir für einen Hinweis dankbar.«

Ich nickte. »Wo will der Mann Tillmeier gesehen haben?«

»Das schreibt er nicht.« Sie schaute auf den Umschlag. »Aber der Brief wurde vor drei Tagen in Wien abgestempelt.«

In der österreichischen Hauptstadt also ...

Die Polizistin drückte ihre Zigarette im Aschenbecher aus und gab mir ihre Visitenkarte. »Wenn Ihnen noch etwas einfällt ...«

Wir verabschiedeten uns.

Ich orderte noch zwei Flaschen Bier und nahm sie mit auf mein Zimmer. Dort zappte ich durch das Fernsehprogramm, bis ich einen österreichischen Sender gefunden hatte, trank langsam und mit Genuss und ließ mich von einer seichten Unterhaltungsshow berieseln.

Irgendwann musste ich eingenickt sein, denn das Schrillen des Hoteltelefons schreckte mich auf. Es war die Rezeption. Eine Dame wolle mich sprechen. Ob sie hochkommen dürfe?

Ich ging die Möglichkeiten durch. Ich kannte nur drei Frauen in der Stadt: die Polizistin, die einsame Rentnerin Maria Jaronka und Sonja Tillmeier. Die alte Dame schloss ich aus, und dass Maria Hadju auf mein Zimmer kommen wollte, konnte ich mir kaum vorstellen. Also handelte es sich bei der Besucherin vermutlich um Sonja Tillmeier.

»Nein«, sagte ich. »Ich komme runter.« Kein unnötiges Risiko.

Im Halbdunkel des hinteren Bereichs der Hotelhalle erwartete mich eine ältere, ganz in Schwarz gekleidete Frau, die ich zu meiner Verblüffung als die Mutter der Jaronka-Geschwister wieder erkannte. Ich hatte sie auf einem Foto auf dem Schreibtisch Sonja Tillmeiers gesehen. Die Frau, die den gleichen Vornamen hatte wie ihre Tochter, trug schwer an ihrem Schmerz und Kummer. Wir setzten uns an einen der Tische. Sonja Jaronka wartete, bis die Bedienung unsere Bestellung aufgenommen und den Tisch wieder verlassen hatte.

Dann begann sie radebrechend auf Deutsch zu erzählen: »Gyula, László und Géza arbeiten im Sommer bei Straßenbaufirma aus Székesfehérvár. War gute Arbeit. Immer an frischer Luft und ordentlicher Lohn. Im Frühjahr, vor drei Jahren, kamen Gyula und László angetrunken nach Hause. László hat gesungen, mich im Kreis herumgewirbelt und gelacht. Alle beide haben gelacht.« Tränen flossen über ihre Wangen. »Sie haben einen Schatz im Straßengraben gefunden, hat László gesagt. Bei Ausschachtung. Einen großen Schatz. Einen Silberschatz. Ich habe ihnen nicht geglaubt. Habe auch gelacht. Über sie. Schätze, habe ich gespottet, nur im Märchen. Nicht im wirklichen Leben. Aber sie haben weiter getrunken und gelacht und getrunken ...« Sonja Jaronka schwieg für Minuten. Ich wagte es nicht, die alte Frau zu drängen, weiter zu sprechen. Sie machte einen so unglücklichen Eindruck, wirkte so zerbrechlich und so alt. So schrecklich müde und alt.

»Wenig später ... Plötzlich war Geld für das kaputte Dach da. Für Reparatur. Und wir haben Hypothek abgelöst. Und auch ein neues Fernsehapparat war gekommen. Auf einmal. Wenn ich gefragt habe, hat László immer wieder nur von dem Schatz gesprochen. Und mein Gyula hat gegrinst. Trotzdem habe ich nichts geglaubt. Eines Tages habe ich László und Géza, ein Freund meiner Kinder, zufällig in dem Lokal am Markt gesehen. Mit dickes Mann, in großes Auto aus Österreich. Später habe ich László nach diese Mann gefragt. Aber er hat nur gesagt, dass ich mich getäuscht haben müsse. Aber das war falsch.« Sie schüttelte energisch den Kopf. »Ich weiß, was ich gesehen habe. László, Géza und einen fremde Mann. Und dann sind Sie gekommen. Der Detektiv aus Deutschland. Jetzt sind Gyula und László tot. Sie müssen die Mörder meiner Söhne finden. Sie bestimmt ein guter Detektiv. Schließlich haben Sie auch

Sonja gefunden, oder?« Die alte Frau sah mich flehentlich an. »Sonja hat Géza gesucht. Ist seit gestern verschwunden. Sicher hat er Angst und sich versteckt. Auch Sonja will jetzt das Haus nicht mehr verlassen. Aus Furcht.«

»Warum wenden Sie sich nicht an die Polizei?«, wollte ich wissen.

Sie schüttelte wieder energisch den Kopf.

»Die werden Sie schützen und den oder die Täter verhaften.« So ganz sicher war ich mir allerdings nicht bei dem, was ich sagte.

»Keine Polizei. Sie machen!«, bestimmte sie kategorisch.

Die Bedienung brachte die Getränke. Sonja Jaronka trank nichts von ihrem Wasser, sondern schob mir einen Briefumschlag über den Tisch.

»Ich nehme kein Geld von Ihnen«, sagte ich verlegen. »Ich weiß noch nicht einmal, ob ich Ihnen helfen kann.«

»Kein Geld«, antwortete sie. » Schatzbilder. Von Lászlo. Ich habe sie gefunden in seinem Koffer. Du guter Detektiv.«

Sie stand auf und schlurfte Richtung Ausgang.

»Frau Jaronka«, rief ich ihr nach. »Bitte …«

Sie reagierte nicht.

»Frau Jaronka«, wiederholte ich, deutlich leiser noch als eben.

Ich gab auf. Mir wurde klar, dass diese Frau alles dafür geben würde, dass die Mörder ihrer Söhne gefunden wurden. Und ich war der, dem sie ihr Vertrauen schenkte.

11

Als Sonja Jaronka gegangen war, bestellte ich einen Espresso und einen Brandy und stierte zwei, drei Minuten auf den Briefumschlag. Dann öffnete ich ihn. Er enthielt Fotografien in ziemlich guter Qualität.

Das erste Bild zeigte László Jaronka neben einem großen Kupferkessel, der einen Durchmesser von mindestens einem Dreiviertelmeter hatte. Auf den nächsten Fotos waren vier verzierte Teller unterschiedlicher Größe zu sehen, die, so wie es aussah, aus Silber waren. An den größten hatte jemand einen Zollstock gehalten. Er maß rund fünfzig Zentimeter. Dann folgten Bilder von silbernen Trinkbechern, Krügen, Töpfen, Pfannen, Löffeln, alle geschmückt mit zum Teil sehr aufwendig gestalteten, aufgesetzten Figuren, deren Bedeutung sich mir nicht erschloss. Insgesamt zählte ich etwa dreißig verschiedene Artefakte.

Das letzte Bild zeigte eine Detailaufnahme des größten Tellers. Gut sichtbar war eine Inschrift zu erkennen. Ich drehte das Foto um.

Auf der Rückseite des Fotos befand sich eine Abschrift des Textes:

UTINAM·EA·MODESTA·SUPELLEX·TIB·O·SEVSO·
MULTOS·PER·ANNOS·SERVENTUR·
ET·QUOQUE·LIBERIS·TUIS·USUI·SIT

Das war eindeutig Lateinisch. Leider beherrschte ich das genauso wenig wie Ungarisch.

Mir fiel sofort mein früherer Freund Knut ein, der in Bochum seine Schüler mit dieser toten Sprache traktierte und den ich etwas aus den Augen verloren hatte. Ich besorgte mir über die Auskunft seine Nummer und rief ihn an. Da sich Lehrer im Allgemeinen den größten Teil ihrer Arbeitszeit mehr oder weniger frei einteilen können, wie ich glaubte, scheute ich mich nicht, ihn noch um diese Zeit zu belästigen.

Er war begeistert, von mir zu hören. »Was willst du? Ich soll dir einen lateinischen Text übersetzen? Um diese Uhrzeit? Du meldest dich seit Jahren mal wieder bei mir und dann das!«

»Es ist wirklich wichtig.«

Er brummte etwas in das Telefon, was sich nicht mehr ganz so ablehnend anhörte.

Ich beschrieb ihm den Teller und die Inschrift. Schließlich ließ er sich doch breitschlagen. »Gut. Lies noch mal vor.«

Nach einigen Worten unterbrach er mich. »Das hat so keinen Zweck. Schick mir eine SMS auf mein Handy. Du sagst, da sind Punkte zwischen den Worten?«

»Ja.«

»Tippe sie mit ein.«

»Warum? Ist das wichtig?«

»Frag nicht, tu es. Ich rufe dich zurück.«

»Wann?«

»Morgen.«

»Geht es nicht heute noch?«

Er zögerte einen Moment. »Mal sehen.«

Es dauerte fast eine Viertelstunde, bis der Text gesendet war. Die Bedienung sah mehrmals demonstrativ zu mir herüber. Anscheinend wollte sie Feierabend machen. Ich tat ihr den Gefallen nicht und bestellte noch ein Bier.

Als ich es fast ausgetrunken hatte, meldete sich Knut endlich wieder.

»Ich glaube, ich weiß jetzt, was dein Text bedeutet.«

»Schieß los!«

»Wenn du dich nicht vertippt hast – es ist nicht mehr ganz das kultivierte Latein, mit dem wir unsere Schüler beglücken. Vielleicht zweites oder drittes Jahrhundert nach Christus. Jedenfalls heißt die Inschrift so viel wie: Möge dies bescheidene Geschirr, o Sevso, dir viele Jahre erhalten bleiben und möge es deinen Nachkommen dienen.«

»Das ist alles?« Ich war enttäuscht.

»Alles? Woher stammt der Teller? Aus einem Museum?«

»Ich glaube nicht. Wieso?«

»Gibt es noch mehr von diesen Dingern?«

»Ja. Und noch einige Becher und so ein Zeug.«

»Wie viel mehr?«

»Etwa dreißig verschiedene Stücke.«

»Sehen die anderen Teile gleich aus?«

»Wie meinst du das?«

»Sind sie ähnlich gefertigt? Ähneln sie, als Ganzes betrachtet, einem Service?«

Ich warf einen Blick auf die Fotos. »Ja.«

»Und du bist sicher, dass die Bilder nicht aus einem Museum stammen?«

»Ziemlich. Es hat den Anschein, als seien die abgebildeten Gegenstände hier in Polgárdi gefunden worden. Aber warum fragst du?«

»Wo ist dieses Polgárdi?«

»Am Plattensee.«

Knut schwieg einen Moment. Dann erklärte er: »Der Plattensee war römisches Siedlungsgebiet bis zum Beginn der Völkerwanderung. Bei deinen Tellern scheint es sich um Geschirr zu handeln, das jemand diesem Sevso zum Geschenk gemacht hat. Sevso war vermutlich ein hoher Offizier oder Beamter des römischen Reiches. Vielleicht erinnerst du dich, ich habe dir mal erzählt, dass ich mich seit Jahren mit der römischen Kultur beschäftige.«

Als ich Knut zuletzt vor zwei Jahren traf, hatten wir uns in einer Bochumer Kneipe betrunken und über Frauen, Fußball und Fernsehen lamentiert. Von seinem Hobby hatte ich bis eben nichts gewusst.

»Natürlich weiß ich das.«

»Deshalb kenne ich mich halbwegs aus. Soweit mir bekannt ist, wurde bis jetzt kein geschlossenes Ensemble dieser Art auf der Welt gefunden. Einzelstücke ja, aber ein ganzes Geschirr ...«

»Was könnte das wert sein?«

»Ich bin kein Sachverständiger. Außerdem habe ich keines der Stücke gesehen. Wenn es aber so ist, wie du gesagt hast: So viel Geld wirst du nie zu sehen bekommen.«

»Darf ich dir Kopien der Bilder schicken?«

»Immer. Hast du meine Anschrift? Ich bin umgezogen.«

Ich ließ sie mir geben.

Dann nervte ich das Hotelpersonal mit der Bestellung eines weiteren Bieres. Der Gesichtsausdruck der Bedienung sprach Bände, als sie mir die Flasche servierte. Ein üppiges Trinkgeld würde das Verhältnis zu den Beschäftigten des *Metropol* sicher wieder verbessern.

Meine Nachforschungen hatten nun eine unerwartete Wendung genommen. Sah es anfangs so aus, als verberge sich hinter dem Verschwinden Gerd Tillmeiers und dem Tod Joszef Jaronkas möglicherweise ein schäbiger Versicherungsbetrug, schien jetzt noch mehr dahinter zu stecken.

Ich glaubte nicht, dass Sonja Jaronka die Geschichte von dem Schatz des Sevso nur erfunden hatte. Dann kamen mir Zweifel.

Handelte es sich bei dem Ganzen vielleicht nur um ein clever eingefädeltes Täuschungsmanöver?

Warum informierten Sonja Tillmeier und ihre Mutter nicht die Polizei? Mangelndes Vertrauen?

Oder hatten sie Angst vor der Staatsmacht? Sicherlich war es auch in Ungarn illegal, gefundene Wertgegenstände einfach zu behalten. Angst vor Bestrafung, Angst davor, das Silber an den Staat abliefern zu müssen, könnte ein Motiv für ihr Schweigen sein.

Ich entschloss mich, Sonja Jaronkas Geschichte zu glauben und mein Wissen vor Maria Hadju zu verbergen. Ich wollte Sonja Tillmeier und ihre Mutter nicht in noch mehr Schwierigkeiten bringen. Für den Schutz der beiden hatte die Polizei sicherlich gesorgt. Drei tote Familienmitglieder dürften dafür Anlass genug sein.

Im Frühjahr 1997 hatten Gyula, László und ihr Freund Géza das Geschirr gefunden. Später hatten sie vermutlich Teile davon verkauft – wovon hätten die Jaronka-Söhne sonst die Kosten für die Dachreparatur ihres Hauses bestreiten sollen. Doch einen solchen Schatz verkaufte man nicht über Kleinanzeigen oder auf dem Flohmarkt in Budapest. Man brauchte Kontakte zu vertrauenswürdigen Personen, zu Kennern antiker Kunst. Natürlich – Gerd Tillmeier! Der Kunsthändler. Auf das Nächstliegende kommt man häufig zuletzt. Er verfügte sicherlich über die entsprechenden Verbindungen. Ich musste seine Frau danach fragen.

Aber wie passte das Unglück mit der *Julia* ins Bild?

Das ereignete sich etwa ein Jahr nach dem Fund. Wahrscheinlich hatte ja auch Joszef von dem Schatz gewusst. Waren die Jaronkas mit Tillmeier in Streit geraten und hatte der Kunsthändler auf der *Julia* damit begonnen, seine Rivalen auszuschalten?

Mindestens sieben Menschen hatten von dem Fund gewusst: die Familie Jaronka, Géza Narócy und Gerd Tillmeier. Drei davon waren tot, zwei verschwunden. Wenn Tillmeier der Mörder war, waren die Überlebenden, die von dem Fund wussten, in großer Gefahr.

Nachdenklich nahm ich den letzten Schluck aus dem Glas. Mitwisser war ich nun auch, wenn auch ungewollt. Musste ich mir Gedanken über meine eigene Sicherheit machen?

Eine weitere Überlegung drängte sich mir auf. Wer hatte die Polizei von meinem Treffen mit Gyula verständigt? Wollte mir diese Person den Mord in die Schuhe schieben? Aber warum hatte sie dann nur kurze Zeit später László umgebracht? Mir fiel der logische Bruch in meinen Gedankenspielen sofort auf: Ich ging immer nur von einem Täter aus, verdächtigte Gerd Tillmeier. Wenn es nun aber zwei Mörder gab? Oder war Tillmeier auch nur ein Opfer?

In der Hotelhalle wurden die Lichter gelöscht. Das war der Wink mit dem Zaunpfahl. Antworten auf meine Fragen würde ich in dieser Nacht ohnehin nicht mehr finden. Erleichtert erwiderte die Kellnerin meinen Gruß, als ich aufstand, um auf mein Zimmer zu gehen.

12

Auszug aus einem internen Bericht an den Innenminister der Bundesrepublik Deutschland:

Zur rechtlichen Problematik:
(...) Die UNIDROIT-*Konvention wurde 1995 in Rom ausgehandelt. Bis zum 15. Juni 1996 haben 85 Staaten ihren Beitritt erklärt und die Konvention ratifiziert. Eine Entscheidung der Bundesregierung steht noch aus.*
Die o. g. Konvention regelt die Behandlung gestohlener und rechtswidrig ausgeführter Güter von kultureller Bedeutung. Sie will solche Güter vor Diebstahl schützen und klärt die Modalitäten ihrer eventuellen Rückgabe. Sie ergänzt die UNESCO-*Konvention von 1970 auf privatrechtlicher Ebene.*
Der Beschluss der UNESCO *verpflichtet alle Vertragsstaaten, Museen und ähnliche Institutionen am Erwerb von Kulturgütern zu hindern, welche entgegen den gesetzlichen Bestimmungen aus den Herkunftsstaaten exportiert wurden; die Einfuhr gestohlener Güter aus ausländischen Museen zu verbieten und bei der Rückgabe solcher Kulturgüter behilflich zu sein. Dazu sind innerstaatliche Normen mit Auswirkungen auf Einfuhr- und Zollvorschriften, Ankaufsverbote und Rückführungsgebote erforderlich.*
Die Beweislast über die illegale Ausfuhr liegt beim Ge-

schädigten, was in der Praxis erhebliche Probleme aufwerfen kann. Eine solche Beweisführung ist bei Raubgrabungen beispielsweise unmöglich, da ein illegal ausgegrabenes Objekt im Herkunftsland nicht als Kulturgut registriert sein kann. (…)

Die UNIDROIT-Konvention dagegen ist direkt anwendbar. Sie benötigt keine weiteren Gesetzgebungsverfahren im Deutschen Bundestag. Die Konvention gilt wie die UNESCO-Konvention nicht rückwirkend. Sie richtet sich nicht gegen den Handel mit Antiquitäten, sondern nur gegen dessen illegale Form. Gutgläubige Erwerber illegal ausgeführter Kulturgüter müssen angemessen entschädigt werden. Damit schützt sie das Eigentum des Erwerbers. (…)

Auf EU-Ebene gelten weiter die Bestimmungen der EU-Richtlinie über die Rückgabe unrechtmäßig exportierter Kulturgüter. (…)

Zur quantitativen Bedeutung:

Der Handel mit Kulturgütern hat in den letzten Jahren erheblich zugenommen. Eines der wichtigsten Auktionshäuser der Welt hat seinen Umsatz in den letzten fünfzehn Jahren um über 800 Prozent auf mehr als drei Milliarden Dollar steigern können. Das Gesamtvolumen des illegalen Handels wird auf etwa zehn bis fünfzehn Milliarden Mark im Jahr geschätzt. Kunstwerke und Antiquitäten aller Art werden mehr und mehr zum reinen Investment und Spekulationsobjekt. Aus den vertraulichen Berichten von Interpol wissen wir, dass sich auch zunehmend die international operierende organisierte Kriminalität für dieses Geschäft interessiert. Dieses gestiegene Interesse führt immer mehr zur Ausplünderung des kulturellen Erbes ganzer Länder (vgl. Maya-Monumente in Guatemala, etruskische Gräber in Italien, Tempel in Nepal etc.). (…)

1997 wurden im Zollfreilager Genf rund zehntausend antike Objekte aus den Mittelmeerländern sicherge- stellt, deren Wert auf über fünfzig Millionen Schwei- zer Franken geschätzt wurde. (…)

Zur politischen Situation:
(…) Der Kunsthandel in der Bundesrepublik be- kämpft immer noch die Ratifizierung der o. g. Kon- vention mit dem Hinweis, der Handel von Kunstge- genständen würde dadurch quasi zum Erliegen ge- bracht. Obwohl in dieser Branche sicher dreistellige Millionenbeträge umgesetzt und einige zehntausend Beschäftigte tätig sind, dürfte es sich nicht um eine für die Volkswirtschaft der Bundesrepublik relevante Größe handeln. Auswirkungen auf die anstehenden Wahlentscheidungen sind nicht zu befürchten. (…)
Auch negative Diskussionen in der Öffentlichkeit bei einer Ratifizierung sind eher unwahrscheinlich, da die Probleme der Erwerber und Interessenten von/an Kulturgütern schon aufgrund ihrer materiellen Bes- serstellung gegenüber anderen bei dem größten Teil der Bevölkerung auf nur wenig Interesse stoßen dürf- ten. (…)

gcz.: *Unterschrift*
Abgelegt unter: *UNIDROIT-Konvention Az: 7/00 dr/si 34r*

13

Der Freitag begann tropisch. Schon am Morgen Tempe- raturen von fünfundzwanzig Grad, dazu leichter Niesel- regen. Ich schätzte die Luftfeuchtigkeit auf über neunzig Prozent. Und das mit zu hohem Blutdruck und den gut zehn Kilo Übergewicht, die ich mit mir durch die Gegend schleppte. Schon auf dem Weg ins Bad schwitzte ich. Tauwetter für Dicke.

Ich verzichtete auf ein üppiges Frühstück und trank nur einen Kaffee und ein Glas Orangensaft. Dann kopierte ich die Bilder zweimal auf einem Vervielfältigungsgerät in einem Schreibwarengeschäft an der nächsten Ecke und schickte einen Satz Knut.

Auf dem Weg zu den Jaronkas rief mich Dermöllers Sekretärin an und teilte mir mit, dass Sonja Tillmeiers Geschäft erheblich verschuldet war. Sie stand bei verschiedenen Banken mit insgesamt über einhunderttausend in der Kreide, war ihren Zahlungsverpflichtungen allerdings bis jetzt immer pünktlich nachgekommen.

Bevor ich mich dem Wohnhaus der Jaronkas näherte, bewaffnete ich mich mit meinem Regenschirm. Von dem Köter war nichts zu hören und zu sehen. Vermutlich wartete die Bestie geduldig in ihrem Versteck, bis ich nahe genug herangekommen war, um mir dann ihre Zähne in die Waden zu schlagen.

Jederzeit bereit, meine körperliche Unversehrtheit mit dem Schirm zu verteidigen, erreichte ich die Haustür und schellte. Es dauerte nur Momente, dann öffnete Sonja Tillmeier die Tür. Sie sah nicht gut aus. Dunkle Ringe unter ihren verquollenen Augen ließen darauf schließen, dass sie nicht sehr viel geschlafen hatte. Plötzlich hörte ich ein tiefes Knurren und nahm einen Schatten im Flur wahr, der sehr schnell näher kam. Nur der beherzte und schnelle Griff der jungen Frau zum Halsband des Hundes verhinderte, dass sich die Töle auf mich stürzen konnte.

»Der will nur spielen«, beschwichtigte sie.

Das war kaum zu glauben. »Könnten Sie trotzdem ...«

Sie zog das widerstrebende Tier in eines der Zimmer und schloss die Tür.

»Danke.«

Sie sah mich fragend an.

»Ihre Mutter war gestern bei mir.«

»Ich weiß. Sie haben Glück, dass Sie uns noch antreffen.«

»Sie verlassen Polgárdi?«, riet ich.

»Wir haben Angst. Meine Mutter und ich fahren noch heute nach Recklinghausen. Also, was wollen Sie?«

»Ich habe das Gefühl, dass Sie mir immer noch nicht alles erzählt haben, was Sie wissen.«

Die junge Frau zögerte keine Sekunde. »Sie informieren nicht die Polizei?«

»Zum Teufel, warum haben Sie Angst vor der Polizei? Zwei ihrer Brüder wurden ermordet. Sie müssten doch das größte Interesse daran haben, dass diese Morde aufgeklärt werden.«

»Natürlich, aber ...«

»Was aber?«

Sie seufzte. »Meine Mutter. Sie befürchtet ... Kommen Sie bitte herein.«

In der Wohnküche war Sonja Jaronka bereits damit beschäftigt, Kaffee und Kuchen aufzutragen. Wortlos bot sie mir einen Platz an und goss mir dampfenden, dunklen Kaffee ein. Mit Schrecken dachte ich an meinen Blutdruck.

»Was wollen Sie wissen?« Sonja Tillmeier hatte mir gegenüber Platz genommen und auch ihre Mutter setzte sich.

»Könnte ich mir das Silber, das Ihre Brüder gefunden haben, anschauen?«

Sie schüttelte müde den Kopf. »Nein. Es ist weg.«

»Wie soll ich das verstehen?«

»Meine Brüder hatten den Schatz in unserem alten Weinkeller versteckt. Der, in dem László ermordet wurde.« Tränen stiegen in ihre Augen. »An dem Tag, als Sie zu uns kamen ...«

»... vorgestern«, unterbrach ich sie.

»Genau. An diesem Tag hat László entdeckt, dass das Silber nicht mehr an seinem Platz lag. Jemand hat es gestohlen.«

»Wer wusste alles von dem Versteck des Silbers?«

»Meine Brüder, mein Mann, ich und Géza möglicherweise.«

»Und Ihre Mutter?«

»Von dem Silber habe ich ihr erst gestern erzählt. Erst da hat sie die Geschichte von dem Schatz geglaubt. Sie hat darauf bestanden, Ihnen die Bilder zu zeigen, die sie gefunden hat. Ich konnte sie nicht davon abhalten.«

»Sie haben einige Fundstücke verkauft?«

»Ja.«

»Hat Ihr Mann das Geschäft eingefädelt?«

Sie nickte.

»Wer war der Käufer?«

»Ich weiß es nicht. Gerd und meine Brüder waren unterschiedlicher Auffassung über die richtige Vorgehensweise. Gerd meinte, es wäre besser, den Schatz komplett an einen Sammler zu verkaufen, auch wenn der Erlös nicht ganz so hoch wäre. Ein Käufer bedeute auch nur einen Mitwisser.«

»Welchen Betrag erhoffte Ihr Mann denn zu erzielen?«, fragte ich schnell.

»Er hat vorsichtig Erkundigungen über den Wert vergleichbarer Kunstgegenstände eingeholt. Er wusste schnell, dass das, was meine Brüder gefunden haben, einmalig ist. Es wurde bis jetzt kein weiteres Ensemble dieser Art auf der Welt gefunden.«

Das waren fast genau die Worte Knuts.

»Gerd meinte, dass der Wert bei mindestens zehn Millionen liegen dürfte. Natürlich konnten wir nicht damit rechnen, das Silber für diesen Preis verkaufen zu können. Mein Mann ging aber davon aus, dass etwa die Hälfte zu realisieren sei.«

»Also rund fünf Millionen.« Das war mehr als ein Trinkgeld. »Und Ihre Brüder?«

»Wollten die Teile einzeln verkaufen, um so insgesamt einen höheren Preis zu erzielen. Sie haben sich durchgesetzt. Schließlich hatten sie und Géza den Schatz gefunden.«

»Und was war Gézas Meinung?«

»Er hat sich meinen Brüdern angeschlossen.«

»Wenn ich Ihre Mutter richtig verstanden habe, war Joszef nicht dabei, als der Schatz gefunden wurde?«

»Nein.«

»Die drei haben ihn mit ins Vertrauen gezogen?«

Sie sah mich erstaunt an. »Natürlich. Sie sind Brüder. Und Joszef war der Älteste.«

»Aber Géza?«

»Géza ist ein alter Freund Lászlos. Sie sind schon zusammen in den Kindergarten gegangen. Géza hat keine Geschwister. Für ihn war Lászlo mehr wie ein Bruder. Géza gehört zur Familie«, setzte sie hinzu.

Sonja Jaronka goss Kaffee nach.

Obwohl mein Puls raste, nahm ich noch einen Schluck. »Was haben Sie verkauft?«

»Zwei Becher.«

»Und der Erlös?«

Zum ersten Mal seit dem Beginn unserer Unterhaltung zögerte Sonja Tillmeier mit einer Antwort. Schließlich sprach sie ihre Mutter auf Ungarisch an. Die erteilte mit einem Kopfnicken ihr Einverständnis.

»Einhunderttausend pro Stück. Aber das sollte ja nur ein Anfang sein. Gerd meinte, besonders für die großen Teller sei viel mehr zu erzielen.«

»Der Verkauf war illegal, das wussten Sie doch sicher?«

Sonja Tillmeier schwieg.

»Und jetzt befürchtet Ihre Mutter, dass sie diesen Betrag zurückerstatten muss, wenn die Polizei von dem Fund erfährt?«

»Ja.«

»Haben Sie auch etwas von dem Geld bekommen?«

»Nein, nein.« Sie schüttelte heftig den Kopf. »Ich habe erst nach dem Segelunfall von der Geschichte erfahren. Da war es doch schon ausgegeben.«

Mir fiel die Information der *Versicherung AG* ein. »Aber Sie hätten das Geld doch auch gut gebrauchen können, oder?«

»Ja, natürlich. Seit Gerd tot ist, läuft das Geschäft in Recklinghausen schlecht. Ich verstehe kaum etwas von Kunst. Wissen Sie, ich habe früher nur ausgeholfen, wenn viel zu tun war, und sonst in der Buchhaltung mitgearbeitet. Kurz nach Gerds Tod habe ich mir von einem obskuren Händler Meißner Porzellan, das angeblich Ende 1890 hergestellt sein sollte, aufschwatzen lassen. Die Echtheitszertifikate waren gefälscht. Bis ich das merkte, war der Verkäufer über alle Berge.«

Ich erinnerte mich an das Gespräch, das sie mit dem Pärchen geführt hatte, als ich sie das erste Mal in ihrem Laden aufsuchte. »Haben Sie das Porzellan noch?«

Sie sah mich verwundert an. »Nein. Das ist bei der Staatsanwaltschaft. Als Beweisstück.«

»Sie haben also Anzeige erstattet?«

»Natürlich. Es ging schließlich um mehr als zwanzigtausend Mark. Wenn ich damals das Boot nicht hätte verkaufen können ...« Sie beendete den Satz nicht. »Und bevor Sie mich fragen: Ich habe Schulden, ja. Deshalb benötige ich auch so dringend die Leistungen aus der Lebensversicherung von Gerd. Ich muss jede Mark zweimal umdrehen.«

»Sie sagten, dass Sie den Käufer der Becher nicht kennen.«

»Das stimmt, ja.«

»Ihr Bruder László soll sich mit jemandem getroffen haben, der einen Wagen aus Österreich fährt.«

»Meine Mutter hat davon gesprochen. Aber es verbringen viele Österreicher ihren Urlaub hier bei uns am Balaton.«

»Hat Gyula mit Ihnen darüber geredet, dass er mich treffen wollte?«

Sonja Tillmeier antwortete nicht sofort. Dann sagte sie: »Ja. Gyula wollte Ihnen von dem Fund erzählen, aber Lászlo und Géza waren dagegen.«

»Und Sie?«

»Ich auch.«

Wenigstens war sie ehrlich.

»Sonst hat Gyula nichts gesagt?«

»Nein.«

Wusste sie von dem Brief aus Wien, von dem Maria Hadju gesprochen hatte? Ich konnte kaum glauben, dass nicht. Ihr Bruder hatte doch sicher davon erzählt: »Der Soundso sieht Gespenster«, oder so. Andererseits: Wenn Gyula die Information für sich behalten hatte, konnte das auch bedeuten, dass er die Beobachtung seines Freundes nicht so einfach als Hirngespinst abtun, aber seiner Schwester keine Hoffnungen machen wollte.

»Einer seiner Freunde will Ihren Mann in Wien gesehen haben.«

Sie musterte mich ungläubig. »Davon hat Gyula mir nichts gesagt.«

»Warum wollte er sich mit mir dann doch nicht im Hotel, sondern in dem abgebrannten Restaurant treffen?«

»Das weiß ich nicht. Er sprach immer nur vom *Metropol*. Wir hatten uns aber geeinigt, dass Sie nichts von der Geschichte erfahren sollten.«

»Heißt das, Gyula wollte die Verabredung nicht einhalten?«

»Ja.« Sie begann zu weinen.

»Aber …«

Es schellte. Im Nebenraum schlug der Wachhund an. Sonja Tillmeier erhob sich. »Entschuldigung.«

Aus dem Flur waren Stimmen zu hören. Kurz darauf betrat Maria Hadju mit zwei männlichen Begleitern den Raum. Ich stand auf.

Die Polizistin musterte mich skeptisch. »Ich habe Ihren Wagen gesehen. Deshalb dachte ich mir schon, dass Sie hier sind.« Sie sprach Englisch. »Was wollen Sie von der Familie?«

»Ich bin immer noch im Auftrag meiner Gesellschaft tätig. Wie Sie wissen, gibt es immer noch keine Klarheit, ob der Versicherungsnehmer wirklich verstorben ist.«

»Und Sie erhoffen sich hier eine Antwort?« Der spöttische Unterton in ihrer Stimme war nicht zu überhören.

»Wo sonst?«, fragte ich zurück.

Sie drehte sich zu den beiden Frauen hin und gab mir damit zu verstehen, dass unsere Unterhaltung und mein Auftritt beendet waren.

Erst in meinem Wagen fiel mir ein, dass ich Sonja Tillmeier nicht danach gefragt hatte, ob sie wusste, wo ich Géza Narócy finden konnte. Solange die Polizei bei ihr war, hatte es aber wohl keinen Zweck zurückzukehren. Stattdessen könnte ich versuchen, mehr über diesen Unbekannten zu erfahren, mit dem sich einer der Jaronka-Brüder in der Kneipe am Markt getroffen hatte.

Das Lokal hatte geschlossen. Einem Schild an der Eingangstür meinte ich entnehmen zu können, dass es um zwölf öffnete, also in einer halben Stunde. Der Regen hatte aufgehört. Zwar war es immer noch ziemlich schwül, aber an einigen Stellen brach die Sonne schon wieder durch die Wolken.

Ich spazierte in den nahe gelegenen Park in der Hoffnung, Viktor Lilienthal zu treffen und die Wartezeit so überbrücken zu können. Tatsächlich saß er auf dem gleichen Platz wie vor ein paar Tagen.

»Herr Büsing«, freute sich Lilienthal, als ich mich näherte. »Lust auf eine Partie?«

Ich wählte mit den schwarzen Figuren die Sizilianische Verteidigung und hielt das Match lange offen, bis ich die Chance für einen Königsangriff sah. Ich opferte zwei Leichtfiguren, um auf den nun offenen Linien mit meinen Türmen und der Dame seine Verteidigungsstellung zu überrollen. Leider hatte ich mich verrechnet und mein Angriff verlief im Sande. Mit zwei Figuren weniger als er gab ich einige Züge später die Partie enttäuscht auf.

»Hier haben Sie den entscheidenden Fehler gemacht.« Lilienthal rückte die Figuren zurecht und rekonstruierte die Stellung. »Viel zu ungeduldig. Sie haben nicht weit genug kombiniert.« Er lachte. »Immer ein Stück weiter denken als Ihr Gegner.«

Jetzt erkannte ich meinen Fehler auch. Aber während des Spiels ... »Herr Lilienthal, würden Sie mir einen Gefallen tun und für mich dolmetschen?«

»Sicher. Mit wem wollen Sie sprechen?«

»Mit dem Kellner des Lokals da drüben.«

»Gerne. Um was geht es?«

»Vor einiger Zeit haben sich László Jaronka und Géza Narócy in diesem Lokal mit jemandem getroffen, der ein Fahrzeug mit österreichischem Kennzeichen fuhr. Vielleicht kann sich der Kellner an das Treffen erinnern.«

»Das kann er bestimmt.«

»Woher wollen Sie das wissen?«, wunderte ich mich.

»Ich war auch da.«

»Sie waren auch ... Wissen Sie, worüber die drei gesprochen haben?«

»Nein. Zum einen gehen mich die Gespräche anderer Leute nichts an, zum anderen saß ich draußen, während László, sein Freund und der Österreicher im Inneren des Lokals hockten.«

»Wie sah dieser Österreicher denn aus?«

Lilienthal dachte nach. »Er hatte eine füllige Figur. Aber mehr ... Tut mir Leid. Ich war zu sehr mit dem Komponieren einer Schachaufgabe beschäftigt.«

Ich verstand, was er meinte. »Was für einen Wagen fuhr der Mann?«

»Auch das weiß ich nicht. Aber Johann erinnert sich bestimmt noch.«

»Wer ist Johann?«

»Der Kellner. Er hat sich nach dem Unfall Notizen gemacht.«

»Was für ein Unfall, was für Notizen?«, erkundigte ich mich.

»Johann parkt seinen Wagen immer vor dem Lokal, um ihn im Auge zu behalten. Er reagiert … wie sagt man gleich … cholerisch, wenn jemand seinen Lada auch nur berührt. Als der Österreicher wegfahren wollte, hat er Johanns Auto leicht touchiert. Johann ist aus dem Lokal gestürmt und hat damit gedroht, die Polizei zu rufen. Erst einige tausend Forint haben ihn besänftigt. Trotzdem hat er sich das Kennzeichen notiert. ›Bestimmt gibt's versteckte Spätfolgen‹, hat er zur Erheiterung der Umstehenden gesagt.«

Lilienthal bemerkte meine Anspannung und sah auf die Uhr. »Gehen wir ihn fragen. Außerdem ist es sehr heiß heute.« Er grinste. »Und ich habe Durst.«

Zehn Minuten später standen eiskalte Biere vor uns. Und ich wusste das Autokennzeichen und den Fahrzeugtyp. Ich setzte mich mit Dermöller in Verbindung. Er versprach mir, unverzüglich zurückzurufen, wenn er etwas über den Halter in Erfahrung gebracht hatte.

Zwei Stunden später fuhr ich noch einmal an den Stadtrand zu den Jaronkas. Die Polizei schien sich wieder verabschiedet zu haben, ihre Wagen waren weg.

Sonja Tillmeier verstaute gerade Koffer und Taschen in ihrem Golf. Sie schien sich nicht besonders zu freuen, mich schon wieder zu sehen.

»Was wollen Sie denn noch?«

»Heute Morgen habe ich vergessen Sie zu fragen, ob Sie wissen, wo sich Géza Narócy aufhält.«

Die junge Frau stellte eine Ledertasche auf den Boden. »Leider nicht. Er ist wie vom Erdboden verschwunden.« Ihre Augen wurden feucht.

»Wo wohnt er?«, fragte ich weiter.

Sie zeigte mit der rechten Hand die Straße herunter. »Zweihundert Meter weiter ist links ein Neubau. Der gehört einem entfernten Verwandten von ihm. Géza ist erst vor einigen Monaten dort eingezogen. Der Verwandte hat ihn aber seit vorgestern Abend nicht mehr gesehen.«

Mir kam ein Gedanke. »Haben Sie ein Foto von Géza?«

»Ja«, nickte sie. »Warten Sie bitte.«

Sie verschwand im Haus und ließ die Tür angelehnt. Einen Moment später öffnete sich die Tür wieder. Ich dachte gerade, das ging aber schnell, als mit einem lauten Bellen der Wachhund auf mich zuschoss. Für eine Flucht war es zu spät, ich erstarrte zur Salzsäule. Die Bestie setzte zum Sprung an und diesmal riss ihn keine Kette zurück. Seine Vorderpfoten schlugen gegen meine Brust und ich musste einen Ausfallschritt nach hinten machen, damit mich das Gewicht des Köters nicht umwarf. Das Vieh öffnete sein Maul und begann schwanzwedelnd, mein Gesicht abzulecken.

»Keine Angst!« Sonja Tillmeier war zurückgekehrt und unterband mit einem energischen Befehl die Liebesbeweise des Hundes.

Jetzt glaubte ich ihr, dass der Köter nur spielen wollte.

»Hier. Das Bild ist erst vor einigen Wochen gemacht worden.«

Sie reichte mir das Foto. Es zeigte Géza Narócy mit einem großen Glas Bier in der Hand, fröhlich lachend in die Kamera prostend.

»Danke. Was mich noch interessieren würde: Hat die Polizei eigentlich nichts dagegen, dass Sie und Ihre Mutter das Land verlassen wollen?«

»Nein.«

Das wunderte mich etwas. Dann dämmerte mir was: »Sie haben Frau Hadju von dem Silberfund erzählt, nicht wahr?«

Sie nickte.

»Und Sie haben auch gesagt, dass das Silber ...«

»... gestohlen wurde, ja.«

»Ich vermute, dass Sie den Verkauf der zwei Becher aber nicht gebeichtet haben?«

Sonja Tillmeier schüttelte heftig den Kopf. »Das konnte ich doch nicht. Meine Mutter ...«

»Natürlich.«

Mein Gefühl sagte mir, dass Sonja Tillmeier nichts mit den Morden an ihren Brüdern und dem Verschwinden ihres Mannes zu tun hatte. Leider war auf meine Emotionen nicht immer Verlass. Meine gescheiterte Beziehung zu Claudia war dafür der beste Beweis. Trotzdem oder gerade deshalb entschloss ich mich, der einzigen Spur, die ich hatte, nachzugehen. Gerd Tillmeier war in Wien gesehen worden – also würde ich nach Wien fahren.

Ich gab Sonja Tillmeier zum Abschied die Hand. »Passen Sie auf sich auf.«

Im *Metropol* wartete bereits Maria Hadju auf mich. Sie stellte mir ihre Begleitung vor: zwei Beamte des ungarischen Kulturministeriums, die sich für den Fund der Jaronkas interessierten. Ich fragte mich, wie sie die beiden so schnell aus Budapest an den Plattensee geschafft hatte.

Die drei begleiteten mich auf mein Zimmer. Dort kamen die Staatsdiener sofort zur Sache und verlangten unmissverständlich die Bilder, die mir die Mutter der Jaronka-Brüder gegeben hatte. Ich beglückwünschte mich im Stillen dazu, schon Kopien der Fotografien angefertigt zu haben. Den Satz, der noch in meinem Besitz war, händigte ich meinen Besuchern aus.

»Frau Jaronka sprach von Fotografien, nicht von Kopien«, bemängelte Maria Hadju die Qualität der Bilder.

Ich zuckte bedauernd mit den Schultern. Auf den Belichtungen war wirklich nicht sehr viel zu erkennen.

»Sie sind sich sicher, dass Sie nicht irgendwo noch Fotos haben?« Die Polizistin traute mir nicht über den Weg, das war klar. Ich konnte es ihr nicht verdenken.

»Nein.«

Im Stillen hoffte ich, dass Sonja Tillmeier und ihre Mutter ihre Reise inzwischen angetreten hatten und die Polizei keine Möglichkeit mehr haben würde, meine Angaben zu überprüfen.

Möglichst unbeteiligt ergänzte ich: »Leider.«

Die Mienen der ungarischen Staatsmacht verrieten immer noch Skepsis. Trotzdem gaben sich die drei schließlich mit den Kopien zufrieden.

»Darf ich dann meinen Aufenthalt hier beenden? Oder brauchen Sie mich noch?«, erkundigte ich mich.

Maria Hadju beriet sich kurz mit ihren Kollegen. Dann gab sie grünes Licht für meine Abreise.

Ich begleitete meinen Besuch bis in die Hotelhalle, beglich meine Rechnung und kehrte auf mein Zimmer zurück, um zu packen. Bevor ich fertig war, meldete sich das Handy. Dermöller.

Die Mitarbeiter der *Versicherung AG* hatten wieder großartige Arbeit geleistet. Der österreichische Wagen war auf eine Firma in Wien zugelassen. Der Inhaber hieß Jussuf Barachi. Und bei dem Unternehmen handclte cs sich um eine Kunstgalerie. Schon wieder Wien! Zufall?

Zweiter Teil

1

»Bitte sehr, der Herr.«

Der Ober des *Central* servierte die Melange zusammen mit einem Glas Leitungswasser und einer solchen Eleganz, als ob er ein Fünf-Sterne-Menü auf den Tisch stellen würde.

Nach mehrstündiger Fahrt war ich noch gestern in der Donaumetropole eingetroffen und hatte ein Doppelzimmer im *Hotel Sacher* bezogen, einer der Edelabsteigen im Zentrum Wiens mit Blick auf das Opernhaus. Einzelzimmer waren keine mehr frei gewesen, es waren zu viele Geschäftsreisende mit dicker Brieftasche unterwegs. Das *Sacher* versprühte den Geist der alten K.-u.-k.-Monarchie: edle Antiquitäten, Gemälde alter Meister und höchster Komfort. Der Luxus kostete allerdings einiges, aber nach dem eher rustikalen Ambiente des *Metropol* machte ich mir darüber keine Sorgen. Ich wollte mein Spesenkonto belasten. Bis auf die Hotelrechnung aus Polgárdi verfügte ich über keine Belege, die den Blicken der strengen Rechnungsprüfer der *Versicherung AG* standhalten würden. Das musste sich ändern. Schließlich hatte ich den Ruf des teuersten Versicherungsdetektivs zu verlieren, den die Gesellschaft je beauftragt hatte.

Ich blätterte im Stadtplan, den ich in einem Buchladen an der Ecke erworben hatte. Barachis Galerie befand sich in der Kantgasse, nicht weit vom *Sacher* entfernt. Schlecht konnte das Geschäft nicht laufen, wenn sich der Inhaber die Ladenmiete einen Steinwurf von der Beletage der Stadt entfernt leisten konnte.

Ich überlegte, der Galerie einen Besuch abzustatten. Wenn ich es allerdings recht besah, hatte ich eigentlich keine Ahnung, was ich dort wollte. Mich nach Barachi erkundigen? Und wenn er tatsächlich da war? Schließlich konnte ich ihn nicht einfach fragen, ob er zufälligerweise etwas mit dem Tod der Jaronka-Brüder oder dem Verschwinden Gerd Tillmeiers zu tun hatte. Ich dachte darüber nach und nippte am Kaffee. Endlich entschied ich mich dafür, mich von meiner Intuition leiten zu lassen und Barachis Laden erst mal aufzusuchen. Eine bessere Idee hatte ich ohnehin nicht.

Nach einer weiteren Melange, einem Brandy und einer Golatsche, deren Marmeladefüllung einfach köstlich schmeckte, zückte ich mein Handy, um Marlene anzurufen. Ich hatte das Gerät noch nicht ganz aus der Tasche geholt, als der Kellner mich im schönsten Wiener Schmäh und mit ausgesuchter Höflichkeit, aber energischer Bestimmtheit darauf aufmerksam machte, dass die Benutzung von Mobiltelefonen hier nicht erwünscht sei. Eigentlich hat er ja Recht, dachte ich und verstaute das Teil wieder in meiner Hemdtasche.

Zehn Minuten später drückte ich auf der Straße die Kurzwahltaste für Marlenes Anschluss.

Sie meldete sich nach dem dritten Klingeln. »Wo steckst du? Immer noch in Ungarn?«

»Nein, in Wien.«

Sie seufzte. »Da wollte ich schon immer mal hin. Du hast es gut.«

»Wie man's nimmt. Ich bin zum Arbeiten hier.«

»Egal. Wien im Spätsommer – das muss ein Traum sein.«

Mir kam ein Gedanke: »Setz dich in den nächsten Flieger und komm her. Heute Nachmittag kannst du schon hier sein.«

Sie antwortete nicht.

»Marlene?«

»Einen Moment.« Ein Klacken war zu hören. Marlene hatte den Hörer aus der Hand gelegt.

Kurz darauf meldete sie sich wieder. »Ich habe den Rechner gestartet, um im Internet nachzusehen, wann ein Flug geht.«

Mein Herz schlug Purzelbäume. »Heißt das, du kommst?«

»Was sonst?«

»Ich wohne im *Sacher*.« Mir fiel unser Treffen am letzten Samstag wieder ein. Den Fehler wollte ich nicht wiederholen. »Ich habe ein Doppelzimmer. Wenn es dir nichts ausmacht … Ich glaube nur sowieso, dass im *Sacher* sonst kein Zimmer mehr zu bekommen ist. Wir können natürlich auch das Hotel wechseln, wenn es dir lieber ist.«

»Nein. Kein anderes Hotel. Zur Not tut es auch das *Sacher*.«

Ich konnte durch die Leitung ihr Grinsen erahnen.

»Die Maschine landet in Wien um vier. Sollte der Flug ausgebucht sein, melde ich mich wieder. Holst du mich ab?«

»Sehr gerne. – Marlene, ich habe noch eine Bitte.«

»Ja?«

»Wenn du es noch schaffst, würdest du meine Kamera aus meiner Wohnung holen und sie mitbringen? Du fährst doch quasi in Herne vorbei.«

»Nicht ganz, aber in Ordnung. Wo ist der Schlüssel?«

»Mein Mieter hat einen. Der müsste zu Hause sein. Der Samstagnachmittag gehört dem Fußball. Ich sage ihm Bescheid.«

»Und der Fotoapparat?«

»Im Arbeitszimmer unter dem Schreibtisch.«

»Ich werde es versuchen, aber verlass dich nicht darauf.«

Barachis stand in goldenen Buchstaben quer über dem doppeltürigen Eingang der Kantgasse. Eine dezente Melodie ertönte, als ich das Geschäft betrat.

Ich war beeindruckt. Der ganze Laden stank nach Geld: weißer Marmorboden, weiß lackierte Kalksandsteine an den Wänden, dazu – einen auffälligen Kontrast bildend – zwei unverputzte Betonsäulen in der Mitte der Verkaufshalle. Überdimensionale Glasvitrinen, zahlreiche Spiegel, in einer Ecke große Plastiken. Im Gegensatz zu Antiquitäten jedweder Art verstand ich ein wenig von Bildhauerei. Deshalb erkannte ich sofort einige Sachen von Ulrich Rückriem, Günter Uecker und die kleineren Arbeiten Richard Serras. Hier wurde die Moderne präsentiert. Und zwar keine Nachwuchskünstler und unbekannte Habenichtse, sondern die Crème de la Crème. Keines der Stücke durfte unter zwanzigtausend zu haben sein, wenn ich die Preise, die auf der letzten Verkaufsausstellung in Essen verlangt wurden, noch richtig im Kopf hatte. Zwanzigtausend Mark, nicht Schilling. Entsprechend war das Sicherheitsequipment. Raumüberwachungssensoren, Lichtschranken, Videokameras, Mikrofone. Alles erste Sahne. Da bin ich Fachmann.

Ich war der einzige Kunde. Verstohlen schaute ich mich um. Einen kleinen, dicken Mann konnte ich nicht entdecken. Dafür kam mit raumgreifenden Schritten ein groß gewachsener, blonder Jüngling im schwarzen Anzug auf mich zu und fragte nach meinen Wünschen. An meinem Outfit störte er sich anscheinend nicht. Wer einen solchen Laden betrat, hatte entweder Geld oder sich verlaufen und wollte nach dem Weg fragen. Die Kleidung besagte aber diesbezüglich gar nichts.

»Ich sehe dort eine Plastik von Rückriem. Haben Sie auch noch andere Werke des Künstlers?«

»Selbstverständlich.«

Der junge Mann verfügte über einen außerordentlichen Sachverstand. Er zeigte mir weitere Arbeiten des

Bildhauers, nannte die Preise und sah mich erwartungsvoll an. Neben einer Reihe von Schwarz-Weiß-Grafiken, die – soweit ich mich erinnerte – alle Anfang der neunziger Jahre entstanden waren, und einigen eher unbekannten Arbeiten des Künstlers verkaufte die Galerie auch eines der zehn Exemplare der *Eckstücke* aus Alfanger Granit. Diese Plastik war mit knapp hundertfünfunddreißigtausend Schilling sogar recht preiswert.

Er interpretierte mein Zögern falsch: »Sollten Sie an unbekannteren Künstlern interessiert sein, kann ich Sie auf unser Zweiggeschäft in der Jungmaisstraße verweisen. Das liegt in der Donaustadt im 22. Bezirk. Dort führen wir auch … hm … preiswertere Werke. Das Geschäft schließt allerdings samstags um zwölf.«

»Ich werde es mir überlegen. Sagen Sie, führen Sie auch Antiquitäten?«

Er sah mich an, als ob ich ihm einen unsittlichen Antrag gemacht hätte.

»Antiquitäten?« Das Wort spuckte er förmlich aus. »Sie sehen doch: Wir handeln mit moderner Kunst, überwiegend Plastiken. Wenn Sie Antiquitäten suchen – es gibt in Wien zahlreiche Galerien, die Ihnen so etwas verkaufen. Mit und ohne Echtheitszertifizierung.«

Sein Interesse an meiner Person war erlahmt. Ich hatte mich in seinen Augen als Kunstbanause entpuppt. Er wartete wahrscheinlich nur noch darauf, dass ich ging. Ich tat ihm den Gefallen.

Bis zu Marlenes Ankunft hatte ich noch einige Stunden Zeit. Leider war es aber schon zu spät, um noch die Filiale der Kunsthandlung in der Jungmaisstraße aufzusuchen. Das würde ich Montag nachholen.

Wolken zogen auf. Es sah nach Regen aus. Ich kehrte kurz in mein Hotel zurück, um meine Lederjacke zu holen, und ließ mich dann durch die Straßen Wiens treiben, trank hier ein Mineralwasser, nahm dort einen Espresso. Als ich bezahlen wollte, bemerkte ich, dass nicht nur das Foto von Géza Narócy, sondern auch die Bilder von dem Sevso-Schatz immer noch in der Innentasche meiner Jacke steckten.

Fortan begleitete mich ein seltsames Gefühl. Einmal hatte ich den Eindruck, beobachtet zu werden. Ich konnte aber niemand Verdächtigen ausmachen. Wahrscheinlich irrte ich mich. Drei Tote und zwei Verschwundene hatten auch mein Nervenkostüm dünner werden lassen.

In einem kleinen Laden erstand ich herrliche, handgeschnitzte Schachfiguren und später in einem Antiquariat in der Nähe des Heldenplatzes ein Buch über bildende Kunst aus dem späten neunzehnten Jahrhundert.

Schließlich fand ich mich am Flughafen wieder.

»Was machen wir gleich?«, fragte Marlene mich, nachdem sie mir einen langen Kuss gegeben und ich so ausgiebig Gelegenheit erhalten hatte, ihren Duft in mich aufzunehmen.

Ich griff zu ihrem Koffer und meiner Kameratasche. »Erst fahren wir etwas durch die Stadt, Sightseeing, dann zeige ich dir den Prater. Später geht's ins Hotel, frisch machen. Anschließend gehen wir gut essen und danach ... Wie wär's mit Grinzing?«

»Toll.« Sie warf einen skeptischen Blick auf meine Lederjacke. »Ziehst du dich noch um?«

»Zum Essen, ja.«

Wir verbrachten wunderbare Stunden miteinander. Marlene war freudig überrascht, dass die Gondel des Riesenrades im Prater am höchsten Punkt fast fünf Minuten stehen blieb und wir so ausgiebig Zeit hatten, den fantastischen Blick über die Stadt zu genießen. Zweihundert Schilling hatten den Stopp bewirkt und weitere zweihundert hatten dafür gesorgt, dass wir die Gondel für uns allein hatten. Zusätzlich zum Fahrpreis, versteht sich.

Als wir unser Hotelzimmer betraten, fiel mir sofort auf, dass etwas nicht stimmte. Seit meiner Kindheit habe ich einen kleinen Tick, eine Manie: Ich mache etwas, das ich Kneistern nenne. Wenn ich mich unbeobachtet fühle, kneife ich ein Auge zu und versuche eine gerade Linie im Vordergrund, beispielsweise die Kante eines Tisches, mit einer Linie im Hintergrund, von einem Fenster oder Ähnlichem, durch Drehung meines Kopfes oder Körpers in Deckung zu bringen. Das ist Kneistern. Und deshalb lege ich Gegenstände immer so, dass ihre Geraden Parallelen zu etwas bilden.

Als ich das Hotelzimmer heute Morgen verlassen hatte, lag mein Aktenkoffer absolut gerade, absolut parallel zur Schreibtischkante. Jetzt nicht mehr. Und auch mein Notizblock auf dem Nachttisch war bewegt worden. Nicht viel, aber genug, um die von mir hergestellte Ordnung zu zerstören. Jemand hatte den Raum in meiner Abwesenheit betreten. Das Zimmermädchen konnte es nicht gewesen sein. Ich war nach ihm noch einmal auf dem Zimmer gewesen, um meine Jacke zu holen. Wenn da schon etwas verschoben gewesen wäre, wäre mir das aufgefallen.

»Hast du was?« Marlene registrierte meine Bestürzung sofort.

»Nein, nein«, beruhigte ich sie. »Mir ist nur gerade eingefallen, dass ich noch keinen Tisch reserviert habe.«

Sie sah sich um. »Das Zimmer ist ein Traum.« Marlene fiel mir um den Hals. »Und dann das Bad …«

Sie verschwand im Nebenraum.

Ich durchsuchte meine Anzüge. Das Scheckheft war noch an seinem Platz. Auch meine eiserne Reserve von tausend Dollar steckte noch in ihrem Umschlag. Auf Geld hatte es der unbekannte Besucher also nicht abgesehen gehabt.

»Ich nehme eine Dusche«, rief Marlene.

Hatte ich mich geirrt? Ich beschloss, ihr den Vorfall zu verschweigen. Ich wollte sie nicht unnötig beunruhigen.

Wenn aber tatsächlich jemand in dem Zimmer gewesen war …? Sollte ich doch vorschlagen, das Hotel zu wechseln? Marlene war so begeistert vom *Sacher*. Sicher wäre sie enttäuscht. Außerdem – würde sie mir glauben? Es war ja nichts gestohlen worden. Bestenfalls würde sie über meinen Spleen lachen. Besser, ich hielt die Klappe.

Wir dinierten – anders kann man das nicht nennen – im *Sacher Stöckl,* einem der drei exklusiven Restaurants des Hotels. Exklusiv waren allerdings auch die Preise. Dermöller würde seine helle Freude an meiner Spesenabrechnung haben. Der Raum wurde von dezenter Zithermusik erfüllt.

Marlene erkannte die Filmmusik sofort. »*Der dritte Mann* von Carol Reed«, stellte sie fest.

»Genau. Mit Orson Welles. Die Zithermusik ist von Anton Karas«, fiel mir ein. Ich nahm mir fest vor, in einem der Souvenirshops nach einer entsprechenden CD zu suchen und sie Marlene als Andenken an dieses Wochenende zu schenken.

Zwei Gläser Wein später beschlossen wir, auf den Ausflug nach Grinzing zu verzichten. Wir ließen uns eine Flasche Champagner aufs Zimmer bringen. Und wenig später hatte ich sogar den unerwünschten Besuch völlig vergessen.

Bis ich Marlene am Sonntagabend wieder zum Flugplatz brachte, erlebten wir noch herrliche Stunden in Wien. Wir hatten bis dahin kein Wort über meinen Auftrag gewechselt.

Beim Abschied bat ich sie aber doch noch um einen Gefallen. »Ich benötige Informationen über einen Jussuf Barachi. Er betreibt hier in Wien eine Kunstgalerie. Kannst du mir helfen?« Ich hielt die Notiz mit seiner Anschrift in der Hand.

Wortlos griff sie nach dem Zettel, las lange und fragte mich dann: »Deshalb sollte ich hoffentlich nicht nach Wien kommen?«

Ich nahm sie in den Arm. »Wie kannst du so etwas denken. Marlene, ich ...« Ich wollte es ihr sagen, wollte herausschreien, dass ich sie liebe, aber ... Es ging nicht. Ich konnte es nicht.

»Was?«

Ich antwortete nicht.

»Was wolltest du sagen?«

Wir küssten uns. »Ich wünsche dir einen guten Flug.«

Marlene sagte leise: »Wieder eine verpasste Gelegenheit, oder?«

Ich nickte.

2

Als ich im Hotel die Rezeption passierte, sprach mich einer der Angestellten an.

»Herr Büsing, hat Sie der Bote gestern noch erreicht?«

»Welcher Bote?«, wunderte ich mich.

»Der von der Buchhandlung Schröder. Er wollte ein Buch für Sie abgeben. Es sei dringend, hat er gesagt. Er wollte es aber nur Ihnen persönlich überreichen und nicht bei uns an der Rezeption lassen. Deshalb hat ihm mein Kollege Ihre Zimmernummer genannt.«

Ich kannte keine Buchhandlung Schröder und hatte auch nirgends ein Buch bestellt.

»Wann war das genau?«, fragte ich.

»Warten Sie bitte.« Der Mann griff unter die Theke und sah auf eine Eintragung in einer Kladde. »Gegen vier.«

Da hatte ich Marlene vom Flughafen abgeholt.

»Wie sah der Bote aus?«, wollte ich wissen.

»Tut mir Leid. Ich habe erst am Samstagabend meinen Dienst angetreten. Der Kollege, mit dem der Bote gesprochen hat, hat die Eintragung gemacht und mich informiert, da Sie nicht auf Ihrem Zimmer waren. Der Mann wollte es später noch einmal versuchen.«

»Es war ein Mann?«

Er stutzte. »Ich weiß nicht. Ich dachte nur ... Mein Kollege sprach von einem Boten. Warum? Ist etwas nicht in Ordnung?«

»Nein, nein. Kann ich Ihren Kollegen sprechen?«

»Leider nicht. Der hat einige Tage Urlaub.«

Jetzt war ich mir sicher, dass ich mich nicht getäuscht hatte. Es war eingebrochen worden.

Im Lift unterzog ich die Plastikkarte, das Sesam-öffne-Dich der Zimmertür, einer eingehenden Untersuchung. Vorne waren der Hotelname und die Zimmernummer aufgedruckt, auf der Rückseite befand sich ein Magnetstreifen. Das Teil sah im Prinzip aus wie eine beliebige Geldkarte. Wenn es Kleingaunern gelang, mit einem einfachen Kartenleser Scheckkarten zu kopieren und zu fälschen, müsste dies mit einem elektronischen Schlüssel ebenso problemlos möglich sein. So hätte jemand Zugang zum Zimmer erhalten können. Ich geriet ins Grübeln.

Wie lange benötigt man für das Herstellen einer solchen Dublette? Woher hatte er die Originalkarte?

Und wenn ihm jemand von der Rezeption mit einer Universalkarte, die jedes Zimmer öffnen konnte, ausgeholfen hatte?

Diese Fragen brachten mich nicht weiter. Es war schließlich nicht entscheidend, wie der Einbrecher in das Zimmer gelangen konnte.

Da nichts gestohlen worden war, hatte der Dieb etwas Bestimmtes gesucht. Aber was?

Oder er war gestört worden und nur deshalb befanden sich Schecks und Bargeld noch in der Anzugjacke. Auch das war möglich.

Wenn er es aber nicht auf mein Geld abgesehen hatte? Woher wusste der Einbrecher, in welchem Hotel ich wohnte?

Ich hatte niemanden von meinen Absichten in Kenntnis gesetzt. Also musste mir jemand gefolgt sein. Ich hatte ja gestern schon das Gefühl gehabt, beobachtet zu werden. Mir war aber niemand aufgefallen. Das behagte mir nicht besonders. Ich fühle mich wohler, wenn ich meine Gegner kenne.

Da ich aber im Moment nichts an dieser Situation ändern konnte, schob ich diese Gedanken beiseite.

Ich rief Knut an. Vielleicht konnte er mir ja inzwischen mehr über den Wert des Schatzes erzählen.

Er meldete sich mit vollem Mund.

»Hast du die Kopien erhalten?«, wollte ich wissen.

»Hm.«

»Hast du?«

»Ja, verdammt. Kannst du dir nicht andere Zeiten für deine Anrufe aussuchen? Entweder klingelt das Telefon mitten in der Nacht oder wenn ich esse.«

Ich ignorierte seine Kritik. »Und? Was, meinst du, ist das Silbergeschirr wert?«

»Was fragst du mich? Ich bin kein Sachverständiger. Fünfzig Millionen oder hundert. Keine Ahnung. Du müsstest eine Expertise anfertigen lassen. Aber dafür benötigst du die Originale, keine Fotos. Übrigens, die Qualität der Kopien ist miserabel. Ich konnte ja kaum etwas erkennen.«

»Besser ging's nicht.«

»Noch was?«

»Eigentlich nicht.«

»Gut. Dann esse ich jetzt weiter. Halte mich auf dem Laufenden.« Er legte auf.

Ich ließ mir eine Flasche sehr teuren Burgunder auf mein Zimmer kommen, zog die Schuhe aus und legte mich auf das Bett. Hatte der Einbrecher vielleicht die Fotos des Sevso-Silbers gesucht? Nur die Jaronkas wussten, dass ich die Bilder hatte. Oder nicht? Was war mit der ungarischen Polizei? Möglicherweise hatte Maria Hadju doch erfahren, dass ich sie angelogen hatte. Aber würde sie deswegen jemanden im Ausland in ein Hotelzimmer einbrechen lassen? Nein, sicher nicht.

Es klopfte an meiner Tür. Erst leise, nach einem Moment heftiger, fordernder.

»Ja, ja. Ich komme schon«, rief ich, während ich auf Strümpfen das Zimmer durchquerte. »Wer ist da?«

»Polizei. Bitte machen Sie auf, Herr Büsing.«

Vorsichtig öffnete ich die Tür einen Spalt und lugte hinaus. Im Flur standen zwei hoch gewachsene Männer, die nicht sehr entspannt wirkten. Wie auf ein Kommando zückten die beiden zwei Ausweise und hielten sie mir hin. »Wir möchten uns mit Ihnen unterhalten.«

»Darf ich die Ausweise noch einmal …«

»Bitte.« Der größere der beiden schob seinen Ausweis durch den Spalt. »Sicherheitsbüro«, las ich nur. Und blickte auf ein Passfoto, das eindeutig den späten Besucher zeigte.

Ich öffnete die Tür ganz. »Worum geht es?«

»Dürfen wir?«

Ich ließ sie eintreten und musterte sie genauer. Beide waren schlank und schienen ziemlich durchtrainiert. Der, der mir seinen Ausweis gereicht hatte, war etwas blasser als der andere und trug einen hellgrauen Sommeranzug. Sein Begleiter war mit Jeans und einem blauen Sakko bekleidet. Inspektor Marek hatte anders ausgesehen.

Der Wortführer war der Große im Anzug. Er stellte sich mit Steininger vor. Den Namen seines Kollegen nannte er nicht. »Sie sind seit Freitagabend in Wien?«

»Woher wissen Sie das?«

»Der Meldezettel.«

Dass diese Formulare tatsächlich ausgewertet wurden, war mir neu. Bis jetzt hatte ich immer angenommen, diese Zettel landeten erst in irgendeinem Aktenordner unter der Theke der Hotelrezeption, um nach angemessener Zeit in einem Papiercontainer in der nächsten Meldebehörde entsorgt zu werden. Anscheinend war das in Österreich nicht so. »Ja.«

»Und Sie sind aus Ungarn eingereist?«

Ich war überrascht. Das konnte er nicht von dem Meldezettel wissen. »Wieso ...?«

»Das ungarische Nationale Sicherheitsbüro hat uns informiert.«

Staatssicherheit. Geheimdienst. Mein Mund wurde trocken. Ich nahm einen Schluck Rotwein. Was hatte ich mit der ungarischen Geheimpolizei zu schaffen?

»Die ungarischen Kollegen haben uns mitgeteilt, dass Sie Zeuge in einem Mordfall sind. Und wir vermuten nun, dass Sie Kontakt zu dem libanesischen Staatsbürger Jussuf Barachi aufnehmen wollen. Stimmt das?«

Ich hatte bis jetzt nicht gewusst, dass Barachi Libanese war. Und was hatte der Blasse gesagt? Ungarische Kollegen? Vor mir standen keine einfachen Kriminalbeamten aus irgendeinem Wiener Innenstadtrevier, das wurde mir klar.

»Sie sind auch vom Geheimdienst, nicht wahr?«

Der Jeansträger wollte etwas sagen, Steininger kam ihm aber zuvor. »Nein. Sicherheitsbüro.«

Der lügt, sagte mir mein Gefühl. In einem möglichst lakonischen Ton antwortete ich: »Wie Sie meinen. Weswegen sind Sie hier? Liegt etwas gegen mich vor? Wenn das so ist, möchte ich einen Anwalt sprechen.« Ich machte Anstalten, zum Telefon zu greifen.

»Warten Sie. Wir möchten uns nur etwas mit Ihnen unterhalten, das ist alles.«

Ich ließ den Hörer wieder los. »Bitte. Aber zuerst beantworten Sie meine Frage. Wahrheitsgemäß.«

Steininger seufzte. »Na gut. Staatsschutz. Wir leisten unseren ungarischen Kollegen Amtshilfe. Zufrieden? Herr Büsing, wir wissen, dass Sie in Polgárdi auffälliges Interesse für ein Fahrzeug gezeigt haben, das Barachi während eines Besuches in Ungarn gefahren hat. Und wir wissen auch, dass sich in Polgárdi einer der dort Ermordeten mit einem Mann getroffen hat, bei dem es sich vermutlich um Barachi handelt. An diesem Treffen hat noch eine weitere Person teilgenommen, die leider zurzeit nicht auffindbar ist. So, und jetzt sind Sie an der Reihe.«

Ich hatte die ungarische Polizei unterschätzt. Sie war schneller, als ich angenommen hatte, an dieselben Informationen wie ich gelangt. Aber warum hatten die Ungarn den Geheimdienst eingeschaltet? Mir fielen die beiden Männer wieder ein, die Maria Hadju mir als Beamte des Kulturministeriums vorgestellt hatte. Waren auch sie vom Geheimdienst gewesen?

Besser, ich nahm mich in Acht. Deshalb wählte ich meine Worte mit Bedacht.

»Ich ermittle in einem Versicherungsfall. Vielleicht kann mir dieser Barachi weiterhelfen.«

»Das glaube ich kaum. Die Morde in Polgárdi hängen vermutlich mit dem Silbergeschirr zusammen, das die beiden Opfer gefunden und unterschlagen haben. Sie haben der ungarischen Polizei Kopien von Fotografien übergeben. Verfügen Sie noch über weitere Bilder der Fundstücke?« Er sah mich scharf an.

»Nein.«

Der kleinere der beiden ruhte sich mit der rechten Hand auf einem Eichensekretär aus, der vermutlich aus dem vergangenen Jahrhundert stammte. Vor diesem Schreibtisch stand ein Stuhl mit einer kunstvoll geschwungenen Lehne. Über dieser Lehne hing meine Lederjacke. Und in der Innentasche ...

Ich sah nicht dorthin, sondern richtete meinen Blick in die Augen meines Gegenübers. »Ich weiß nichts von anderen Bildern. Die, die mir Sonja Jaronka gegeben hat, befinden sich in den Händen der Polizei in Polgárdi.«

»Sind Sie sicher?« Steininger fixierte mich geradezu. Er glaubte mir kein Wort.

»Natürlich bin ich mir sicher.« Plötzlich wusste ich definitiv, dass der unbekannte Einbrecher auch hinter den Fotografien her gewesen war. Er hatte sie nicht bekommen und ich war entschlossen, sie auch den Geheimpolizisten nicht zu überlassen.

»Haben Sie sonst noch Fragen?«

Unvermittelt schaltete sich der Jeansträger in das Gespräch ein. Mit heiserer Stimme stellte er fest: »Sie lügen.« Er erdolchte mich fast mit seinem Zeigefinger. »Wir bekommen die Bilder. Verlassen Sie sich darauf. Wir werden ...«

Steininger schnitt ihm mit einer schnellen Handbewegung das Wort ab. Er war eindeutig der Chef. »Ich möchte Ihnen einen Rat geben, Herr Büsing. Vergessen Sie Barachi. Vergessen Sie das Silber. Und am besten vergessen Sie auch Ihren Auftrag und fahren zurück nach Deutschland.«

Meine Mutter hat immer behauptet, ich hätte fast alle schlechten Eigenschaften meines Vaters geerbt. Ihre Familie aber lebte seit zig Generationen im Sauerland. Dessen Bewohnern sagt man einen ausgeprägten Hang zur Sturheit nach. Diese Eigenschaft hatte ich also von meiner Mutter geerbt. Nun hörte ich zum zweiten Mal in nur wenigen Tagen von einem Polizisten, dass ich meine Ermittlungen beenden und in meine Heimat zurückkehren sollte. Möglicherweise hatten die Ratschlaggeber Recht. Aber die Erbanlagen meiner Mutter meldeten sich mit Macht.

Ich ging zur Zimmertür und öffnete sie. »Bestimmt nicht. Guten Abend, meine Herren.«

Die beiden verschwanden tatsächlich ohne ein weiteres Wort.

3

Die Hotelhalle war am nächsten Morgen um kurz nach sieben noch fast leer. In einem der Sessel lümmelte sich ein lässig gekleideter Mann, der mir wegen seines pflegeleichten Haarschnittes auffiel. Er trug Glatze.

Als ich mich der Rezeption näherte, legte der Typ die Zeitschrift, in der er geblättert hatte, aus der Hand und musterte mich mit unverhohlenem Interesse. Mich beschlich ein ungutes Gefühl. Einige Meter vor der Empfangstheke blieb ich stehen, schüttelte den Kopf und tat so, als ob ich mich gerade an etwas erinnerte. Dann steuerte ich den Ausgang an. Tatsächlich! Die Glatze erhob sich und folgte mir.

Auf der Straße wandte ich mich nach rechts. Nach gut hundert Metern drehte ich mich um. Mein Schatten grinste mir zu und steckte sich eine Zigarette an. Er machte sich nicht die geringste Mühe, seine Absicht zu verbergen.

Kurz entschlossen steuerte ich auf ihn zu und sprach ihn an: »Wer sind Sie? Und warum folgen Sie mir?«

Bedächtig nahm er einen Zug von der Zigarette. »Herr Büsing«, antwortete er in breitem Wienerisch. »Wir haben's Ihnen doch gestern g'sagt. Verlassen's Österreich. Seien's so gut und fahren's nach Hause. Dann kann ich wieder in mein Büro und Sie haben Ihre Ruh.«

Ich zog es vor, nicht zu antworten, und ließ den Polizisten stehen. Warum betrieben sie so einen Aufwand, damit ich das Land verließ? Ich war entschlossen, den Bullen diesen Gefallen nicht zu tun. Nun musste ich erst mal den Kerl loswerden.

An der nächsten U-Bahn-Station erstand ich ein Tagesticket und fuhr drei Haltestellen weiter. Dort stieg ich aus, wartete aber auf dem Bahnsteig, bis das Signal zum Einsteigen ertönte, und sprang im letzten Moment wieder in den Wagen. Vergeblich. Mein Schatten ließ sich nicht täuschen. Er hatte wohl dieselben Agentenfilme gesehen wie ich.

Wir fuhren kreuz und quer durch die Stadt, machten Sightseeing in Dutzenden von Kaufhäusern, bis mir vor einer McDonald's-Filiale im 2. Bezirk der Zufall zu Hilfe kam. Der Eingang zu dem Fastfoodtempel lag unmittelbar an einer Straßenkreuzung. Als ich das Lokal passierte, wälzte sich gerade eine große Gruppe junger Japaner kichernd und gestikulierend auf die Straße und blockierte den an dieser Stelle nicht sehr breiten Bürgersteig. Für einen Moment konnte mich mein Verfolger nicht mehr sehen und wurde durch den Menschenpulk und den starken Straßenverkehr aufgehalten. Ich spurtete um die Ecke und zu meinem Glück befand sich die nächste U-Bahn direkt gegenüber. Ich drehte mich um. Der Polizist war noch nicht zu sehen. Zwei Meter von mir entfernt lag das Entree zu einem kleinen Café. Ich eilte in die Kneipe und verschwand hinter der Tür mit der Aufschrift *Toilette*.

Nach zehn Minuten verließ ich das stille Örtchen wieder. Zaghaft lugte ich in das Innere des Cafés. Keine Spur von meinem Verfolger. Es schien funktioniert zu haben. Der Staatsschützer suchte jetzt vermutlich das Wiener U-Bahn-Netz nach mir ab.

Auf der Straße hielt ich das nächste Taxi an, ließ mich zurück ins *Sacher* bringen und hoffte, dass die Wiener Polizei die Observation des Hotels noch nicht wieder aufgenommen hatte. Auf meinem Zimmer bestellte ich einen Kaffee und versuchte, meine Gedanken zu ordnen. Vermutlich hatten die ungarischen Behörden ihre Kollegen in Österreich tatsächlich um Amtshilfe gebeten. Schließlich ging es um Mord. Aber warum verhörte mich dann der Staatsschutz und nicht die Kripo? Bestimmt hatten die Ungarn ihren österreichischen Kollegen auch über meinen Auftrag informiert. Aber warum wollten die hiesigen Behörden, dass ich meine Nachforschungen einstellte? Verständlicherweise haben es Polizeibeamte – egal aus welchem Land – nicht besonders gern, wenn sich vermeintliche Amateure in ihre Arbeit einmischen. Das konnte ich nachvollziehen. Aber deshalb dieser Aufwand? Außerdem ging es mir nicht um den Schatz oder die Aufklärung der Morde in Polgárdi, sondern ja eigentlich nur um die Frage, ob Gerd Tillmeier noch lebte. Ich konnte nur hoffen, über das Sevso-

Silber und Barachi auf eine Spur von Tillmeier zu stoßen – oder Beweise für sein Ableben zu finden.

Die Bullen waren hinter den Bildern von dem Geschirr her, die in meiner Lederjacke steckten. Ich konnte mir nicht erklären, warum diese so eminent wichtig waren. Aber was ich einmal besaß, gab ich nur ungern wieder her. Irgendwo musste ich die Dinger verstecken. Aber wo? Dann kam mir eine Idee. Nicht verstecken, sondern duplizieren! Wenn das erledigt war, würde ich versuchen, mehr über diesen Barachi herauszubekommen.

Ich nahm einen letzten Schluck Kaffee, zog einen meiner Anzüge an, verstaute meine anderen Klamotten in der Reisetasche, beglich meine Rechnung und nahm den Fahrstuhl in die Tiefgarage, wo mein Mercedes parkte. Sicherheitshalber fuhr ich mehrmals um den Block, konnte aber nichts Verdächtiges ausmachen. So wie es aussah, hatte ich den Staatsschutz im Moment ausgetrickst. Aber ich machte mir keine Illusionen. Die Ruhe würde von kurzer Dauer sein. In einem solchen Katz-und-Maus-Spiel konnte ich langfristig nur der Verlierer sein.

Ich kurvte noch eine halbe Stunde durch die Innenstadt, bis ich mich dafür entschied, im *Radisson* ein Zimmer zu nehmen. Denn ich konnte mich nicht erinnern, jemals an der Rezeption eines First-Class-Hotels meinen Ausweis vorgelegt haben zu müssen. Ich parkte den Mercedes vor dem Hoteleingang, drückte dem Portier lässig den Schlüssel und einen Geldschein in die Hand und ließ meine Tasche zur Anmeldung tragen. Dort trug ich mich als Knut Wagner aus Bochum ein. Knut durfte der Missbrauch seines Namens nicht viel ausmachen. Die Sache mit den Meldezetteln passierte mir nicht noch einmal.

Wie erwartet, interessierte sich die Hotelangestellte nicht für meine Personaldokumente. Beinahe hätte ich jedoch eine Riesendummheit begangen, denn auf die

Frage, wie ich die Rechnung zu begleichen gedachte, antwortete ich automatisch: »Mit Kreditkarte.«

Ich hatte es kaum ausgesprochen, als mir mein Fehler auffiel. »Wie dumm«, entschuldigte ich mich. »Die habe ich ja in meinem Büro vergessen. Ich zahle bar.«

»Wie Sie wünschen.«

Mit unbewegtem Gesicht machte die junge Dame die erforderlichen Eintragungen in ihrem Computer und reichte mir wenig später die Plastikkarte, die auch in diesem Laden als Schlüssel diente. Knut Wagner wohnte nun im *Radisson.* Wenn alles gut ging, hatte ich nun für ein, zwei Tage Ruhe.

Ich entschied mich, meinen Wagen während der nächsten Zeit in der Hotelgarage zu lassen. Ein schwarzes SLK-Cabrio mit deutschem Kennzeichen war auch in Wien nicht alltäglich.

An der Rezeption besorgte ich mir die Adresse eines Internet-Cafés und prägte mir anhand des Stadtplanes den Weg dorthin ein.

Als ich den Schuppen betrat, verdreifachte sich schlagartig der Altersdurchschnitt der anwesenden Gäste, die fast alle so aussahen, als ob sie den Unterricht der Grundschule schwänzten. Einige malträtierten mit verbissener Miene die Tastatur der Rechner. Andere warteten, Fingernägeln kauend, darauf, dass das World Wide Web endlich die gewünschten Seiten aufbaute. Die Technomusik ertönte in einer erträglichen Lautstärke, sodass ältere Semester wie ich keine akuten Gehörschäden erwarten mussten. Hinter der Theke stand ein hagerer Jüngling, dessen Kinnpartie ein zarter blonder Flaum und zahlreiche eitrige Pickel zierten.

»Haben Sie einen Scanner?«, fragte ich ihn.

Als Antwort erhielt ich ein Kopfnicken. Dann widmete sich der junge Mann wieder seinem piepsenden Computerspiel.

»Darf ich ihn benutzen?«

Heftiges Kopfschütteln. Immerhin sah er kurz auf.

Ich legte fünfzig Schilling auf die Platte. Nicht ganz zehn Mark. Ein schneller Blick zu mir, dann zum Geldschein. Das Kopfschütteln wurde weniger energisch und ging nach einem weiteren Fünfziger in eifriges Nicken über.

»Ich benötige eine Diskette. Haben Sie vielleicht …?«

Wieder Kopfschütteln.

»Verstehe. Wie viel?«

Das Pickelgesicht sah auf die beiden Geldscheine.

»Fünfzig?«, erkundigte ich mich vorsichtig.

Wortlos tauchte der Bursche unter die Theke ab und zauberte eine Diskette hervor. Ein dritter Schein gesellte sich zu seinen Kollegen.

»Wo?«, wollte ich wissen

»Kommen Sie«, forderte mich der Jüngling auf, kassierte die Knete und führte mich in ein Hinterzimmer. Pickelgesicht konnte also sprechen.

Die nächste Stunde verbrachte ich damit, die Bilder von dem Silberschatz zu scannen, in komprimierter Form auf Diskette zu speichern und die gepackten Dateien an meine E-Mail-Adresse nach Herne zu schicken. Schließlich erwarb ich von dem Hageren einen Briefumschlag, der kostete nur zwanzig Schilling, adressierte ihn an mich und steckte die Diskette hinein. Dann trank ich befriedigt ein Glas Mineralwasser und verließ das Café wieder, um an der nächsten Ecke für das nötige Porto zu sorgen.

Als das Schreiben mit dem Datenträger im Kasten verschwunden war, atmete ich tief durch. Nun besaß ich brauchbare Duplikate. Die Originalbilder in meiner Jackentasche hatten für mich an Wert verloren.

Nach einem ausgiebigen Mittagessen fuhr ich mit der U-Bahn in den Wiener Stadtteil Donaustadt, um Barachis dortiger Filiale einen Besuch abzustatten. Ich wollte mich vergewissern, dass die Galerie tatsächlich nur mit den Werken moderner Künstler handelte. Dann würde ich weitersehen.

Der Namensschriftzug über der Tür war nicht goldfarben, sondern weiß. Und auch das übrige Ambiente der Galerie war weit weniger edel als das der Innenstadt – nicht so übersichtlich, sondern verwinkelt. Kein Glas, sondern Holzregale. Keine weiß lackierten Wände, sondern herkömmliche Raufasertapeten. Keine Kameras oder Bewegungsmelder. Die einzige Gemeinsamkeit war, dass auch hier Plastiken herumstanden, allerdings in einer anderen Preisklasse. Antiquitäten suchte ich hier aber ebenfalls vergebens.

»Guten Tag. Sie wünschen?« Eine Frau von Mitte zwanzig in einem weißen, luftigen Sommerkleid trat aus dem hinterem Bereich des Geschäftes, den ich von meinem Standort an der Tür nicht einsehen konnte.

»Ich interessiere mich mehr für Antiquitäten.« Ich schaute mich suchend um. »Die scheinen Sie aber nicht zu führen.«

»Nein, tut mir Leid.«

»Könnten Sie denn antiquarische Kunstwerke besorgen?«

Sie musterte mich prüfend. »An was hatten Sie gedacht?«

Ich zögerte. »Jugendstil vielleicht. Oder auch älter. Allerdings nicht so kostbar«, setzte ich schnell hinzu, als ich ihren zweifelnden Blick auf meine Jacke bemerkte. »Mehr Massenware, wenn Sie verstehen.«

Die Verkäuferin nickte.

Ich hatte nicht die geringste Ahnung, wie ich das Gespräch fortsetzen sollte. Sollte ich sie ganz plump nach dem Besitzer fragen? Da hörte ich eine Stimme von hinten.

»Lassen wir das Versteckspiel, Herr Büsing. Sie suchen doch mich, oder?«

Ich wirbelte herum. Etwa fünf Meter von mir entfernt stand ein höchstens ein Meter sechzig großer Mann von mindestens zwei Zentnern Gewicht. Ich war ja nun auch nicht gerade ein Adonis, aber bei mir verteilten sich die Kilos auf mehr Länge. Schweißtropfen perlten auf seiner Stirn. Strähnige, schwarze Haare klebten an seinem Kopf und die Spitzen des imposanten Schnurrbarts waren gezwirbelt. Der Mann trug einen dunkelblauen Anzug, dazu eine grellrote, sehr breite Krawatte. In der Brusttasche seiner Jacke steckte ein auffälliges Tuch in derselben Farbe. Das Gesamtbild des Dicken wirkte wie eine Karikatur Oliver Hardys.

Beunruhigt registrierte ich, dass seine rechte Hand in einer Jackentasche steckte, die eine verdächtige Ausbeulung aufwies.

»Herr Barachi?«, fragte ich, obwohl ich mir schon sicher war, den Libanesen vor mir zu haben.

»Genau der.« Sein Deutsch war ausgezeichnet, wenn auch mit kleinem wienerischen Akzent.

Meine Gedanken rasten. Was sollte ich tun? Hier in seinem Laden würde er mich sicher nicht ... Oder doch? Vor Zeugen? Ich erwog, mich auf den Dicken zu stürzen. Wie lange würde er brauchen, die Pistole zu ziehen und zu feuern? Barachi beendete meine fieberhaften Überlegungen. Er zog seine Rechte aus der Tasche und mit ihr eine Pfeife.

»Wir sollten uns in meinem Büro unterhalten. Was meinen Sie?« Er steckte sich das Teil in den Mund, suchte umständlich nach einem Feuerzeug und paffte wenig später Wolken in die Luft. Dann sah er wieder zu mir her. »Wollen wir?«

Ich nickte. Plötzlich ging von dem schwitzenden, Pfeife rauchenden, dicken Mann keine Bedrohung mehr aus.

»Gerne«, antwortete ich.

»Machst du uns einen Kaffee, Bärbel?«, sagte Barachi zu der Verkäuferin im Sommerkleid und führte mich durch einen kleinen Flur, von dem zwei Türen abgingen. Er öffnete die erste und ließ mich eintreten. Das Büro war eher eine kleine Kammer, nur erhellt durch mehrere

Wandleuchten und eine moderne Halogenlampe. Ein riesiger Schreibtisch füllte den Raum fast aus. Den verbliebenen Platz besetzten ein großer Ledersessel und zwei Besucherstühle. Auf der Schreibtischplatte standen Bücher mit arabischen Schriftzeichen.

Barachi ließ sich schnaufend in den Chefsessel hinter den Schreibtisch fallen und bot mir einen der Besucherstühle an. Dann zog er das rote Tuch aus der Brusttasche, das auseinander gefaltet an eine kleine Tischdecke erinnerte, und wischte sich damit den Schweiß von der Stirn.

»Woher wissen Sie meine Namen, Herr Barachi?«

Er lächelte. »Die Kieberer.«

»Wer?«

»Die Polizei. Kieberer ist Wiener Dialekt. Gestern waren zwei Herren bei mir. Haben behauptet, dass sie vom Sicherheitsbüro seien.«

»Am Sonntag?«

»Ja, warum? Arbeitet die deutsche Polizei nicht an Wochenenden?« Sein Grinsen wurde noch breiter.

Ich ignorierte seine Ironie.

»Also, wo waren wir stehen geblieben? Richtig, die Kieberer. Sie haben mich nach Ihnen gefragt. Ob und woher wir uns kennen, wollten sie wissen. Und was Sie wirklich in Ungarn getrieben hätten.«

»Aber wie …?«

»Sie hatten ein Foto von Ihnen. Sie haben es mir gezeigt. Gut getroffen, aber Sie machen ein ziemlich unglückliches Gesicht auf dem Bild. Das Nummernschildchen vor der Brust hat diesen Eindruck noch verstärkt.« Er kicherte in sich hinein. »Hatten Sie Ärger?« Er sah mich an. »Und als Sie dann eben im Laden standen …«

Die Nacht im ungarischen Knast. Natürlich!

»Aber wie kamen die Polizisten auf Sie?«, wollte ich wissen. »Die Jaronkas?«

Mir gegenüber hatten Mutter und Tochter behauptet, Barachi nicht zu kennen.

Der Kunsthändler schüttelte den Kopf. »Sicher nicht. Eine Gegenfrage: Woher hatten Sie meinen Namen?«

Ich wollte ihm nicht mehr entgegenkommen als er mir. Deshalb sagte ich nur: »Sie hatten in Polgárdi einen Unfall.«

»Der Kellner?«, fragte er nach kurzem Zögern.

»Ja.«

»Der Unfall, natürlich.« Er dachte einen Moment nach. »Aber warum haben Sie nach mir gesucht? Ich werde doch sicher nicht der Einzige in Polgárdi in diesen Tagen gewesen sein, der ein anderes Fahrzeug beschädigt hat?«

»Sie sind mit einem der Jaronka-Brüder gesehen worden.«

Der Libanese schwieg und produzierte weitere Rauchwolken. Die Luft in der Kammer war inzwischen zum Schneiden.

Er tupfte sich die Stirn. »Na gut. Das ist nicht wichtig. Was haben Sie der Polizei erzählt?«

»Was hätte ich Ihrer Meinung nach erzählen können?«

Es klopfte und Bärbel servierte den Kaffee.

Als sie das Zimmer wieder verlassen hatte, beugte sich der Libanese vor und goss ein. Dann lehnte er sich ächzend zurück. »Ich schlage vor, Herr Büsing, dass wir mit offenen Karten spielen. Wie es scheint, haben wir gemeinsame Interessen.«

»Welche?«

»Das Sevso-Silber.«

Ich verschluckte mich fast. »Wie meinen Sie das?«

Er seufzte. »Sie trauen mir nicht, oder?«

»Wenn ich ehrlich bin, nein.«

Barachi machte ein betrübtes Gesicht. Er griff in seine Hosentasche und holte eine Kette mit kleinen Holzkügelchen hervor, die er durch seine Finger gleiten ließ. »Ich weiß nicht, warum, aber ich zumindest vertraue Ihnen. Also, ich schlage Ihnen ein Geschäft vor. Ich erzähle Ihnen, was ich weiß, und Sie mir, was Sie wissen. Einverstanden?«

Ich konnte mich immer noch nicht entscheiden.

Er deutete mein Zögern richtig. »Dann fange ich an.« Er nahm einen Schluck Kaffee.

»Ohne Deal?«

»Wie gesagt, ich vertraue Ihnen.«

Er stopfte seine Pfeife nach. »Gerd Tillmeier kam im Sommer 1997 zu mir. Wir kannten uns flüchtig von einigen geschäftlichen Transaktionen in der Vergangenheit, die besonderer Vertraulichkeit bedurften.«

Ich konnte mir denken, was er damit meinte.

»Tillmeier fragte mich, ob ich Interesse an einigen Fundstücken hätte, die vermutlich aus der Römerzeit stammten. Ich hatte. Er zeigte mir einen Becher. Ich sah sofort, dass es sich um ein äußerst wertvolles Stück handelte. Für solche Stücke gibt es immer Interessenten, denen es egal ist, woher die Teile kommen, wissen Sie. Tillmeier versicherte mir, dass der Becher nicht aus einem Kunstraub stammte, sondern dass es sich dabei um einen geheim gehaltenen Fund handelte. Ich hatte keinen Anlass, ihm nicht zu glauben. Es ging mir bei ihm wie bei Ihnen. Ich habe ihm vertraut. Vielleicht bin ich wirklich zu leichtgläubig.« Er kicherte wieder. »Wenig später präsentierte er mir den zweiten Becher. Und Fotografien des restlichen Schatzes.«

Ich zog es vor, nicht zu erwähnen, dass ich ebenfalls über Bilder verfügte.

»Ich habe ihm fünfhunderttausend geboten. Mark. Er verlangte eine Dreiviertelmillion. Wir einigten uns auf sechshunderttausend.«

»Für beide Becher?«

»Nein, je Stück.«

Jetzt war klar, woher Tillmeier das Geld für die Julia gehabt hatte. Wenn Barachi die Wahrheit sagte. Sonja Tillmeier hatte den Erlös auf zweihunderttausend für beide Becher beziffert. Das wäre dann eine Million Differenz, um die Tillmeier seine Verwandten betrogen hatte. Wenn alle die Wahrheit sagten.

»Ich habe dann versucht, einen Fachmann für eine diskrete Expertise zu finden. Das ist nicht so einfach bei einem Fund dieser Größenordnung, verstehen Sie. Solche Schätze wecken bei sehr vielen Menschen Begehrlichkeiten. Ich habe den richtigen Mann erst Anfang 98 gefunden. Er war auf einem, hm, längeren Erholungsurlaub in den Vereinigten Staaten.« Er wischte sich wieder den Schweiß von der Stirn. »Dann ereignete sich dieser Segelunfall und Tillmeier verschwand spurlos. Ich habe ihn seit damals nicht mehr gesehen.«

»Glauben Sie, dass er tot ist?«

Der Libanese hob seine schweren Schultern. »Was weiß ich. Einige Monate nach dem Unfall nahmen László Jaronka und sein Freund ...«

»Géza Narócy?«

»Genau. Die beiden nahmen Kontakt zu mir auf und wollten die auf Eis gelegte Geschäftsbeziehung wieder aufleben lassen. Ich habe sie hingehalten. Ich wollte erst das Ergebnis der Expertise abwarten. Außerdem hatte ich bei dem Gespräch den Eindruck, dass die beiden schon mit anderen Interessenten verhandelt hatten.«

»Wer käme dafür infrage?«

»Außer mir? Nur Slobodan Mirkovac. Ein, sagen wir, international operierender Münzhändler. Er betreibt seine Geschäfte auch von Wien aus. Ich bin mir natürlich nicht sicher, ob Mirkovac wirklich in das Geschäft involviert war, aber zumindest Tillmeier kannte ihn.«

»Woher wissen Sie das?«

»Ich habe die beiden vor Jahren miteinander bekannt gemacht. Slobodan Mirkovac ist kein besonders angenehmer Geschäftspartner. Er stammt aus Kroatien und soll neben Münzen auch mit Waffen handeln. Er hat nicht schlecht verdient am Konflikt in seinem Land. Wenn er sich an einem Geschäft beteiligt, lässt man besser die Finger davon. Mirkovac ist gefährlich, Herr Büsing.«

Das würde ich mir merken.

»Als ich dann endlich meine Expertise bekommen hatte, bin ich wieder nach Polgárdi gefahren, um mich mit Jaronka zu treffen.«

»In dem Lokal am Markt?«

»Wo ich beim Wegfahren den Wagen des Kellners beschädigte, ja. Ich habe wahrscheinlich einen Fehler begangen. Ich habe László Jaronka gesagt, was ihr Fund vermutlich wert ist, wenn er als Ensemble verkauft wird. Davon wollte er nichts wissen. Er war geradezu besessen von der Aussicht, durch Einzelverkäufe einen höheren Preis erzielen zu können. Aber einzeln können sie das Sevso-Silber nicht verkaufen, glauben Sie mir. Ich kenne den Markt. Es ist einfach zu teuer. Kein Privatmann kann eine solche Summe aufbringen. Und für Museen sind Einzelstücke nicht interessant. Es muss die ganze Sammlung sein.«

»Und was ist das Geschirr nun wert?«, fragte ich gespannt. »Als Ensemble?«

Der Libanese sah mich lange an. »Was soll's. Ich bin ohnehin raus aus dem Geschäft. So, wie es aussieht, hat der Experte auf zwei Hochzeiten getanzt. Die Bilder des Fundes habe ich jedenfalls nicht wieder zurückbekommen.«

»Keine Kopien?«

Er schüttelte heftig den Kopf.

Jetzt log er, da war ich mir sicher. »Und der Wert der Sammlung?«

Es dauerte einen Moment, bis Barachi ausstieß: »Etwa fünfhundert Millionen Mark.«

Mir blieb die Luft weg. Ich murmelte: »Es sind schon für weniger Geld Menschen umgebracht worden.«

»Wen meinen Sie? Joszef Jaronka?«

»Und seine Brüder natürlich.«

Jussuf Barachi riss die Augen auf. »Was sagen Sie? Gyula und László Jaronka sind tot?« Die Kette rutschte ihm aus der linken Hand.

Seine Überraschung verblüffte mich. Gleichzeitig störte mich etwas an diesem Ausbruch. Er erschien mir nicht wirklich spontan. Aber vielleicht irrte ich mich. »Ich dachte, das wüssten Sie.«

»Ich hatte keine Ahnung. Und Narócy?«

»Ist wie vom Erdboden verschluckt.«

Er atmete schwer. »Oh mein Gott. Dann werden es immer weniger, die von dem Fund wissen.«

Er erhob sich schneller, als ich es ihm zugetraut hätte. »Der Mann schreckt wirklich vor nichts zurück«, flüsterte er.

Ich hatte das Gefühl, dass er das mehr zu sich selbst als zu mir sagte. Meine Zweifel von eben waren verflogen. Jetzt glaubte ich wirklich, dass Barachi Angst hatte.

Er sah mich mit einem Gesichtsausdruck an, als ob ich gerade erst sein Büro betreten hätte. »Gehen Sie, bitte. Gehen Sie schnell.«

Er drängte mich aus dem Zimmer durch den Flur zurück ins Geschäft. »Sie haben doch auch Bilder?«, flüsterte er mir noch leiser als eben ins Ohr.

Ich gab keine Antwort.

Er zog mich zu der Eingangstür. »Sehen Sie zu, dass Sie die Fotos loswerden. Und vergessen Sie alles. Wenn Gyula und László tot sind … Versuchen Sie nicht noch mal, mich zu erreichen. Ich werde verreisen. Herr Büsing, Sie zu kennen ist ein großes Risiko.«

Mit diesen Worten schob er mich endgültig auf die Straße, schloss die Tür und verriegelte sie.

Völlig perplex stand ich vor der Galerie. Ich rüttelte an der Tür. Für einen Moment trat Bärbel in mein Blickfeld. Sie schüttelte bedauernd den Kopf und betätigte einen Schalter. Rasselnd senkten sich Stahljalousien und zwangen mich, zurückzutreten.

DOSSIER

Jussuf Barachi, zurzeit wohnhaft Bellegardegasse 12,
A-1010 Wien (22. Bezirk)

Beschreibung:
(Foto s. Anlage)

Barachi wurde am 23. Juli 1947 in Bhamdoun, einer Ortschaft zwanzig Kilometer entfernt von Beirut, im Libanon als zweites von drei Kindern einer arabisch-jüdischen Familie geboren. Die Familie lebte seit Generationen trotz aller Widerstände in der Gegend von Beirut. Der Vater Abdullah Barachi war seit 1930, besonders aber nach dem Beginn des Zweiten Weltkrieges zu erheblichem Wohlstand gelangt. Er war Inhaber der Handelsfirma Transfer Cooperation Ltd., die ihren Stammsitz in Beirut hatte, aber auch Filialen in London und Paris (bis zur deutschen Besetzung) unterhielt. Es gibt (nicht verifizierte) Informationen, wonach er auch Waffen an die jüdische Untergrundorganisation Hagana lieferte. Auf jeden Fall unterhielt er enge Beziehungen zu dieser Vereinigung. Die Mutter Hannah stammte aus Jaffa im heutigen Israel. Die beiden Schwestern Barachis haben später geheiratet und leben heute in New York bzw. Haifa.
Während der Unruhe über die Nationalitätenfrage 1958 verließ die Familie Beirut und zog zunächst nach Tunesien, wo Verwandte lebten. 1959 zog sie weiter nach Großbritannien, wo sie sich auf einem Landsitz in der Nähe Londons niederließ. Uns liegen keine Informationen darüber vor, womit die Familie zwischen 1959 und 1962 ihren aufwendigen Lebens-

stil in Großbritannien finanzierte. Geschäftliche Aktivitäten Abdullah Barachis sind für diese Zeitspanne nicht nachweisbar (vertrauliche Auskünfte befreundeter Dienste).

Mitte 1962 kehrte die Familie Barachi in den Libanon zurück und Abdullah Barachi nahm die Geschäfte der Transfer Cooperation Ltd. wieder auf, bereitete aber seine Übersiedlung nach Israel vor. Kurz vor den Krieg 1967 verließ die Familie Beirut und zog nach Tel Aviv. Dort gelang es Abdullah Barachi, trotz seiner arabischen Abstammung, schnell im Regierungsapparat Karriere zu machen.

Der deutsche Bundesnachrichtendienst soll über Informationen verfügen, wonach Barachi bereits seit 1950 Verbindungen zum Mossad, dem israelischen Geheimdienst, unterhielt. Wir können dies nicht bestätigen.

1973 schied A. Barachi aus dem aktiven Dienst des Staates Israel aus.

Jussuf Barachi studierte von 1966 bis 1970 in Paris und von 1970 bis 1974 in Wien Soziologie und Kunstgeschichte. Einen Abschluss hat er nicht gemacht. Bereits in Paris unterhielt er enge Kontakte zu extremistischen Kreisen und sympathisierte trotz seiner jüdischen Erziehung offen mit palästinensischen Nationalisten, insbesondere der PLO. Seine politische Gesinnung und seine Heirat (s. u.), zu der ihm die Zustimmung seiner Familie versagt blieb, führte vermutlich Ende 1975 zum Bruch mit seinem Vater. Die Quelle dieser Informationen wird streng vertraulich behandelt und ist nur Geheimnisträgern A II zugänglich.

In Wien schloss er sich kommunistisch-anarchistischen Gruppierungen an (Anlage 1). Er war zunächst Sympathisant unterschiedlicher Organisationen und nahm regelmäßig auch an gewalttätigen Demonstrationen teil, bis er 1971/72 Mitglied der Gruppierung

Hundsblume *wurde, über die er auch Ursula Pitonka kennen lernte. Die beiden heirateten 1975. Seit diesem Jahr besitzt Barachi deshalb nicht nur die libanesische, sondern auch die österreichische Staatsbürgerschaft (Anlage 2, Verleihungsurkunde).*

Nach 1975 hielt sich Barachi nach dem Ausbleiben der finanziellen Unterstützung seitens seines Vaters mit Gelegenheitsarbeiten über Wasser (Anlage 3, Finanzamt Wien).

Ursula Barachi war als Regieassistentin bei den Wiener Bühnen tätig. Sie verstarb 1983 bei einem Autounfall in der Nähe von Linz. Die Ehe ist kinderlos geblieben. Barachi hat nicht wieder geheiratet.

Seit seinem Rückzug aus der extremen Linken Ende der siebziger Jahre liegen uns keine weiteren Informationen über politische Aktivitäten zum Nachteil der Bundesrepublik Österreich vor.

Hannah Barachi starb 1979, Abdullah Barachi drei Jahre später. Jussuf Barachi erbte von seinem Vater ein beträchtliches Vermögen, für das er rund 10 Mio. öS Erbschaftssteuer zahlte (Anlage 4, Finanzamt Wien).

1984 gründete Barachi in der Jungmaisstraße im 22. Bezirk eine Kunstgalerie, die er noch heute besitzt. Barachi erlangte in der Wiener Kunstszene schnell eine gewisse Bedeutung, da er frühzeitig die Arbeiten noch unbekannter Bildhauer förderte. Dank seiner geschickten Einkaufs- und Verkaufsstrategie wurde die Galerie in der Jungmaisstraße schnell zu klein und er eröffnete 1995 ein zweites Geschäft in der Kantgasse (1. Bezirk).

Ausweislich seiner letzten Steuererklärung beziffert Barachi sein zu versteuerndes Einkommen 1999 mit 2,5 Mio. öS.

Es hat in den vergangenen Jahren immer wieder Gerüchte gegeben, Barachi wäre auch auf dem illegalen Kunstmarkt aktiv und würde sich als Hehler geraub-

ter bzw. falsch deklarierter Kunstgegenstände betätigen (vertrauliche Aussagen von Informanten). Die uns vorliegenden Informationen haben aber nie zur Einleitung eines entsprechenden Ermittlungsverfahrens ausgereicht.

Barachi hat in den letzten Jahren ausgedehnte Reisen in den Nahen Osten und nach Südamerika unternommen. Im Mai 1995 besuchte er die Volksrepublik China, im November 1997 Nordkorea, um dort mit staatlichen Stellen über den Ankauf von Kunstgegenständen zu verhandeln.

Barachi spricht fließend Arabisch, Hebräisch, Englisch, Französisch und Deutsch.

Aufgrund seiner internationalen Kontakte könnte er interessant für uns sein.

Soweit uns bekannt ist, hat Barachi keine besonderen sexuellen Neigungen oder andere persönliche Vorlieben. Um ihn zur Mitarbeit zu bewegen, sollte ihm ein finanzielles Angebot unterbreitet werden.

gez. Steininger, 3. Juli 1998

5

Zwei Straßen entfernt befand sich ein lauschiges Weinlokal, von dessen Garten aus ich die kleinen Kähne auf einem der Donauarme beobachten konnte. Ich bestellte einen Rotwein und versuchte, das eben Gehörte zu sortieren.

Auf meiner Suche nach Tillmeier war ich kein Stück weitergekommen. Das Einzige, was ich nun wusste, war, dass es einen weiteren Interessenten an dem Silberschatz gab. Und vielleicht hatte Tillmeier damals den Kontakt zu diesem Mann hergestellt. Wenn dieser Kroate immer noch an dem Schatz interessiert war, war er vielleicht der Schlüssel zur Lösung meines Problems.

Denn wer auch immer das Silber aus dem Weinkeller gestohlen hatte – er wollte es aller Wahrscheinlichkeit nach verkaufen. Und wenn mich Barachi nicht angelogen hatte, gab es nur zwei Männer in Wien, die einen solchen Verkauf abwickeln konnten – er und Mirkovac. Wenn Tillmeier noch lebte, war er entweder bereits im Besitz des Silbers, bestimmt aber darauf erpicht, es zu bekommen. In beiden Fällen führte der Weg zu ihm über den Schatz. Und über Barachi oder Mirkovac.

Doch – konnte ich Barachi trauen? Ich war mir nicht sicher. Außerdem enthielten meine Überlegungen zu viele ›Wenns‹. Egal, was blieb mir übrig: Ich musste versuchen, mehr über diesen Mirkovac herauszubekommen.

Ich wollte gerade noch mal mein Glas zur Hand nehmen, als jemand an meinen Tisch trat. Ich schaute hoch und stieß vor Schreck den Wein um. Die rote Flüssigkeit ergoss sich über die Tischdecke und meine Jeans.

»Sie sind aber ein Patscherl«, meinte Steininger und rief der Bedienung zu: »Bringen Sie doch bitte einen Lappen und noch einen Rotwein. Und für mich ein Bier.« Dann setzte er sich an meinen Tisch.

Er interpretierte meine Überraschung richtig: »Haben Sie wirklich geglaubt, wir wären Amateure und würden nur einen Mann auf Sie ansetzen, den Sie so eben mir nichts, dir nichts abschütteln können? Herr Büsing, Sie enttäuschen mich.«

Ich war ein Idiot.

Seine Augen blitzen amüsiert. »Das *Radisson* ist mehr nach Ihrem Geschmack, was?«

Seine nicht zu überhörende Ironie und meine Naivität machten mich wütend. »Kommen Sie zur Sache und dann verschwinden Sie.«

Die Kellnerin brachte die Getränke. Er hob sein Bier und prostete mir zu. »Sie haben nicht auf meinen Rat gehört.«

»Nein. Das habe ich auch künftig nicht vor.« Wieder das Erbe meiner Mutter.

»Das sollten Sie sich noch einmal überlegen.« Er wurde ernst. »Herr Büsing, wenn Sie das alleine nicht merken: Die Leute, mit denen Sie es zu tun haben, sind Profis. Hier geht es nicht um einen kleinen Versicherungsbetrug. Hier geht es um mehrfachen Mord und um Kunstraub – und um unermesslich viel Geld. Wenn nicht noch mehr dahinter steckt. Lassen Sie die Finger davon.«

Seine eher beiläufige Bemerkung ließ mich aufhorchen. »Was soll denn da noch mehr dahinter stecken? Und warum ist eigentlich der Geheimdienst so engagiert? Wäre das nicht Sache der Kriminalpolizei?«

Steininger beantwortete meine Fragen nicht. »Vergessen Sie Ihren Auftrag.«

»Sonst noch etwas?«

Er seufzte. »Sie reisen nicht ab?«

»Nein.«

»Ich könnte Sie verhaften und abschieben lassen.«

»Mit welcher Begründung?«

»Vertuschung einer Straftat, Vereitelung von polizeilichen Ermittlungen, vielleicht auch Beihilfe.«

»Zu was?«

»Wie wär's mit Mord?«

»Damit kommen Sie nicht durch.«

»Warten Sie es ab.«

Ich war verunsichert. Vermutlich hatte Steininger genau das bezweckt. Ich ärgerte mich maßlos.

»Ich bleibe«, sagte ich bestimmt

»Übertreiben Sie nicht, Herr Büsing.« Steininger wirkte enttäuscht. »Ich hätte Sie für intelligenter gehalten.«

»Man kann eben dem Menschen nicht hinter die Stirn sehen«, erwiderte ich gereizt.

»So ist es. Na gut. Ich mache Ihnen ein Angebot.«

In den letzten Stunden häuften sich die Kooperationsofferten. Erst Barachi, jetzt der Staatsschutz. »Ich höre.«

»Sie arbeiten mit uns zusammen und wir, wie soll ich es ausdrücken, passen etwas auf Sie auf.«

Ich konnte ein Lachen nicht unterdrücken. »Sie wollen was?«

»Auf Sie Acht geben. Was ist daran so komisch?«

Plötzlich hatte ich die Bilder aus der *Alten Mühle* wieder vor Augen. Das bleiche, verzerrte Gesicht Gyula Jaronkas. Der leblose, baumelnde Körper. »Vermutlich nichts. Entschuldigen Sie.« Ich trank etwas Wein und versuchte, ein Stück Selbstsicherheit zurückzugewinnen. »Haben Sie mein Hotelzimmer im *Sacher* durchsucht?«

»Ihr Zimmer? Wie kommen Sie … Wann?«

»Samstagnachmittag.«

»Wurde etwas gestohlen?«

»Nein.«

»Es waren die Bilder, nicht wahr?«

Ich zuckte die Achseln.

»Wir waren es nicht«, sagte er mit einer solchen Bestimmtheit, dass ich ihm glaubte.

»Die Bilder. Sie haben sie dabei.« Das war keine Frage. Steininger streckte seine Hand aus. »Geben Sie sie mir.«

Ich zögerte.

»Herr Büsing, ich kann Sie auf der Stelle vorläufig festnehmen. Zum Zwecke der Personenfeststellung. Wir durchsuchen Sie und eine halbe Stunde später lassen wir Sie wieder laufen. Ohne die Fotografien. Und Sie können dann Ihre Geschichte irgendeinem subalternen Angestellten der deutschen Botschaft vortragen, der sich alles geduldig anhört und, wenn Sie gegangen sind, alles genauso schnell wieder vergisst. Außerdem dürften Sie sich ja Kopien gemacht haben. Oder was haben Sie in dem Café digitalisiert?«

Er hatte Recht. Und ich schließlich immer noch die Bilddateien. Ich griff in die Jackentasche und reichte ihm die Fotos.

»Danke.« Steininger sah nur flüchtig auf die Abzüge. »Ich verstehe das so, dass wir uns einig sind.« Er reichte mir eine Karte, auf der außer seinem Namen nur eine Telefonnummer stand. »Rufen Sie mich an. Jederzeit.« Dann stand der Polizist auf. »Betrachten Sie sich als eingeladen«, sagte er noch, bevor er sich vom Tisch entfernte.

Wenig später verließ auch ich den Garten und schlug den Weg Richtung U-Bahn-Station ein. Ich machte mir nicht mehr die Mühe, etwaige Verfolger auszumachen.

Am Kaisermühlendamm überkam mich das Bedürfnis, meine Blase zu entleeren. Zu viel Kaffee und Rotwein. Ich erwog, zurück in das Lokal zu gehen, als ich nur wenige Meter entfernt eine der kunstvoll gestalteten Wiener Bedürfnisanstalten entdeckte.

Als ich mir die Hände abtrocknete, wurde ich plötzlich brutal nach hinten gerissen. Jemand hielt mir die Arme fest und den Mund zu. Ich roch ein schweres, fast süßliches Parfüm.

»Die Bilder«, zischte eine eindeutig männliche Stimme.

Ich grunzte Ablehnung.

»Los, mach«, befahl jemand anderes.

Er meinte nicht mich. Aus den Augenwinkeln nahm ich eine zweite männliche Gestalt wahr, die drohend einen Arm hob. Ich fragte mich noch, warum ein Mann einen Duft benutzte, der viel besser zu einer Frau passte, als mich ein harter Schlag auf dem Hinterkopf traf. Für einen Moment schoss ein heftiger Schmerz durch meinen Schädel. Dann wurde ich ohnmächtig.

Auf der Bahre eines Rettungswagens kam ich wieder zu mir. Ein Mann, vermutlich der Arzt, beugte sich über mich und prüfte mit dem Lichtstrahl einer Taschenlampe den Reflex meiner Iris. Als ich auch das andere Auge öffnete, ließ er mein Lid los und fragte mich: »Wie fühlen Sie sich?«

Ich betastete vorsichtig meinen Kopf. Selbst durch den dicken Verband spürte ich deutlich eine Schwellung. »Wenn ich von dem Brummschädel absehe, geht es mir glänzend«, erwiderte ich, bemüht, mich nicht zu heftig zu bewegen.

Der Arzt trat zur Seite. Ich erkannte Steininger.

»Ergeht es allen, auf die Sie aufpassen, so wie mir?«, fragte ich mit gequältem Sarkasmus.

»Ihr Schatten wurde ebenfalls niedergeschlagen«, erklärte der Polizist. »Ihn hat es aber erheblich schlimmer erwischt. Verdacht auf Schädelbruch. Er fällt für Wochen aus. Sie dagegen sind nach ein paar Tagen Bettruhe wieder auf den Beinen, sagt der Doktor.«

Stöhnend richtete ich mich ein wenig auf, die Blicke des Notarztes ignorierend. »Keine Bettruhe. Ein, zwei Aspirin, eine Flasche Burgunder und etwas Schlaf. Dann bin ich wie neu«, versicherte ich.

Das war ein Irrtum. Ich versank erneut in tiefe Bewusstlosigkeit.

6

Langsam kam ich wieder zu mir. Neben mir schnarchte es vernehmlich. Es dauerte einige Minuten, bis ich realisierte, dass ich in einem Krankenhauszimmer lag. Durch die nicht ganz lichtdichten Vorhänge konnte ich erkennen, dass es draußen bereits dämmerte. Die Vögel begrüßten zwitschernd den neuen Morgen.

Es war so gegen drei Uhr nachmittags gewesen, als mich der Schlag auf den Kopf getroffen hatte. Ich hatte also einige Stunden in Bewusstlosigkeit verbracht. Ich betastete meine Beule. Kein Verband mehr, dafür aber ein großes Pflaster am Hinterkopf. Weh tat mir nichts. Um meinen Bettnachbarn nicht zu stören, öffnete ich so leise wie möglich die Schublade des Nachttischchens neben mir, griff hinein und fand meine Armbanduhr. Es war kurz vor sechs. Allerdings zeigte die Datumsanzeige nicht den 12., sondern den 13. September. Ich war demnach fast vierzig Stunden aus dem Verkehr gezogen worden.

Ich richtete mich auf und wartete auf die Übelkeit. Nichts. Mutiger geworden, schüttelte ich meinen Kopf erst vorsichtig, dann heftiger. Immer noch nichts. Also stieg ich aus dem Bett, zog mich an und setzte mich auf einen der Besucherstühle. Ich hatte kaum Platz genommen, als die Tür aufgerissen wurde und eine Krankenschwester in das Zimmer stürmte.

»Guten Morgen, alle beisammen«, trompetete sie. »Wie geht's uns denn?«

Mein Gesundheitszustand war befriedigend. Ihren und den meines Leidensgenossen konnte ich nicht beurteilen.

»Was machen Sie da?«, fragte die Schwester, als sie mich auf dem Stuhl entdeckte. Ihre Stimme klang wie ein einziger Vorwurf.

»Sitzen«, erwiderte ich. »Einfach nur sitzen. Ich möchte den behandelnden Arzt sprechen.«

»Legen Sie sich wieder ins Bett. Um zehn ist Visite«, verkündigte sie fröhlich und griff unter meinen Arm.

»Lassen Sie das«, fauchte ich sie unfreundlicher an als beabsichtigt.

»Aber Sie müssen doch ins Bett.« Sie war nicht so leicht zu erschüttern.

Ich stand auf und drängte mich an ihr vorbei. »Wo finde ich den Arzt?«

Mein Bettnachbar war mittlerweile aufgewacht und verfolgte interessiert den ewigen Kampf Patient gegen Medizinfabrik.

»Gute Besserung«, rief ich ihm zu, bevor ich auf den Flur trat, die Krankenschwester im Schlepptau.

Es dauerte eine geschlagene Stunde, bis ich den Arzt überzeugt und den Papierkrieg erledigt hatte: Entlassung auf eigenen Wunsch und Risiko, Abtretungserklärung für meine private Krankenversicherung, Bestätigung meines Wohnortes in Deutschland, Kenntnisnahme diverser Formulare sowie Bescheinigung des Ganzen durch meine Unterschrift: »Bitte noch einmal hier links.«

Dann war ich entlassen.

Ich nahm ein Taxi. Auf dem Weg ins *Radisson* griff ich zu meinem Handy. Natürlich war der Akku leer. Frustriert schob ich das Teil zurück in meine Jackentasche. Dabei bemerkte ich, dass das Foto von Géza Narócy nicht an seinem Platz war. Das hatte ich Steininger nicht ausgehändigt. Ich durchsuchte alle Taschen. Das Bild blieb verschwunden. Wer hatte es mir wohl entwendet: Steininger oder die Schläger? Ich tippte auf Letztere.

Im Hotel duschte ich entgegen den ärztlichen Ratschlägen ausgiebig und ließ mir dann vom Zimmerservice ein opulentes Frühstück bringen. Ich hatte einen höllischen Kohldampf.

Ich schloss das Handy an die Ladestation und prüfte, ob während meines Krankenhausaufenthaltes jemand versucht hatte, mich zu erreichen. Zwei Nachrichten waren auf der Mobilbox. Die eine stammte von Marlene, die andere von Bastian. Er sei unter der Nummer meiner Wohnung oder der seines Handy zu erreichen.

Was machte Bastian wieder in meiner Wohnung? Ich rief bei mir zu Hause an und tatsächlich meldete sich mein Sprössling.

»Müsstest du nicht längst in der Schule sein?«, erkundigte ich mich skeptisch.

»Hm.«

»Was, hm?«

»Mir geht es nicht besonders. Ich bin krank.«

Seine Stimme hörte sich schrecklich an.

»Was hast du?« Mir schossen schon wieder die schlimmsten Befürchtungen durch den Kopf.

»Einen Kater.«

Erleichtert musste ich lachen. »Meine Rotweinvorrä-te?«

»Keine Angst, ich habe Bier gekauft. Und Grappa.«

Ich schüttelte mich. Was für eine Kombination! »Was machst du überhaupt in meiner Wohnung?«

»Ich bin wieder eingezogen. Unser Deal gilt doch noch?«

»Was war los?«

»Mama hat mich rausgeworfen.«

»Deine Mutter hat was?« Man konnte Claudia alles Mögliche vorwerfen, nur nicht, dass sie unseren Jungen nicht abgöttisch liebte. Wenn sie ihn rausgeworfen hatte, musste etwas Schlimmes vorgefallen sein. »Warum?«

»Ich habe Scheiße gebaut.«

»Das kann ich mir denken. Also, raus damit.«

»Gilt der Deal noch?« Bastians Stimme klang zerknirscht. Ob wegen des Katers oder eines schlechten Gewissens, vermochte ich nicht zu beurteilen.

»Erst will ich wissen, was du angestellt hast.«

Er atmete tief durch und stieß hervor: »Ich habe Ronnie verprügelt.«

Ich war sprachlos. Dann stellte ich mir das Ereignis vor und musste grinsen. So streng, wie es mir möglich war, fragte ich nach: »Du hast deinen Stiefvater zusammengeschlagen?«

»Nicht ganz. Eigentlich wollte ich ihm nur einen Kinnhaken verpassen.«

»Weshalb?«

»Wir haben uns gestritten. Wegen der Schule. Ein Wort gab das andere. Und dann hat er mir eine Ohrfeige gegeben.«

»Weiter.«

»Nichts weiter. Ich habe zurückgeschlagen.«

»Und?«, presste ich hervor.

»Mein Schlag traf nicht richtig. Genau genommen habe ich ihn kaum berührt. Er ist ausgewichen, dabei ins Stolpern geraten und beim Versuch, sich festzuhalten, hat er die Bodenvase umgerissen. Das Ding ist in tausend Teile zersprungen.«

»*Die* Vase?« Ich betonte den Artikel und biss mir auf die Lippen.

»Genau die.«

Als sich Ronnie noch nicht in seiner Bundeswehrverwaltung den Hintern platt gesessen hatte, sondern noch im aktiven Dienst war, hatte er Claudia von irgendeiner Auslandsübung eine Vase mitgebracht, die an Scheußlichkeit kaum zu übertreffen war. Hätte mir jemals eine Frau ein solches Teil geschenkt – ich hätte mich ohne Zögern und Bedauern sofort von ihr getrennt. Aber Claudia hing an dem Ding, vermutlich deshalb, weil ihr Ronnie sonst nie etwas mitbrachte. Außer Blumen zum Muttertag.

Ich prustete los und japste nach Luft. »Wie lange willst du bleiben?«

Im Anschluss telefonierte ich mit Marlene.

»Ich habe mehrmals versucht, dich zu erreichen. Wo hast du gesteckt?«, fragte sie besorgt.

»Ich habe nicht bemerkt, dass mein Telefon ausgeschaltet war.«

Ich wollte nicht, dass sie sich Sorgen machte.

»Ich habe mich über diesen Barachi umgehört.«

»Und?«

»Viel habe ich nicht erfahren. Barachi ist Libanese.«

Das wusste ich schon.

»Seit seiner Heirat besitzt er außerdem die österreichische Staatsangehörigkeit. Während seiner Studienzeit in Wien soll er Kontakt zu linken Organisationen gehabt haben. Später hat er dann seine Galerie aufgebaut. Ihm werden hervorragende Kontakte in der internationalen Kunstszene nachgesagt. Seine Beziehungen reichen auch nach Deutschland. Mitte der neunziger Jahre tauchten bei einem Düsseldorfer Händler keltische Kultgegenstände auf. Weibliche Fruchtbarkeitssymbole, sehr dicke Frauen mit noch dickeren Brüsten aus Bronze.«

»Ich erinnere mich.« Von dem Fall hatte ich in der Zeitung gelesen.

»Die Skulpturen waren echt, nur die Zertifikate, die die ordentliche Klassifizierung und Ausfuhr aus Italien bestätigten, nicht. Dem Düsseldorfer Händler war nichts nachzuweisen. Er behauptete in den Verhören, er habe die Dinger von einem italienischen Sammler durch Vermittlung Barachis bezogen. Barachi wiederum berief sich darauf, im guten Glauben gehandelt zu haben. Er habe sich auf die Echtheit der Zertifikate verlassen, die wirklich exzellent gefälscht waren. Es wurde gegen beide keine Anklage erhoben. Die Skulpturen wurden eingezogen und dem italienischen Staat übergeben, der Düsseldorfer Händler entschädigt und Barachi durfte sogar seine Provision behalten.«

»Wieso dem Staat?«

»Neu ausgegrabene Kunstgegenstände gehören wie archäologische Funde immer dem Staat, auf dessen Hoheitsgebiet sie gefunden werden.«

»Ach so.« Das erklärte das Interesse der ungarischen Behörden an dem Silber. »Und der Italiener?«

»Spurlos verschwunden. Unter der angegebenen Adresse in Turin hat nie ein Mann seines Namens gewohnt. Es ist auch keinesfalls sicher, dass es sich bei diesem vermeintlichen Sammler wirklich um einen Italiener gehandelt hat. Der Düsseldorfer hat den Mann nur ein einziges Mal gesehen. Da hat er ihn und Barachi in einem Restaurant in Köln getroffen. Noch etwas: Es war nicht so einfach, an die Informationen zu kommen. Die entsprechenden Unterlagen sind Verschlusssache.«

»Was heißt das?«

»Das heißt, dass ich sehr alte Freunde bemühen musste. Und dass dieser Barachi nicht ganz koscher ist.

Tut mir Leid, mehr konnte ich nicht in Erfahrung bringen.«

»Das ist doch schon eine ganze Menge. Danke.«

»Gern geschehen. Wann kommst du zurück?«

»Ich weiß es noch nicht.«

»Hast du mit Bastian telefoniert?«

»Ja, eben. Er hat Ärger zu Hause und ist wieder bei mir eingezogen.«

»Dein Sohn ist ziemlich sprunghaft in seinen Entscheidungen, findest du nicht? Aber vermutlich kann er nicht anders.«

»Wie meinst du das?«

»Seine Erbanlagen. Das hat er vom Vater.«

Ich hörte durch das Telefon Stimmen im Hintergrund.

»Jean, ich muss jetzt Schluss machen. Wir bleiben in Kontakt?«

»Ja.«

Sie wartete einige Sekunden. Dann sagte sie: »Bis dann.«

»Tschüss.«

Marlenes Stimme klang bei ihrem Abschiedsgruß merkwürdig. So, als ob sie noch etwas erwartet hätte und nun enttäuscht worden war. Wahrscheinlich hätte ich ihr sagen sollen, wie schön ich unser kurzes gemeinsames Wochenende in Wien gefunden hatte. Wie sehr ich sie vermisste. Und dass ich sie liebte.

Obwohl ich beschlossen hatte, etwaige Verfolger zu ignorieren, sah ich mich häufiger um, als ich das Hotel verließ. Natürlich konnte ich niemanden entdecken. Ich hoffte, dass die Kerle, die mich in der Nähe von Barachis Galerie überfallen hatten, sich mit dem einen Versuch zufrieden geben würden. Wenn nicht, konnte ich es ohnehin nicht ändern. Und von der Staatspolizei drohte mir keine Gefahr, hoffte ich. Möglicherweise würden mich Steiningers Leute nach dem Vorfall sogar besser bewachen. Im *Radisson* hatte ich das Telefonbuch ergebnislos nach Slobodan Mirkovac durchsucht. Also musste ich mir etwas anderes einfallen lassen, um an seine Adresse zu kommen.

Als ich das Internet-Café betrat, sah mir der Pickelige an der Theke erwartungsfroh entgegen. Ich musste ihn enttäuschen. Diesmal keine Schillinge. Stattdessen bestellte ich einen doppelten Espresso.

Es blieb nicht bei der einen Tasse. Ich verbrachte die nächsten Stunden damit, das Internet nach ›Slobodan Mirkovac‹ zu durchforsten, um mehr über den Wiener Münzhändler zu erfahren.

Das war leichter gesagt als getan. Erst gab ich den Nachnamen in eine Suchmaschine ein und erhielt rund dreitausend Treffer, die ich in mühevoller Kleinarbeit zwei Stunden lang sichtete. Danach war ich genauso schlau wie vorher. Dann versuchte ich es mit Wien. Dreißigtausend Treffer. Ich machte erst gar nicht den Versuch, sie durchzusehen. Dann mit Münzhändler. Zweitausend. Danach gab ich Nachnamen, Wien und Numismatik gleichzeitig ein. Die Anzahl der gefundenen Seiten war immer noch astronomisch hoch.

Ein höchstens Vierzehnjähriger hatte meine Bemühungen sporadisch verfolgt und fragte mich schließlich mitleidig: »Klappt wohl nicht?«

Das musste ich bejahen.

»Soll ich helfen?«

Ich nickte.

Der Knirps erläuterte mir fachkundig den Gebrauch von Suchmaschinen und wies mich in die Geheimnisse der   Kombinatorik ein. Nachdem der Junge die Suchbegriffe sinnvoll verknüpft hatte, reduzierte sich meine Trefferhäufigkeit auf relativ überschaubare zweihundertfünfzig Seiten.

Dankbar drückte ich meinem Helfer hundert Schillinge in die Hand, was den Pickligen an der Theke zu der

Bemerkung veranlasste, dass ich auch ihn hätte fragen können. Ich machte ihm im Gegenzug klar, dass es in einer marktwirtschaftlich organisierten Gesellschaft nicht nur auf die Nachfrage nach Dienstleistungen, sondern auch auf das günstigste Angebot ankomme. Und da war das des Vierzehnjährigen eindeutig lukrativer gewesen, weil zunächst kostenlos. Der Picklige hielt nun den Mund und ich ging meine Treffer durch.

Nach einer weiteren Stunde hatte ich endlich eine Spur. Ein Slobodan Mirkovac war Vorsitzender einer Numismatikervereinigung, die ihren wöchentlichen Vereinsabend jeden Mittwoch um 19.00 Uhr in der Gaststätte *Zur Goldenen Gans* durchführte. Der Laden lag im vierten Bezirk Wiens. Heute war Mittwoch. Und es war halb drei.

Ich hatte nicht vor, den Vereinsabend zu besuchen und mich offen nach Mirkovac zu erkundigen. Als was sollte ich mich ausgeben? Als Münzsammler? Ich verstand nichts von Münzen, außer sie sind gültige Zahlungsmittel. Außerdem hatte ich Barachis Warnung noch im Ohr. *Der Mann ist gefährlich.* Ich wollte mein Glück nicht überstrapazieren. Stattdessen plante ich, mir die Anschrift von Mirkovac zu besorgen, um ihn und seine Wohnung überwachen zu können. Vielleicht geriet ich so auf eine Spur Tillmeiers. Die Sache hatte nur einen Haken: Ich wusste nicht, wie der Kroate aussah. Wie sollte ich ihm da folgen können?

Also bewaffnete ich mich im Hotel mit meiner Kamera und ließ mich von einem Taxi in die Nähe der *Goldenen Gans* chauffieren.

Gegen sechs bezog ich Posten in einer kleinen Grünanlage, von der aus ich den Eingang zu dem Lokal gut einsehen konnte. Ich hatte vor, alle männlichen Besucher abzulichten, die in den nächsten zwei Stunden die Gaststätte betreten oder verlassen würden. Morgen würde ich dann die Kneipe aufsuchen, um den Wirt nach der Adresse des Vereinsvorsitzenden zu fragen.

153

Anschließend konnte ich mich mit den Fotos in der Tasche vor dem Zuhause Mirkovacs auf die Lauer legen. So müsste es mir eigentlich möglich sein, den Gesuchten zu identifizieren.

Meine Fotoausbeute hielt sich in Grenzen. Bis gegen zwanzig Uhr hatte ich lediglich sieben Männer auf Zelluloid gebannt. Die nächste halbe Stunde brachte mir noch zwei weitere Opfer. Dann gab ich auf. Trotz des lichtempfindlichen Films konnte ich angesichts der zunehmenden Dämmerung keine brauchbaren Ergebnisse mehr erwarten.

Bei meiner Rückkehr sicherte mir der Concierge des Hotels zu, dass ich die Abzüge gegen Mittag des nächsten Tages erhalten würde.

Den Rest des Abends verbrachte ich in einem Restaurant in der Nähe des *Radisson*. Ich aß Entenbrust auf Blattspinat und trank eine Flasche eines ausgezeichneten 86er-Burgunders.

Die Rechnung war gepfeffert, genügte aber allen Anforderungen eines ordentlichen Buchhalters. Dermöller dürfte zufrieden sein.

7

Die Wirtin der *Goldenen Gans* war eine imposante Erscheinung. Etwa eins achtzig groß und mindestens drei Zentner schwer. Sie trug lange blonde Haare mit Löckchen wie ein Rauscheengel. Sie hätte in jeder Wagner-Verfilmung die Rolle der Walküre bekommen.

»Ja, der Herr Mirkovac. Ein feiner Mensch. Immer sehr gepflegt. Und immer so höflich. Dabei so zurückhaltend. Die Numi..., die mit den Münzen kommen schon seit Jahren zu mir. Früher waren's schon bei meinem Vater, als der noch lebte. Aber da war der Herr Mirkovac noch nicht dabei. Er kommt auch nur sporadisch.

Obwohl er der Vorsitzende ist. Die Geschäfte, wissen Sie. Aber er ist wie die anderen ein Fanatiker. Es dreht sich immer nur um die alten Münzen. Sicher, sie verzehren halt nur wenig. Die schauen sich hauptsächlich ihre Alben mit den Münzen an, wissen Sie. Aber was soll's. Die kommen jeden Mittwoch. Nur im Hochsommer, da machen sie Urlaub. Und Sie sind auch Münzsammler? Sie sind aber nicht aus Wien.« Sie sah mich misstrauisch an.

»Nein, ich bin aus beruflichen Gründen für zwei Jahre nach Wien versetzt worden«, log ich. »Meine Familie ist in Deutschland geblieben. Da möchte ich doch wenigstens meinem Hobby weiter nachgehen. Wo meine Frau schon nicht da ist ...« Ich zwinkerte ihr verschwörerisch zu.

Sie strahlte mich wieder an. Ihre Skepsis war wie weggeblasen. »Verstehe. Es ist doch gut, wenn ein Mann ein Steckenpferd hat. Dann treibt er sich wenigstens nicht in Bars herum, wie mein Alois früher. Aber, da haben Sie Pech. Wären Sie gestern gekommen. Da hatten die Sammler ihren Vereinsabend.«

»Ich weiß. Leider war ich verhindert. Deshalb hätte ich ja gerne die Adresse von Herrn Mirkovac. Ich möchte mich ihm vorstellen, bevor ich um Mitgliedschaft im Verein nachsuche.«

»Warten Sie.« Der Rauscheengel verschwand im Hinterzimmer und kehrte kurz darauf mit einem Zettel wieder zurück. »Ich hab's Ihnen aufgeschrieben. Er wohnt zur Untermiete. Bei einem gewissen Huber. Können Sie meine Schrift lesen?«

Die Trudlgasse lag nur vier Straßen von der *Goldenen Gans* entfernt. Das Haus Nummer sechs war ein mehrgeschossiger Jugendstilbau, der einen ziemlich heruntergekommenen Eindruck machte. An einigen Stellen bröckelte der Putz und auch die Haustür hätte einen neuen Farbanstrich vertragen können. Ich warf im Vorbeigehen einen Blick auf die Klingelknöpfe. Mirkovac stand dort nicht, aber ein Huber wohnte in dem Haus. Langsam ging ich weiter. Leider war weit und breit kein Lokal oder ein Park zu sehen, wo ich unauffällig Beobachtungsposten hätte beziehen können. Mir blieb also nichts anderes übrig, als mich in einen der Hauseingänge zu drücken, oder … Mir kam eine Idee.

An der nächsten Kreuzung ergatterte ich ein Taxi, das mich zu einer nahe gelegenen Autovermietung brachte. Dort charterte ich einen Opel Corsa, besorgte mir an einem Kiosk eine Zeitschrift und Mineralwasser und fuhr zurück in die Trudlgasse, um meine Observation zu beginnen.

Nach drei Stunden war die Wasserflasche leer und ich wäre in der Lage gewesen, jeden Artikel in der Illustrierten aus dem Gedächtnis zu rezitieren. Außerdem tat mir jeder Knochen weh. Ich hätte doch eine größere Karosse mieten sollen.

Während meiner Wartezeit hatten lediglich drei Personen das Haus betreten oder verlassen: der Briefträger, ein Greis von etwa neunzig und ein junges Mädchen. Ich begann mich zu fragen, ob die Idee, über den Münzhändler an Tillmeier heranzukommen, wirklich so gut war. Denn selbst wenn Tillmeier tatsächlich noch lebte, war ja überhaupt nicht sicher, dass er noch Kontakt zu dem Kroaten hatte. Möglicherweise konnte ich vor diesem Haus bis zum Sankt-Nimmerleins-Tag warten. Sollte sich in den nächsten zwei, drei Tagen nichts tun, was mich weiterbrachte, würde ich die Observation abbrechen, nach Herne zurückkehren und Dermöller raten, zu zahlen.

Es war schon fast fünf Uhr. Bastian musste mittlerweile zu Hause sein. Ich suchte nach meinem Handy, um ihn anzurufen und mir so die Wartezeit etwas zu verkürzen. Ich fand das Telefon nicht. Wahrscheinlich lag es im Hotel auf dem Nachttisch. Diese Geräte waren im Grunde zu nichts zu gebrauchen. Entweder klingelten sie im unpassendsten Moment, lagen an einem anderen Ort als an dem, an dem sich ihr Besitzer aufhielt, oder der Akku war leer.

Die Eingangstür öffnete sich. Ein dürrer Mann in einem etwas zu großen Anzug trat auf die Straße. Hastig blätterte ich durch meine Fotos. Richtig, hier hatte ich ihn. Schon in der *Goldenen Gans* hatte er diese schlotternde Bekleidung getragen. Nur hatte er gestern noch eine prall gefüllte, abgeschabte Aktentasche bei sich gehabt, in der er vermutlich seine Schätze transportierte. Die Erscheinung erinnerte mich an den trotteligen Mafia-Buchhalter in einem Film, dessen Titel mir entfallen war. Gefährlich sah der Mann nicht aus, im Gegenteil. Er wog höchstens sechzig Kilo und war mindestens einen Kopf kleiner als ich.

Mirkovac betrat das Fleischergeschäft nebenan und kehrte nach einigen Minuten, bepackt mit einer großen Tüte, in sein Haus zurück. Vermutlich bereitete er jetzt sein Abendessen vor. Mein Magen begann zu knurren. Ich sollte eine Kleinigkeit essen und meinen Beobachtungsposten später wieder einnehmen. Als ich den Corsa in Bewegung setzen wollte, näherte sich von hinten ein roter Porsche, dem ich erst die Vorbeifahrt gestatten musste. Der Sportwagen rauschte an mir vorbei, der Fahrer betätigte den Blinker und setzte seinen Wagen zwei Fahrzeuge vor mir in eine Parklücke.

Zwei Männer stiegen aus. Einen erkannte ich sofort. Es war der blonde Adonis aus Barachis Nobelgalerie. Der andere trug eine verspiegelte Sonnenbrille, die sein halbes Gesicht verdeckte. Nach einer Schrecksekunde wusste ich aber trotzdem, wer da unmittelbar vor mir in Begleitung des Angestellten Barachis auf das Haus mit der Nummer sechs zusteuerte: Géza Narócy.

Ich rutschte so tief wie möglich auf meinem Sitz nach unten. Aber die beiden Männer hatten es sowieso eilig und keinen Blick für ihre Umgebung übrig. Adonis schloss die Tür auf und beide verschwanden im Hausflur.

Wieso besaß der Kunstverkäufer einen Schlüssel zu dem Haus? War er möglicherweise identisch mit Huber, dem Vermieter des Kroaten? Ich atmete tief durch. So dumm war die Idee, hier Posten zu beziehen, doch nicht gewesen. Dann fuhr ich langsam an dem roten Flitzer vorbei und prägte mir das Kennzeichen ein. Der Wagen war nicht in Österreich zugelassen. Am Heck des Porsches prangte ein großes P. P für Portugal. Nach zweihundert Metern stoppte ich wieder und stellte den Corsa so ab, dass ich den Sportwagen im Rückspiegel im Auge behalten konnte. Ich notierte das Kennzeichen und wartete gespannt.

Zwanzig Minuten später stiegen der Verkäufer und Narócy wieder in den Porsche und brausten mit aufheulendem Motor an mir vorbei. Ich folgte ihnen, büßte aber schon an der übernächsten Ampelkreuzung den direkten Kontakt zu dem drei Wagen vor mir fahrenden Fahrzeug ein, musste dann auch noch wegen eines plötzlich ausscherenden Fiakers bremsen und verlor so den roten Porsche restlos aus den Augen.

Géza Narócy! Ihn hatte ich an diesem Ort nun wirklich nicht erwartet.

Zurück im Hotel rief ich die Nummer an, die mir Steininger gegeben hatte.

Es dauerte keine halbe Stunde, bis er an meinen Tisch im Hotelrestaurant trat. Er war allein gekommen, so wie wir es vereinbart hatten.

»Sie haben mich heute nicht mehr beschatten lassen, oder?«

»Nein. Sie haben mir die Bilder ja ausgehändigt. Wir wollten Sie nur etwas … Wir wollten Ihre Kooperationsbereitschaft erhöhen. Das hat ja auch funktioniert.«

»Sie haben mich massiv unter Druck gesetzt!«

Er antwortete nicht.

»Warum, Herr Steininger, waren Ihnen die Bilder so wichtig?«

»Wir hatten sonst keine. Die Abzüge, die Sie der ungarischen Polizei überlassen haben, waren unbrauchbar.«

»Das ist keine Erklärung.«

Steininger seufzte. »Herr Büsing, ich bin Ihnen keine Erklärung schuldig.«

»Das ist wahr. Gilt Ihr Angebot noch?«

»Sie wollen weiter mit uns zusammenarbeiten?«

»Wie sagten Sie gerade? Nennen wir es kooperieren. Sie sagen mir, was Sie wissen, und ich Ihnen, was ich weiß.« Ich musste lächeln. Mir fiel auf, dass das fast wörtlich Barachi vor drei Tagen zu mir gesagt hatte.

»Warum schmunzeln Sie?«, fragte Steininger.

»Das hat nichts mit Ihnen zu tun. Gilt der Deal?«

»Er gilt.«

Mir war klar, dass der Staatsschützer seine Informationen nur bröckchenweise preisgeben würde. Das würde ich genauso halten. Also erzählte ich ihm minutiös von den Ereignissen der letzten Tage. Vom Inhalt meines Gespräches mit Barachi allerdings erfuhr er wenig. Und Mirkovac erwähnte ich erst gar nicht. Ich schloss mit den Worten: »Wussten Sie, dass Géza Narócy in Wien ist?«

Ich genoss seine Verblüffung. Auch Geheimdienstler wussten also nicht alles. Das beruhigte mich außerordentlich.

»Sind Sie sich sicher?«

»Natürlich.«

Die Kellnerin trat an unseren Tisch. Ich bestellte noch einen Burgunder, Steininger nahm ein Bier.

»Wo haben Sie ihn gesehen?«, wollte Steininger wissen.

Auf diese Frage war ich vorbereitet. »Heute Morgen. In der Nähe von Barachis Galerie.«

»Welcher?«

»Die in der Innenstadt. Narócy verschwand in einer U-Bahn-Station, ehe ich ihn ansprechen konnte.«

»Sie haben sich bestimmt nicht geirrt?«

»Nein. Ich hatte ein Bild von ihm.«

»Sie hatten? Wie soll ich das verstehen?«

»Dann waren es nicht Sie, der sich des Fotos bemächtigt hat?«, fragte ich statt einer Antwort.

Sein Gesichtsausdruck sprach Bände. »Wir sind Polizisten, keine Diebe«, sagte er leise.

Ich würde besser schlafen, wenn ich mir da so sicher sein könnte. Aber ich erzählte ihm vom Verlust des Fotos.

»Sie haben das Bild nicht einfach verloren?«, fragte Steininger nach.

»Sicher ist das möglich. Aber ich halte es nicht für wahrscheinlich.«

»Weshalb sollten die Männer, die Sie überfallen haben, Ihnen das Bild stehlen? Wir haben schon vor Tagen ein Foto Narócys aus Ungarn bekommen. Wie der aussieht, das ist doch kein Geheimnis. Der Mann wird schließlich vermisst.«

Diese Frage hatte ich mir auch schon gestellt. Und keine wirklich überzeugende Antwort gefunden. »Die Täter wollten die Bilder des Silbergeschirrs, nicht das Foto des Ungarn. Vielleicht haben sie es nur einfach mitgenommen.«

»Hm. Möglich.«

»Aber nun sind Sie dran. Warum sind die Bilder von dem Silber so wichtig? Und kommen Sie mir nicht wieder damit, dass Sie keine besseren hatten.«

»Das ist wirklich der Grund. Um das zu verstehen, muss ich etwas weiter ausholen.« Er griff in seine Tasche und fischte eine Packung Zigaretten hervor. »Stört es Sie, wenn ich rauche?«

Ich verneinte.

»Einer unserer Informanten hat uns vor etwa sechs Monaten darüber informiert, dass zwei antike, römische

Silberbecher auf dem illegalen Kunstmarkt angeboten wurden. Für etwa eine Million Mark pro Stück.«

Dann hatte Barachi fast siebzig Prozent aufgeschlagen. Eine beachtliche Rendite. Wenn die Kurse meiner Aktien auch so steigen würden, könnte ich mich zur Ruhe setzen.

»Wenig später hörten wir davon, dass weitere Stücke aus dieser Sammlung zum Verkauf standen. Zu erheblich höheren Preisen.«

Das wunderte mich nicht.

»Es sollten Fotos existieren, die die gesamte Sammlung zeigten. Natürlich haben wir vorsichtig weitere Erkundigungen eingeholt und stießen auch schnell auf Barachi. Aber nur aufgrund von Gerüchten ...« Steininger zog gedankenverloren an seiner Zigarette. »Vor einigen Wochen haben wir dann erfahren, dass das Auktionshaus Sotheby's in London eine Versteigerung von vierzehn römischen Geschirrstücken aus Silber vorbereitet.«

»Wieso befasst sich damit der Staatsschutz?«, wollte ich wissen.

»Es ist nicht das Silber, das unsere Neugier geweckt hat. Sondern die Leute, die es anbieten.«

»Verstehe ich nicht.«

»Warten Sie. Als Verkäufer fungierte ein Konsortium, dem ein Earl of Cornwall vorsteht, einer der reichsten Männer auf der englischen Insel. Dieser Adelige war in der Vergangenheit mehrfach in Geschäfte verwickelt, für die sich nicht nur der österreichische Staatsschutz interessiert hat.«

»Was für Geschäfte?«

»Womit verdient man heute das meiste Geld?«

Nach einem Moment fragte ich: »Waffen?«

»So ist es. Für fast alle Krisengebiete dieser Welt. Eine der Drehscheiben für diesen Handel ist ...«

»Lassen Sie mich raten: Wien?«

Er grinste schief. »Ja, leider. Aber zurück zu dem Silber. Wir haben natürlich nachgefragt. In den Exportpapieren stand, dass der Fundort des Silberschatzes im Nahen Osten liegt. Wir vermuteten ein Kompensationsgeschäft: Waffen für irgendeine der dortigen militanten Organisationen und im Gegenzug dafür das Silber. Auch Scotland Yard kam die ganze Angelegenheit seltsam vor. Sie haben die Echtheitsexpertisen und die Exportgenehmigungen überprüft. Die Stücke sind echt, aber die Ausfuhrzertifikate gefälscht.«

»Woher soll das Silber stammen?«

»Aus dem Libanon.«

Ich merkte auf.

Der Polizist schüttelte den Kopf. »Ich weiß, woran Sie denken. Das war auch unsere erste Überlegung. Aber Barachi hat, so wie es aussieht, mit der Sache nichts zu tun. Das Alter und die Echtheit der Stücke wurden von Experten des Britischen Museums bescheinigt. Römisch. Drittes Jahrhundert nach Christus.«

Knut Wagner und sein Wissen stiegen gewaltig in meinem Ansehen.

»Dann erfuhren wir von den Morden in Polgárdi und deren möglichen Zusammenhang mit einem Schatzfund. Die Ungarn haben uns informiert. Verständlicherweise haben unsere Kollegen am Plattensee ein mehr als gesteigertes Interesse daran zu erfahren, ob es sich bei den Stücken, die in London versteigert werden sollten ...«

»Sollten?«, unterbrach ich ihn.

»Warten Sie es ab. Wir wollten also wissen, ob es sich bei den hier in Österreich angebotenen Stücken um Teile des Schatzes aus Polgárdi handelt. Schließlich geht es neben dem möglichen Waffenhandel nicht nur um zweifachen Mord, sondern auch um Werte in Millionenhöhe, die unter Umständen Eigentum des ungarischen Staates sind. Daher brauchten wir Fotos des in Ungarn gefundenen Sevso-Silbers. Und zwar Fotos, auf denen Details zu erkennen sind. Wenn es sich bei den in London aufgetauchten Antiquitäten um das Ungarnsilber handelt, gibt es wahrscheinlich kein Kompensationsgeschäft. Was natürlich nicht bedeutete, dass uns dieser Earl und seine Aktivitäten nun nicht mehr beschäftigen.«

Ich verstand. Wenn mein Satz Bilder wirklich der einzig existierende war, erklärte das den Einbruch und den Überfall auf mich. Nur: Wer war alles hinter den Fotos her? Barachi? Mirkovac? Oder wer sonst? Tillmeier …?

»Und? Stammen die Artefakte bei Sotheby's aus Polgárdi?«

Er nickte. »Eindeutig.«

»Dann ist die Sache für Sie damit erledigt?«

»Wie kommen Sie darauf? Ich sagte, dass es wahrscheinlich kein Kompensationsgeschäft gibt. Trotzdem würden auch wir gerne wissen, womit dieser Earl sein Geld verdient und wer seine Geschäftspartner hier in Österreich sind. Und dass das Silber von Polgárdi über Wien nach London gelangt ist, erscheint uns nun ziemlich sicher.«

»Und jetzt?«

»Wir haben Ihre Bilder dupliziert und auf schnellstem Weg nach London und Budapest geschickt. Die schon vor vierzehn Tagen auf Eis gelegte Versteigerung wurde heute Morgen endgültig von einem Londoner Gericht untersagt und die vierzehn Stücke beschlagnahmt. Die ungarische Regierung hat das Silber für sich reklamiert, ebenso die libanesische. Aufgrund der Aussagen der Jaronkas beansprucht Erstere den Schatz für sich, Letztere beruft sich auf die Exportgenehmigung – auch wenn diese nachweislich falsch ist. Beide Regierungen drohen mit diplomatischen Konsequenzen und Klagen vor dem Internationalen Gerichtshof in Den Haag. Aber bis das entschieden wird, das kann dauern.«

»Wo vermuten Sie die restlichen Teile der Sammlung?«

»Wir haben keine Ahnung. Sie können aber sicher sein, dass nicht nur wir danach fahnden.«

»Wer denn sonst noch?« Das interessierte mich wirklich.

»Scotland Yard. Ungarns Nationales Sicherheitsbüro. Der libanesische Geheimdienst. Das sind nur die Guten.« Er lächelte süffisant.

»Wurde der Earl denn nicht verhört?«

»Nur im Rahmen der Anhörung vor Gericht. Er behauptet, die Stücke im guten Glauben erworben zu haben.«

»Von wem?«

»In den Ausfuhrzertifikaten fungiert eine Briefkastenfirma in Beirut als Verkäuferin. Diese Adresse ist uns aus der Vergangenheit sehr wohl bekannt. Als Inhaber fungiert ein achtzigjähriger Greis. Leider wissen wir nicht, wer sich tatsächlich hinter diesem Strohmann verbirgt. Die dortigen Behörden sind nicht sehr kooperativ.«

»Und wer ist der tatsächliche Lieferant der Londoner Stücke?«

»Wenn wir den kennen, sind wir sehr nahe am Mörder der beiden Jaronkas.«

Drei, verbesserte ich in Gedanken. Es sind drei Brüder tot. Und Gerd Tillmeier verschwunden. Ich spürte, dass mir Steininger nicht alles erzählt hatte, was er wusste. Ich konnte es ihm nicht verübeln.

Trotzdem versuchte ich noch einen Vorstoß: »Weshalb glauben Sie, dass Barachi nichts mit dem Verkauf der Stücke zu tun hat?«

Er zögerte, antwortete aber dann doch. »Barachi ist unser Informant.«

Mir fiel beinahe das Rotweinglas aus der Hand. »Was? Er ist Ihr Mann?«

Der Staatsschützer winkte ab. »Nicht ganz. Wäre Barachi in der Spionage tätig, würde man ihn wohl als Doppelagenten bezeichnen. Er hat blendende Kontakte.

In den Nahen Osten, nach Nordkorea und China. Er hat uns häufig gute Hinweise geliefert. Natürlich wissen wir, dass er den Verkauf der ersten beiden Becher vermittelt hat. Gegen eine angemessene Provision. Das hat er uns gesagt. Wir wissen nur nicht, an wen. Barachi behauptet, den Käufer nicht zu kennen.«

Steininger zog aus meinem Erstaunen die falschen Schlüsse. »Ein anonymer Handel funktioniert ziemlich einfach. Abgewickelt über Schließfächer und Telefon. Der Verkäufer bunkert die Ware in einem Fach und schickt den Schlüssel dafür an den Vermittler. Der gibt dem Käufer Bescheid, von dem er möglicherweise nur eine Telefonnummer hat. Der seinerseits legt das Geld in einem anderen Fach bereit. Sind Geld und Ware beim Vermittler angekommen, tauscht der beides aus und schickt die jeweiligen Schlüssel an eine Deckadresse zurück. Fertig. Voraussetzung ist allerdings, dass sowohl Käufer als auch Verkäufer dem Vermittler vertrauen. Spielt der falsch, spielt er mit seinem Leben.«

Das leuchtete mir ein.

»Barachi hat uns erst über das Silber informiert, nachdem das Geschäft abgewickelt war. Er hat schon in der Vergangenheit häufiger versucht, uns zu benutzen, um einen Konkurrenten aus dem Weg zu räumen. Wir tun ihm solche Gefallen. Barachi hört viel, weiß viel und redet wenig. Das kommt uns entgegen. Möglicherweise ist Barachi beim Sevso-Silber aus dem Handel gedrängt worden und nun will er diesen Jemand kaltstellen.«

Wahrscheinlich. Jemand hatte Barachi das Geschäft verdorben. Und dieser Jemand hatte einen Namen, wie ich mittlerweile annahm: Mirkovac.

»Sie sagten eben, Sie hätten Narócy in der Nähe von Barachis Galerie gesehen?«

»Ja.« Bald glaubte ich es selbst.

»Wie weit entfernt?«

»Vielleicht einhundert Meter.«

»War er in der Galerie?«

»Nicht dass ich wüsste.«

»Wann war das genau?«

»So gegen zehn.«

Steininger schlug mit der Faust auf den Tisch. »Verdammt. Um zehn war ich mit Huber in dem Laden verabredet.«

Mir stockte der Atem. »Huber?«, fragte ich.

»Ja. Andreas Huber. Barachis Geschäftsführer.« Also stimmte es: Adonis hieß Huber und Mirkovac wohnte bei ihm. »Was Sie anscheinend noch nicht wissen: Der Libanese ist seit Montag verschwunden. Ich hatte gehofft, Huber könnte uns helfen, ihn zu finden. Wir werden ihn wohl noch einmal vorladen müssen, nach dem, was Sie mir gerade erzählt haben.«

Ich konnte nicht sprechen und nahm einen großen Schluck Wein. »Haben Sie Bärbel schon gefragt, wo Barachi sein könnte?«

»Bärbel Falkenrodt?«

»Heißt sie so mit Nachnamen?«, fragte ich Steininger.

»Wenn Sie die hübsche Verkäuferin aus dem Laden meinen, ja.«

»Genau die.«

»Natürlich. Aber sie hat uns nichts gesagt. Sie behauptet, Barachi habe sie nicht ins Vertrauen gezogen. Wir hatten den Eindruck, sie will ihren Chef schützen.«

Das würde ich mir später von ihr selbst erzählen lassen.

»Eine Frage habe ich noch«, sagte ich. »Sind Sie bei Ihren Ermittlungen auf den Namen Tillmeier gestoßen? Wissen Sie, ob er noch lebt?«

»Nein, keine Ahnung«, antwortete Steininger.

So etwas in der Art hatte ich erwartet. »Das bringt mich wirklich weiter.«

Steininger lächelte fein. »Das freut mich.« Dann stand er auf. »Bleiben wir in Verbindung?«

»Ich werde es mir überlegen«, antwortete ich wahrheitsgemäß.

166

Nachdem er gegangen war, griff ich zum Handy. Glücklicherweise war Marlene zu Hause.

»Jean.« Sie freute sich, dass ich anrief. Das konnte ich hören.

»Kannst du mir noch einen Gefallen tun?«, fragte ich.

Für eine halbe Minute nahm ich nur das Rauschen der Verbindung wahr.

»Rufst du mich eigentlich nur an, wenn du etwas von mir willst?« Sie wirkte verärgert.

»Nein, du verstehst das falsch. Aber es ist wirklich wichtig. Und ich habe ja nur dich.« Das stimmte natürlich nicht, ich konnte ja auch auf Dermöllers Leute zurückgreifen. Aber ich hatte Marlenes Stimme hören wollen, traute mich jedoch nicht, das zu sagen.

»Richtig. Du hast nur mich.«

»Also, hilfst du mir?«

»Worum geht es?«

»Ich benötige den Halter eines Fahrzeuges. Aus Portugal.«

»Das kann dauern.«

»Lange?«

»In Deutschland kann jeder Streifenpolizist in Minuten eine Halterfeststellung durchführen lassen. Aber ein Halter im Ausland ... Ich werde tun, was ich kann. Wie lautet das Kennzeichen?« Sie war wirklich genervt.

Ich gab es ihr durch. »Wann höre ich von dir?«

»Morgen. Spätestens übermorgen.«

»So lange?«

»Jean, ich tue wirklich mein Bestes. Aber es geht nun mal nicht schneller.«

»Danke. Dafür lade ich dich zum Essen ein.«

Wieder antwortete sie nicht.

Dann blaffte sie mich an: »Du bist wirklich ein Arschloch!« Sie unterbrach die Verbindung.

Mir wurde klar, dass ich mir das Fettnäpfchen, in welches ich mit beiden Beinen gesprungen war, auch noch selbst zurechtgestellt hatte.

Nachdem ich mich lange genug über mich selbst geärgert hatte, informierte ich Dermöller über meine bisherigen Recherchen. Er hörte mir geduldig zu, ohne mich zu unterbrechen. Ich wollte das Gespräch schon beenden, als er unvermittelt sagte: »Ich brauche Ergebnisse, Herr Büsing. Und ich brauche sie schnell. Der gesamte Vorstand der Gesellschaft sitzt mir im Nacken.«

Das wunderte mich etwas. Die *Versicherung AG* setzte Millionen um – jeden Tag. Und da befasste sich der Vorstand mit einer doch recht läppischen Summe? Ich fragte Dermöller, was das zu bedeuten hätte, bekam aber keine Antwort.

Stattdessen presste er heraus: »Tun Sie das, wofür Sie bezahlt werden.« Dann legte er auf.

8

Außer der vagen Andeutung in dem Brief, den der bedauernswerte Guyla Jaronka in der Tasche gehabt hatte, besaß ich weiterhin nicht den geringsten Hinweis darauf, ob Tillmeier noch unter den Lebenden weilte. Meine einzigen Ansatzpunkte hießen Barachi und Mirkovac. Vielleicht gelang es mir, Bärbel Falkenrodt den Aufenthaltsort Barachis zu entlocken. Schließlich war ich kein Polizist und sie kannte mich. Ihr Chef und ich hatten ja bereits schon einmal lange miteinander geredet. Ich wollte noch einmal mit dem Kunsthändler sprechen, um etwas mehr über Mirkovac und dessen Beziehungen zu Huber und Narócy zu erfahren. Mir erschien es ziemlich seltsam, dass Barachis Mitarbeiter Huber Kontakt zu einem Mann hatte, den der Galeriebesitzer selbst als ›gefährlich‹ bezeichnet hatte. Außerdem: Wie passte Narócy in das Spiel? Steckten Mirkovac, Tillmeier und er unter einer Decke? Mittlerweile war ich fast überzeugt davon, dass Narócy die Jaronka-Brüder auf dem Gewissen hatte. Nur diese drei hatten von dem Ver-

168

steck im Weinkeller gewusst. Nachdem Lászlo und Gyula aus dem Weg geräumt waren, gehörte das Silber ihm allein – oder ihm und Tillmeier. Vermutlich steckte auch Narócy hinter dem Einbruch in mein Zimmer und dem Überfall. Wahrscheinlich hatte er von Sonja Jaronka oder ihrer Tochter erfahren, dass ich im Besitz der Bilder des Sevso-Silbers war. Diese Fotos hatten verschwinden müssen, damit die Versteigerung in London nicht gefährdet wurde. Das war nicht gelungen und nun war eine Hälfte des Schatzes für Narócy verloren. Wo aber war die andere Hälfte?

Meine Grübeleien brachten mich nicht so recht weiter. Irgendwie drehte ich mich im Kreis. Ich hatte mich zu sehr in diese Kunstraubsache vergraben. Ich sollte mich stärker meinem eigentlichen Auftrag widmen.

Bärbel Falkenrodt schien erfreut, mich zu sehen, als ich die Galerie betrat. Sie begrüßte mich mit einem schüchternen Lächeln.

»Können Sie mir sagen, wo ich Ihren Chef finde?«

Ihr Lächeln verschwand. »Das weiß ich nicht. Ich habe keinen Kontakt zu ihm.«

»Der Betrieb geht trotzdem normal weiter?«

Sie sah mich etwas verwundert an. »Natürlich. Herr Barachi war ohnehin nicht ständig hier. Das Tagesgeschäft überließ er in der Regel uns. Nur bei Verkäufen ab einer bestimmten Größenordnung wollte er konsultiert werden. Und die Ankäufe hat er selbstverständlich sich selbst vorbehalten. Es kommen häufig Angebote aus dem Ausland, die er dann vor Ort begutachtet. Deswegen ist es eigentlich nicht ungewöhnlich, dass er einige Tage nicht da ist. Das habe ich auch der Polizei gesagt.«

»Eigentlich?«

»Na ja, normalerweise wissen wir, wo er sich aufhält. Außerdem ruft er sonst einmal am Tag an.«

»Das ist dieses Mal nicht der Fall?«

169

»Nein. Und …« Sie sprach nicht weiter.

»Ja?«, ermutigte ich sie.

»Er hat sein Handy nicht mitgenommen. Es liegt hinten in seinem Büro. Er war auch nicht mehr in seiner Villa, wie die Haushälterin erzählt hat. Herr Barachi hat nach dem Gespräch mit Ihnen noch zwei, drei Telefonate geführt und ist dann weg.« Jetzt machte sie ein ziemlich unglückliches Gesicht. »Als ich Sie sah … Ich hatte gehofft, Sie wüssten etwas von unserem Chef. Schließlich waren Sie der Letzte, mit dem er vor seinem Verschwinden gesprochen hat.«

Von den Telefonpartnern abgesehen, dachte ich.

Die Verkäuferin machte einen Schritt auf mich zu. »Kennen Sie Herrn Barachi schon lange?«

»Nein, wie kommen Sie darauf?«

»Weil er Sie erwartet hat. Er hat mir am Morgen, bevor Sie ihn besuchten, gesagt, dass Sie vermutlich in den nächsten Tagen nach ihm fragen würden. Ich sollte ihn unverzüglich anrufen, wenn Sie kämen und er nicht da sei.«

Das erstaunte mich etwas.

»Er war vor Ihrem Besuch so wie immer. Gut gelaunt, fast lustig. Vor Ihnen hatte er keine Angst. Was ist während Ihres Gesprächs passiert? Er war danach völlig verändert.«

Die Morde an den Jaronka-Brüdern – das war für Barachi neu gewesen, wenn mich mein Eindruck nicht getäuscht hatte.

Bärbel Falkenrodt zitterte leicht. Ich musterte sie. Für eine Angestellte, deren Vorgesetzter ein paar Tage nicht anwesend war, wirkte sie sehr betroffen. Zu betroffen, fand ich. Da war mehr, da war …

»Sie hängen sehr an Ihrem Chef, nicht wahr?«

Sie nickte. Ihre Augen füllten sich mit Tränen.

»Sie lieben ihn?«

»Nicht so, wie Sie denken«, stieß sie hastig hervor. »Er ist mehr wie ein Vater. Er …« Sie suchte nach Worten.

170

»Er hat mich seit meiner Kindheit unterstützt. Seit meine Eltern tot sind. Sie waren mit den Barachis befreundet. Bis zu dem Unfall. Herr Barachi hat den Wagen gefahren. Mein Vater saß auf der Beifahrerseite, meine Mutter mit Herrn Barachis Frau auf der Rückbank. Nur Herr Barachi hat überlebt.«

»Und er hat sich später um Sie gekümmert?«

»Er fühlte sich verantwortlich für ihren Tod.«

»Gibt es wirklich überhaupt keine Möglichkeit, mit ihm in Kontakt zu treten?« Ich schob die Frage gelassen, fast beiläufig nach.

Sie zuckte zusammen. Volltreffer!

»Wie können Sie ihn erreichen?«

Bärbel Falkenrodt trocknete ihre Tränen. Dann hatte sie sich zu einer Entscheidung durchgerungen und zog einen Zettel aus der Tasche. Sie zeigte ihn mir. »Den hat er mir gegeben. Für den Notfall, hat er gesagt.«

Ich las, was auf dem Papier stand. *Hubert Conti, Postlagernd. Postamt Afritz am See.*

»Wer ist Hubert Conti?«

»Ich weiß es nicht.«

»Und dieses Afritz, wo ist das?«

»In Kärnten.«

»Besitzt Barachi da ein Haus? Oder eine Wohnung?«

Sie schüttelte den Kopf. »Ich glaube nicht.«

»Sie sollten ihm an diese Adresse schreiben?«

»Ja. Er würde sich dann mit mir in Verbindung setzen.«

»Haben Sie noch jemandem diese Anschrift gezeigt? Der Polizei? Oder Ihrem Kollegen Huber?«

»Nein. Das hat Herr Barachi mir ausdrücklich verboten.«

»Und warum mir?«

»Ich vertraue Ihnen. Sie schaden ihm doch nicht, oder?«

»Nein.«

Hoffentlich würde ich sie nicht enttäuschen.

Auf der Straße meldete sich Mozart.

»Ja?«

Es war Marlene. »Ich habe den Halter deines Fahrzeuges«, sagte sie knapp.

»Bitte warte einen Moment.« Ich klemmte das Telefon zwischen Schulter und Kopf und suchte in meinen Taschen nach einem Stück Papier und Kugelschreiber.

»Ich bin so weit.«

»Der Halter heißt Danko Tutjan und wohnt in Lissabon, Avenida Antonio Augusto Aguiar Nummer sieben.«

Ich ließ mir den Straßennamen buchstabieren. Mein Portugiesisch ist noch schlechter als mein Ungarisch. »Danke. Marlene, du ...«

Es dauerte einen Moment, bis ich kapierte, dass sie nicht mehr in der Leitung war. Um meinen letzten Fauxpas wieder auszubügeln, würde ein Abendessen nicht reichen.

Danko Tutjan. Schon wieder ein neuer Name in dem Spiel um das Silber.

Ich rief die Auskunft an. Doch im Telefonbuch von Afritz und Umgebung sowie in ganz Kärnten fand die freundliche Dame der Vermittlung keinen Hubert Conti. Natürlich konnte ich Barachi einen netten Brief schreiben und darauf hoffen, dass er mir antworten würde. Das konnte dauern. Wenn ich Pech hatte, würde ich ewig warten.

Die eingehenden Briefe mussten abgeholt werden. Damit Barachi gegebenenfalls schnell reagieren konnte, durfte die Post eigentlich auch nicht länger als ein, zwei Tage im Postfach liegen bleiben. Wenn ich also das Postamt während dieser Zeit nicht aus den Augen lassen würde ...

Wenn der Galerist seine Post aber nun nicht selbst in Empfang nahm, sondern jemanden schickte, den ich nicht kannte? Es gab nur eine Lösung: Der Bote musste durch den Brief selbst zu identifizieren sein. Aber wie?

172

Ein normales Schreiben reichte nicht. Es konnte in jeder Jackentasche verschwinden. Die Nachricht musste groß genug sein, dass sie sichtbar getragen werden musste, und so auffällig, dass sie aus weiterer Entfernung zu erkennen war. Natürlich!

Ein Päckchen von der Größe eines Schuhkartons. Eingepackt in knallrotes Papier.

Eine Stunde später war das Paket auf der Post. Und ich im Corsa unterwegs nach Afritz.

9

Afritz war ein typisches Touristendorf in Kärnten: schmucke, neu errichtete Fachwerkhäuser mit ausladenden Balkonen, von denen sich wahre Blumenkaskaden ergossen, Pensionen und kleine Hotels an jeder Ecke, ein See und die Berge quasi zum Greifen nah. Immer, wenn ich durch eine solche Ortschaft fuhr, fragte ich mich, wie es den Architekten gelungen war, die Pracht der *Faller*-Häuschen einer Modelleisenbahnlandschaft so täuschend gleich in Groß nachzubilden.

Schon gestern hatte ich ein Zimmer in einem kleinen Hotel in der Ortsmitte bezogen und noch am Nachmittag die Post inspiziert. Sie war in einem Neubau untergebracht. Der für den Publikumsverkehr zugängliche Bereich bestand im Grunde nur aus einem Raum, in dem sich die drei Schalter befanden, und einer davon abgehenden kleinen Kammer mit den Schließfächern. Aber viel wichtiger war: Es gab nur einen Eingang, keine Hintertür.

Das Postamt öffnete seine Pforten um halb neun. Bereits um Viertel nach acht saß ich im Corsa und beobachtete die Tür.

Nach vier Stunden erfolgloser Observation musste ich mir etwas die Beine vertreten. In keinem meiner bisherigen Fälle hatte ich so viel Zeit mit Warten verbracht.

Und ich hatte mir nie vorgestellt, dass so viele Menschen an einem halben Tag in einer Kleinstadt ein Postamt betraten. Es waren Hunderte. Aber keiner von ihnen trug beim Herauskommen ein rotes Paket in der Hand.

Mein Magen knurrte. Ich hätte mich mit etwas Essbarem eindecken sollen.

Ein altersschwacher Golf hielt im Parkverbot fünf Meter von mir entfernt. Ein etwa sechzigjähriger Mann verschwand im Inneren des Gebäudes und kehrte kurze Zeit später zurück. Er trug das rote Paket unter dem Arm.

Ich spurtete zu meinem Wagen, startete den Motor und folgte dem Golf, der stadtauswärts fuhr. Hier im Ort war der Verkehr aufgrund der Touristen so stark, dass ich direkt hinter dem anderen Wagen bleiben konnte, ohne aufzufallen. Erst als wir in die ländliche Umgebung eintauchten, ließ ich mich etwas zurückfallen.

Wir waren etwa zwei Kilometer von Afritz entfernt, als der Mann vor mir den Blinker setzte und auf einem nicht asphaltierten Feldweg einen Hügel hinauffuhr. Ich hielt es für besser, ihm nicht unmittelbar zu folgen, da mein Wagen sonst unweigerlich seine Aufmerksamkeit hätte erregen müssen. Ich steuerte den Corsa noch etwa einen Kilometer geradeaus, wendete und bog nun ebenfalls in den Feldweg ein. Der Golf war nicht mehr zu sehen. Ich drückte aufs Gaspedal und der Opel wühlte sich durch den Sand.

Nach fünfhundert Metern tauchte in einer Senke rechts zwischen Tannen ein Bauernhof auf. Der Golf stand vor dem Gebäude. Ich hielt vor einer Weggabelung und musterte die Umgebung. Es gab für mich keine Möglichkeit, ungesehen noch näher an das Gebäude heranzukommen – egal ob mit oder ohne Wagen. Deshalb setzte ich alles auf eine Karte. Ich nahm den rechten Weg und fuhr auf den Hof.

Ich stieg aus und ging auf das Bauernhaus zu. Als ich noch etwa zehn Meter von der Eingangstür entfernt war, wurde ich angesprochen.

»Das ist weit genug. Wer sind Sie? Und warum sind Sie mir nachgefahren?«

Ich sah nach links zur Hausecke. Dort lehnte der Fahrer des Golfs an der Mauer mit einer qualmenden Zigarre im Mundwinkel. Die Stimme des Mannes war ruhig und gelassen, fast freundlich. Etwas befremdlich wirkte nur der Karabiner, den er lässig in der linken Armbeuge hielt. Zwar sah die Waffe so aus, als ob sie zuletzt im Ersten Weltkrieg eingesetzt worden wäre, aber es war ohne Zweifel ein Karabiner. Ein gepflegtes, gut geöltes und sicher funktionsfähiges Gewehr. Schusswaffen aller Art machen mich nervös. Vor allem, wenn sie auf mich gerichtet sind.

Ich holte tief Luft. »Mein Name ist Büsing. Ich suche Herrn Barachi.«

Der Mann machte mit der Waffe eine Bewegung hin zu meinem Fahrzeug. »Kenne ich nicht. Und jetzt verschwinden Sie.«

Er verfügte zweifelsohne über die besseren Argumente. Deshalb kam ich seiner Bitte nach und trottete gehorsam zu meinem Corsa.

»Lass, Josef«, hörte ich eine vertraute Stimme. »Das geht schon in Ordnung.« In der Haustür stand Jussuf Barachi.

Josef mit der Waffe nickte und verschwand.

Barachi hielt die Notiz in der Hand, die ich dem Paket beigefügt hatte. »Nette Idee, wirklich. Ich hätte Ihnen aber auf jeden Fall geantwortet. Kommen Sie.«

Der Kunsthändler ging vor mir her ins Haus. Wir betraten eine Wohnküche, wo wir auf massiven Eichenbänken Platz nahmen.

Barachi griff zu seiner Pfeife und setzte sie sorgsam in Brand. »Ich hatte Sie gebeten, mich in Ruhe zu lassen.«

»Stimmt. Aber ich habe nicht zugesagt, Ihren Wunsch zu respektieren.«

»Auch richtig.«

Barachi stand auf. »Möchten Sie einen Kaffee?«

Ich verneinte.

Er ging zum Herd, goss das Getränk aus einer großen Metallkanne in einen Becher und kehrte an den Tisch zurück. »Also gut. Was wollen Sie wissen?«

»Sie wussten nicht, dass die Jaronkas tot sind, nicht wahr?«

»Ich hätte nicht gedacht, dass jemand so weit geht.«

»Sie verdächtigen Mirkovac, die Morde begangen zu haben?«

»Das habe ich nicht gesagt.« Er griff in ein auf dem Tisch liegendes Lederetui und stopfte umständlich die Pfeife nach.

Ich beabsichtigte, seine Selbstsicherheit zu erschüttern: »Géza Naróky ist in Wien.«

Er entzündete ein Streichholz. »Ich weiß.«

Ein Rohrkrepierer. Ich schluckte und machte den Mund auf. »Sie wissen das? Woher?«

»Von Andreas, entschuldigen Sie, von Huber.«

Jetzt kapierte ich gar nichts mehr. »Ich dachte, der arbeitet mit Mirkovac zusammen?«

»Tut er auch. In meinem Auftrag.« Barachi zog an der Pfeife. »Ich habe vor meinem … Urlaub mit ihm telefoniert. Es ist interessant, was er alles zu berichten wusste.«

Vermutlich machte ich nicht gerade den intelligentesten Eindruck.

»Herr Büsing, hören Sie zu. Der Markt für wirklich gute, wertvolle Kunstgegenstände ist begrenzt. Ich meine, für legal gehandelte Stücke. Die meisten befinden sich im Besitz von Museen oder Privatsammlern. Einige dienen als Kapitalanlage. In der Regel gelangen nur die Letzteren überhaupt in den Handel. Der Händler, der als Erster weiß, wer wo was verkaufen möchte, hat gute

Aussichten, auch das Geschäft zu machen. Deshalb hat Mirkovac versucht, meinen Mitarbeiter als seinen Informanten zu gewinnen. Er hat aber Hubers Loyalität unterschätzt. Nicht jeder ist käuflich. Andreas hat mir von dem Abwerbeversuch erzählt und wir haben beschlossen, dass er zum Schein auf Mirkovacs Angebot eingeht.«

Und ich dachte immer, das Aufregendste am Beruf eines Kunsthändlers sei die Auswahl des geeigneten Rahmens für ein Bild. »Und was hat Ihnen Huber mitgeteilt?«

Barachi kicherte. »Geschäftsgeheimnis, Herr Büsing.«

»Was wissen Sie von dem Einbruch in mein Hotelzimmer?«

Barachi machte eine abwehrende Handbewegung. »Einbruch? Ach, kommen Sie. Mirkovac war an den Bildern interessiert. Andreas sollte die Fotografien mitnehmen und sie dann auftragsgemäß bei Mirkovac abliefern. Ich hätte vorher allerdings auch einen Satz erhalten.«

»Ich dachte, Sie seien raus aus dem Geschäft.«

Barachi sah mich kalt an. »Wirklich raus aus einem Geschäft ist man erst dann, wenn alle Verträge unterschrieben sind und die Transaktion über die Bühne gegangen ist.«

Daher wehte der Wind. Barachi hoffte immer noch, in dem Spiel mitzuspielen.

»Sie haben behauptet, erst von der Polizei von meinem Aufenthalt in Wien erfahren zu haben. Es war aber mein Besuch in Ihrer Galerie – die Überwachungskameras, nicht wahr?«

Er nickte. »Mirkovac hat natürlich damit gerechnet, dass Sie nach Wien kommen. Andreas hat ihm das Band vorgeführt. Narócy hat Sie sofort erkannt.«

»Und der Überfall auf mich?«

Der Kunsthändler zuckte mit den Schultern. »Tut mir Leid, ich habe wirklich keine Ahnung. Andreas wird von Mirkovac nicht in alles eingeweiht.«

»Sie haben mir erzählt, dass Sie zwei Becher von Tillmeier gekauft haben. Steininger sagt, Sie wären bei den weiteren Geschäften lediglich als Vermittler aufgetreten und würden den Käufer nicht kennen. Stimmt das?«

Barachi trank einen Schluck Kaffee und lächelte. »Wenn die Polizei das sagt ...«

»Bei der Übergabe haben Sie Tillmeier das letzte Mal gesehen?«

Der Kunsthändler nickte schweigend.

So kam ich nicht weiter. »Was haben Sie Tillmeier für die Becher bezahlt?«

»Sechshunderttausend pro Stück.«

»Steininger hat mir gesagt, dass die Becher auf dem grauen Markt für eine Million gehandelt wurden. Auch pro Stück.«

»Nicht so hastig. Sie erinnern sich daran, dass ich erzählte, dass ein Freund aus den USA für mich eine Expertise anfertigen sollte?«

»Ja.«

»Er hatte einen Kaufinteressenten. Möglicherweise war dieser Interessent auch der Käufer der beiden Becher. Leider ist das Geschäft damals nicht zustande gekommen.«

Mir fiel ein, was mir Steininger über den Ablauf solcher anonymer Transaktionen erzählt hatte – vielleicht wusste Barachi den Namen des Käufers ja tatsächlich nicht.

»Warum nicht?«

Barachi zuckte lediglich mit den Schultern.

»Eins ist mir nicht klar: Wie sind die vierzehn Stücke, die in London versteigert werden sollten, in den Besitz dieses britischen Adeligen gekommen?«

»Da bin ich auf Vermutungen angewiesen. Über Mirkovac vielleicht. Möglicherweise haben ihm die Jaronkas einen Teil des Geschirrs zum Verkauf überlassen und Mirkovac wollte die Rechnung nicht begleichen. Stattdessen hat er die Jaronkas umgebracht. Vielleicht hat Mirkovac aber auch im Auftrag der Jaronkas gehandelt und in dem Earl of Cornwall nur einen Strohmann gesucht und gefunden. So wären die Stücke quasi als Kommissionsware bei Sotheby's gelandet. Dann hat bis jetzt noch keiner kassiert.«

»Was für eine Rolle spielt Narócy?«

Barachi lachte. »Der Ungar hat die Intelligenz eines Kindes. Ein solches Geschäft übersteigt bei weitem seine geistigen Fähigkeiten. Sagen Sie ihm, was er tun soll, und er macht es – wenn er Ihnen vertraut. In der Branche wird übrigens gemunkelt ...«

»Moment.« Das ging mir zu schnell. »Dann ist vielleicht Folgendes passiert: Die Jaronkas übergeben Mirkovac die vierzehn Stücke zum Verkauf. Diese gelangen, auf welchem Weg auch immer, nach London. Ein Teil des Schatzes bleibt in seinem Versteck, das die Jaronkas, vermutlich auch Narócy kennen. Allerdings – wenn Narócy das Versteck nicht kannte ...«

»... könnte jemand versucht haben, das Geheimnis aus Gyula durch Folter herauszupressen«, setzte Barachi meinen Gedankengang fort.

»Gyula gibt das Versteck preis und wird natürlich trotzdem umgebracht, kurz darauf auch László. Der Mörder bemächtigt sich des restlichen Schatzes und will ihn jetzt zu Geld machen.«

Der Kunsthändler zog an seiner Pfeife. »So kann es gewesen sein. Obwohl die Abwicklung des Geschäfts nicht einfacher wird, nachdem die Versteigerung geplatzt ist.«

»Warum nicht?«

»Das liegt doch auf der Hand. Die halbe Welt weiß nun, dass die Fundstücke heiß sind. Wäre die Auktion unbehelligt über die Bühne gegangen, wäre es erheblich leichter   gewesen, auch die restlichen Kunstwerke legal zu verkaufen.«

Das leuchtete mir ein. »Aber ich habe Sie eben unterbrochen. Was wird in der Branche erzählt?«

»Es gibt einen neuen Anbieter ...«

Ich dachte einen Moment nach. »Gerd Tillmeier?«

»Fällt Ihnen jemand anderes ein?«

»Ihr amerikanischer Freund?«

»Er wollte die gesamte Sammlung. Jetzt, wo die vierzehn Stücke nicht mehr zur Verfügung stehen ... Ich glaube es nicht. Aber möglich wäre es natürlich trotzdem.«

»Verfügt denn Tillmeier über die erforderlichen Kontakte, eine solche Sammlung verkaufen zu können?«

»Nein.«

»Wer dann?«

»In Europa? Nur der große Mirkovac. Und natürlich ich.«

Immer wieder Mirkovac. Und immer wieder Barachi.

»Unterstellen wir, Tillmeier lebt. Unterstellen wir weiter, er ist im Besitz des restlichen Schatzes. Dann braucht er aber doch Sie oder Mirkovac, um das Geschirr verkaufen zu können.«

»Vermutlich.«

Mir fiel etwas ein. »Kennen Sie einen gewissen Danko Tutjan?«

»Mit Wohnsitz in Lissabon?«

Ich gab es auf, mein Erstaunen zu verbergen. Barachi schien wirklich über alles Bescheid zu wissen. »Ja.«

»Tutjan ist der richtige Name von Mirkovac. Wien ist nur sein Zweitwohnsitz. Die meiste Zeit hält er sich in Lissabon auf.«

»Und dann wohnt er in der Wohnung Ihres Mitarbeiters?«, fragte ich ungläubig.

»Genau.«

»Wirklich praktisch.«

»Ja, nicht?« Barachi grinste.

180

So naiv konnte doch Mirkovac nicht sein und in der Wohnung eines Mitarbeiters seines schärfsten Konkurrenten zur Untermiete wohnen. Irgendetwas stimmte nicht an der Geschichte. »Und sein Numismatikerverein?«

»Ein Tick. Er sammelt wirklich Münzen. Dafür reist er um die halbe Welt.«

»Steininger hat mir gesagt, dass Sie mit ihm zusammenarbeiten.«

»Zusammenarbeiten? Das ist vielleicht etwas übertrieben.« Er trank einen Schluck Kaffee. »Ich würde es eher so formulieren: Wir haben zeitweilig ähnlich gelagerte Interessen. Und da ist eine temporäre Kooperation für beide Seiten von Nutzen.«

Er stand auf. Ich erhob mich ebenfalls. Die Audienz war beendet. Barachi hatte zwar bereitwillig auf fast alle Fragen geantwortet, aber wirklich viel preisgegeben hatte er nicht.

»Eine Frage noch: Wer ist Hubert Conti?«

Er kicherte. »Josef Sulzing.«

»Wie soll ich das verstehen?«

»Der Mann mit dem Schießprügel eben war Josef Sulzing. Ein alter Freund. Er ist im Besitz einer Vollmacht von Hubert Conti, seine Post abzuholen. Die Vollmacht stammt von mir. Es gibt keinen Hubert Conti.«

»Und der Bauernhof?«

»Gehört eigentlich mir. Aber Josef steht im Grundbuch. Er bewirtschaftet ihn, wohnt mit seiner Familie hier, und wenn ich sterbe, geht der Besitz de facto auf ihn über. Oder auf seine Kinder. Als Gegenleistung tut er mir den einen oder anderen Gefallen.«

»Er versteckt Sie?«

»Auch das, ja.« Sein Tonfall sagte mir, dass er nicht mehr erzählen würde.

Immerhin war mir während des Gesprächs deutlich geworden, was ich nun zu tun hatte. Ich reichte dem Libanesen die Hand. »Warum helfen Sie mir eigentlich?«

Er lachte wieder. »Sie haben mich eben gefragt, wer Geschäfte dieser Größenordnung abwickeln kann. Ich habe Ihnen wahrheitsgemäß geantwortet. Wenn Mirkovac das Handwerk gelegt wird ...« Er wirkte verblüffend ehrlich.

Möglicherweise war die Ausschaltung eines Konkurrenten wirklich sein Motiv. Aber warum erzählte er die Geschichte dann mir? Die Polizei wäre der richtige Adressat dafür. Vielleicht hatte er ja genau das getan. Schließlich konnte ich nicht davon ausgehen, dass Steininger mir gegenüber komplett mit offenen Karten spielte. Doch eins kam mir merkwürdig vor: Während unseres ersten Gesprächs hatte Barachi deutlich Angst vor Mirkovac gezeigt. Heute dagegen hatte ich den Eindruck, dass er sich sogar etwas amüsierte, wenn ich die Sprache auf den Kroaten brachte.

Ich wurde das Gefühl nicht los, dass wir Katz und Maus spielten. Fragte sich nur, wer die Rolle der Maus übernommen hatte.

Barachi brachte mich zur Tür. »Bis die Geschichte vorbei ist, lehne ich mich zurück und genieße die Bergluft.« Er griff in seine Jackentasche und zeigte mir eine Karte. »Unter dieser Nummer können Sie mich erreichen. Prägen Sie sich die Ziffern ein. Aber geben Sie sie bitte unter keinen Umständen an Dritte weiter. Ich möchte nicht noch weiteren Besuch erhalten.«

Ich nickte wortlos und speicherte die zwölf Zahlen in meinem Gedächtnis.

10

Nach meiner Unterhaltung mit Barachi war es zu spät für eine Rückkehr. Ich fuhr erst am nächsten Morgen wieder zurück nach Wien.

Ich hatte mir vorgenommen, die Überwachung Mirkovacs wieder aufzunehmen. Das Gespräch mit Barachi hatte mich bestärkt in der Meinung, dass, wenn Tillmeier noch lebte, er am ehesten den Kontakt zu Mirkovac suchen würde. Ich gab mir noch mal drei Tage Zeit.

Gegen Mittag fand ich mich in der Trudlgasse ein. Meine Spiegelreflex lag griffbereit neben mir auf dem Beifahrersitz. Wenn ich ganz viel Glück hatte, würde Tillmeier ja vielleicht persönlich in Erscheinung treten. Die Kamera verfügte über eine Anzeigenautomatik, die auf Wunsch das aktuelle Datum auf die Negative bannte. Ein so belichteter Film allein würde zwar vor Gericht nicht als Beweis genügen, aber in Verbindung mit meiner Zeugenaussage würde es der *Versicherung AG* sicher reichen, die Ansprüche Sonja Tillmeiers abzuschmettern. Ich könnte meine Provision kassieren und mich für einige Monate in Urlaub begeben.

Der rote Porsche, den Huber gefahren hatte, stand vor dem Haus. Ich lehnte mich zurück. Jetzt hieß es mal wieder warten.

Wenigstens musste ich dieses Mal nicht hungern. Einige Kilo Gewicht weniger hätten mir zwar gut getan, aber ich hatte der Kunst der Wiener Zuckerbäcker einfach nicht widerstehen können. Um zwei Uhr waren die Strudel verspeist, kurz nach drei musste die letzte Zimtschnecke dran glauben.

Um sechs war es immer noch sehr heiß. Zu heiß für den Spätsommer, meldete der Rundfunk. Mein Hemd klebte auf dem Rücken und ich sehnte mich nach einer lauwarmen Dusche. Das Radio spielte gerade *Summertime* in der von mir besonders geliebten Interpretation von Ray Charles und Clio Lane, als sich Slobodan Mirkovac und Géza Narócy zu Fuß näherten.

Ich hatte mich von der Musik so einlullen lassen, dass ich sie nicht hatte kommen sehen. Bevor ich meine Kamera zücken konnte, waren sie bereits im Haus verschwunden. Ich lehnte mich zurück und wartete. Nach etwa zehn Minuten öffnete sich die Eingangstür wieder und Mirkovac und Narócy verließen das Haus. Sie trugen kleine Reisetaschen und schienen in Eile zu sein.

Die beiden Männer stiegen in den Porsche. Mirkovac setzte sich hinter das Steuer. Ich nahm mir vor, mich diesmal nicht abhängen zu lassen – was mir auch gelang. Ich folgte dem Sportwagen bis zu einem der Parkhäuser am Wiener Flughafen, fuhr aber nicht hinein. Die Entdeckungsgefahr schien mir zu groß.

Ich parkte den Corsa im Halteverbot vor der Abflughalle und wartete. Wenig später betraten die beiden Männer das Terminal. Ich ging ihnen im gebührenden Abstand nach und beobachtete, wie sie sich an einem der Lufthansaschalter eincheckten. Danach passierten sie die Passkontrolle. Ich konnte ihnen nicht mehr folgen.

Der Anzeigetafel entnahm ich, dass in den nächsten zwei Stunden fünf Maschinen der Lufthansa starten würden: nach Berlin, Frankfurt, Mailand, London und Lissabon. Wohin wollten sie? London? – Da lagerten Teile des Sevso-Silbers. Und Lissabon? – Da wohnte Mirkovac.

Der Corsa hing schon am Haken eines Abschleppwagens, als ich zurückkam. Es kostete mich zweitausend Schillinge und viel Überredungskunst, den Wagen frei zu bekommen. Doch am Ende hielt ich sogar eine Quittung in meinen Händen. Dermöller würde stolz auf mich sein.

Ich fuhr zurück zur Wohnung Hubers. Vielleicht konnte ja einer seiner Nachbarn Tillmeier anhand des Fotos identifizieren, welches Marlene mir überlassen hatte.

Doch ich hatte Pech. Von den übrigen Mietern des Hauses öffnete niemand auf mein Schellen.

Auf dem Rückweg zum Corsa hörte ich hinter mir ein Geräusch. Der Greis, den ich schon einmal beobachtet hatte, verließ in Begleitung eines kleinen Pinschers das Haus. Vermutlich hatte er mein Klingeln überhört. Er wandte sich nach links, weg von mir. Spontan und ohne nachzudenken spurtete ich zur Tür, ehe diese zufallen konnte, und betrat den Hausflur.

Dort war es fast dunkel und angenehm kühl. Ein leichter Modergeruch, so wie er häufig in Altbauten wahrzunehmen ist, hing in der Luft. Irgendwo dudelte ein Radio. Langsam stieg ich die Treppe hinauf. Die ausgetretenen Stufen knarrten leise.

Hubers Wohnung befand sich im fünften Stock, direkt unter dem Dach. Auf dem Türschild stand nur sein Name. Kein Hinweis darauf, dass in dieser Wohnung auch Mirkovac Unterschlupf gefunden hatte. Ich lauschte. Nichts. Dann drückte ich kurz auf den Klingelknopf, bereit, beim geringsten Geräusch aus der Wohnung die Flucht zu ergreifen. Das Kreischen der Schelle gellte durch das Haus. Ich zuckte zusammen. In der Wohnung blieb es still. Ich rüttelte vorsichtig an der Tür. Sie war natürlich geschlossen.

Und dann tat ich etwas, von dem ich bis heute nicht weiß, warum ich es tat: Ich zückte meine Scheckkarte und schob sie in den kleinen Schlitz zwischen Türblatt und Rahmen. Ich zog sie hoch, verspürte einen kurzen Widerstand, es knackte leise ... und plötzlich schwang die Tür auf. Erschrocken machte ich einen Schritt zurück. Ich war baff. So einfach war das gewesen. Ein Grund, warum mein Auftraggeber grundsätzlich nicht für Schäden bei einem Einbruch in die Wohnung des Versicherungsnehmers eintrat, wenn dieser nicht nachweisen konnte, dass die Haustür abgeschlossen gewesen war. Er habe grob fahrlässig gehandelt, behaupteten die Rechtsverdreher in solchen Fällen.

Ich lauschte vor der offenen Tür und hörte immer noch nichts. Nun betrat ich die Wohnung.

Im Flur waren Kleidungsstücke auf dem Boden verteilt. Die Schubladen eines niedrigen Schranks an der linken Wand standen offen, so, als ob sie durchsucht worden wären. Ich warf einen Blick auf die Papiere, die überall verstreut herumlagen. Mir fiel ein Stadtplan von Lissabon ins Auge, auf dessen Rand jemand etwas hingekritzelt hatte. *T.*, las ich, *So 12.00.* T für Tillmeier? Wies die Notiz auf eine Verabredung in Lissabon hin?

Auf Zehenspitzen schlich ich weiter. Rechts war die Küche. Im Halbdunkel konnte ich den Herd erkennen. Ich nahm meinen ganzen Mut zusammen und lugte um die Ecke.

Das, was ich dort sah, ließ mir das Blut in den Adern gefrieren.

Auf einem Küchenstuhl saß Andreas Huber. Sein Kopf war nach hinten gesunken und seine Augen starrten leblos an die Decke. Er war über und über mit Blut besudelt. Seine Hände ruhten eng beieinander in einer roten Lache auf der Tischplatte. Sie sahen seltsam aus, etwas fehlte ...

Ich hielt mir die Hand vor den Mund und trat einige Schritte näher an den Tisch. Die Unterarme waren mit einem gelben Seil zusammengebunden. An der linken Hand fehlten der Zeigefinger ganz und der dritte und der vierte Finger bis zum mittleren Gelenk. Sie waren abgehackt worden. Die rechte Hand war ohne Daumen und der Zeigefinger stand, nur durch einige Sehnen gehalten, im rechten Winkel ab. Die abgetrennten Glieder lagen um den Stuhl verteilt auf dem Boden. Den Daumen entdeckte ich auf Hubers Schoß.

Mir wurde übel. Die Lippen des Toten waren aufgeplatzt und zerschlagen, das rechte Auge verschwollen. In seiner Kehle klaffte ein tiefer, an den Rändern braunroter Spalt. Im offenen Mund befand sich etwas Weißes.

Auf eine schreckliche Art faszinierte mich dieser Anblick. Ich schaute genauer hin. Die Mörder hatten Huber ein zerknülltes Stück Papier in den Mund gestopft.

Die ganze Szenerie erinnerte mich an ein Schlachtfest. Ein Spanferkel auf einem Silbertablett mit einem Apfel im Maul.

Ich stürmte aus der Küche und erbrach mich im Flur.

»Jetzt hätte ich tatsächlich einen Grund, Sie festzunehmen.« Ich saß mit Steininger im Fond seines Dienstwagens vor dem Haus, in dem Huber auf so bestialische Art umgebracht worden war. »Einbruch.«

Ich machte eine wegwerfende Handbewegung. Sollte er mich festnehmen. Es war mir egal.

Wir fuhren aufs Präsidium. Ich machte meine Aussage, behielt aber einiges für mich. Den Aufenthaltsort Barachis verlegte ich in die Nachbargemeinde von Afritz. Und seine Telefonnummer war mir plötzlich entfallen. Auch Danko Tutjan verschwieg ich. Gegen halb fünf morgens unterschrieb ich das Protokoll.

»Den Corsa habe ich bereits wieder in die Hotelgarage bringen lassen«, erklärte Steininger, nachdem er mir ein Taxi gerufen hatte.

Die ganze Nacht hatte mich ein Gedanke beschäftigt. Jetzt fand ich den Mut, Steininger zu fragen. »Was stand auf dem Zettel, den Huber im Mund hatte?«

»Das war die Ladung zu einem Verhör. Am Montagmorgen. Nachdem Sie mir gesagt hatten, Sie hätten Naróxy in der Nähe der Galerie Barachis gesehen, wollten wir natürlich Huber noch einmal sprechen.«

In meinem Kopf drehte sich alles. Meine Falschaussage ... Der Hinweis der Täter war eindeutig. Sie hatten Huber umgebracht, weil die Polizei ihn verhören wollte. Und vorher hatten sie ihn gefoltert, um herauszufinden, was und wie viel er wirklich wusste. Mit meiner Lüge hatte ich sein Todesurteil unterschrieben.

Im Hotelzimmer schüttete ich alles in mich hinein, was ich in der Minibar finden konnte.

Erst am späten Vormittag fiel ich in einen todesähnlichen Schlaf.

Ein penetrantes Klopfen ließ mich hochschrecken. Das Zimmermädchen, war mein erster Gedanke. Mein zweiter galt dem Schild, auf dem stand: *Bitte nicht stören* und das an meiner Zimmertür hing.

Ich schlurfte zur Tür und öffnete. Davor stand ein mir völlig Unbekannter.

»Können Sie nicht lesen?«, schnauzte ich ihn ungehalten an, zeigte auf das Schild und machte Anstalten, mich weiter meinem Kater und meinen trüben Gedanken hinzugeben.

»Mein Name ist Willem van Kerk. Ich bin Kunsthändler.«

Unwillkürlich stöhnte ich auf. Erst Tillmeier. Dann Barachi. Dann Mirkovac. Und jetzt dieser Kerl. »Nehmen Sie's nicht persönlich. Aber von Kunsthändlern habe ich die Nase voll«, sagte ich und wollte endgültig die Tür schließen.

»Bitte warten Sie, Herr Büsing. Herr Steininger hat mir verraten, wo und wie ich Sie finden kann. Ich werde Ihnen nicht lange Ihre Zeit stehlen. Hören Sie mich zehn Minuten an. Dann bin ich wieder weg.«

Genervt stieß ich die Tür auf, ging ins Zimmer zurück und ließ van Kerk eintreten. Der warf einen erstaunten Blick auf die im Raum verteilten Flaschen und Fläschchen, sagte aber nichts.

»Ich will mich kurz fassen. Scotland Yard hat mich um meine Mithilfe gebeten.«

Ich schaute mir meinen Gast genauer an. Perfekt sitzender Zweireiher italienischen Zuschnitts und erste Wahl, das erkannte ich sofort. Eine gesunde, leicht braune Gesichtsfarbe. Schwarze, nach hinten gekämmte Haare. Ein Menjoubärtchen und freundliche, tiefgründige Augen. Ein Dandy mit holländischem Akzent.

»Und?«

»Es geht um das Sevso-Silber. Ich lebe in London. Vor einigen Tagen hat mich ein Mitarbeiter des Yard aufgesucht und mich gefragt, was ich über das Silber weiß.«

»Und was wissen Sie darüber?« Mein Interesse war geweckt.

Er lachte leise. »Das ist in der Szene ein mehr als offenes Geheimnis. Mein alter Freund Barachi hat vor geraumer Zeit zwei Becher davon verkauft und auch versucht, den Rest anzubieten. Er ist jetzt aber, soweit ich weiß, nicht mehr interessiert.« Er beobachtete aufmerksam die Wirkung seiner Worte. Ich versuchte im Gegenzug, ein möglichst unbeteiligtes Gesicht zu machen. Das fiel mir nicht besonders schwer, da mir pochende Kopfschmerzen zu schaffen machten.

»Und Slobodan Mirkovac hat vierzehn Stücke geliefert, aber kein Geld dafür bekommen, da die Auktion in London platzte.«

Barachi hatte also Recht mit seiner Vermutung gehabt, das Silber sei in Kommission an den Earl gegangen.

»Scotland Yard möchte nun wissen, wo der Rest des Schatzes ist.«

»Da sind sie nicht die Einzigen«, rutschte es mir heraus. »Aber warum kümmert sich die englische Kripo um die Sache?«

»Das Silber wurde in England aufgrund der ungeklärten Eigentumsverhältnisse beschlagnahmt.«

Das wusste ich bereits.

»Sotheby's – das ist ein großes Auktionshaus ...«

»Ist mir bekannt«, unterbrach ich ihn ungehalten.

»Also, Sotheby's hat Rechtsmittel gegen die Beschlagnahmung eingelegt. Deshalb hat das zuständige Gericht Scotland Yard mit den weiteren Ermittlungen in dieser Sache beauftragt. Da das Silber aus Wien gekommen ist, hat der Yard die österreichischen Behörden um ihre Unterstützung ersucht, mich avisiert und Herr Steininger war so freundlich, mir Ihr Hotel und den Namen zu nennen, unter dem Sie hier abgestiegen sind. Ich weiß, dass Sie Kontakte zu Barachi hatten, möglicherweise auch zu Mirkovac. Können Sie mir sagen, wo ich die Herren finden kann?«

Er deutete mein Schweigen falsch. »Es soll Ihr Schaden nicht sein. Wenn ich das Silber beschaffe, erhalte ich ein Erfolgshonorar. Ich würde Sie mit einem Drittel beteiligen.«

»Wer bezahlt Sie? Die Engländer?«

»Auch.«

»Wie soll ich das nun verstehen?«

»Es gibt nur wenige Experten, die sich auf dem internationalen grauen Markt für Kunstgegenstände auskennen.«

»Sie meinen den Handel mit gestohlener Kunst?«

»Ja.«

»Und Sie sind einer dieser Experten?«

»In aller Bescheidenheit, ja. Die Briten haben mich deshalb beauftragt und zahlen gut. Die englischen Behörden erheben aber keine Besitzansprüche wie die Ungarn. London möchte lediglich wissen, wer denn nun der rechtmäßige Eigentümer des Schatzes ist.«

»Dann sind es die Ungarn, die Ihnen ein Honorar zugesagt haben?«

»Wenn ich die fehlenden Stücke beschaffe.«

»Und das wäre wie viel?«, fragte ich zurück.

»Zwei Millionen für Sie.«

Ich schnappte nach Luft.

Er verstand schon wieder falsch.

»Drei Millionen«, erhöhte van Kerk.

Der Mann ging mit Millionen um wie ich mit Erdnüssen.

»Und was soll ich tun?«

»Ich vermute, dass Mirkovac im Besitz der Stücke ist. Wenn das stimmt, sucht er einen Käufer. Sie werden ihm einen präsentieren.«

»Warum ich und nicht Sie?«

»Er kennt mich. Ich befürchte, er würde eine Falle wittern.«

»Ach! Und das wäre bei mir nicht der Fall?«

»Wahrscheinlich nicht.«

»Und woher bekomme ich den Kaufinteressenten?«

»Natürlich durch mich. Das Sevso-Silber verkaufen Sie nicht an Hinz oder Kunz.«

Das brauchte er mir nicht zu erzählen.

»Sie benötigen einen international bekannten Kunstsammler, einen Mann von Reputation und untadeligem Ruf.«

Ich fragte mich, was dieser Saubermann für seine Dienste einfordern würde. Und was dieser van Kerk unter einem untadeligen Ruf verstand. Für mich waren Menschen, die bereit waren, Diebesgut zu kaufen, alles andere als untadelig.

»Ich habe einen solchen Mann an der Hand. Er wäre bereit, mich zu unterstützen. Ich muss nur an Mirkovac herankommen. Nach dem ganzen Staub, den Sie aufgewirbelt haben, ist Mirkovac auf Tauchstation gegangen und da wird er vermutlich auch noch einige Zeit bleiben, wenn ihn keiner aufscheucht. Steininger meint, dass Sie dieser Mann sein könnten. Was halten Sie davon?«

Gar nichts. Aber das sagte ich van Kerk nicht. Er schob mir seine Visitenkarte zu. Ich steckte sie ein.

»Ich werde es mir überlegen«, erwiderte ich und komplimentierte Willem van Kerk zur Tür. »Sie wissen ja, wie Sie mich erreichen können.«

Erst die Jaronkas und jetzt Huber. Genug für mich. Mehr als das. Als ich Dermöller anrief, war ich fest entschlossen, die Brocken hinzuwerfen. Das sagte ich ihm auch, nachdem ihn Frau Wittig aus einer Besprechung geholt hatte.

»Was wollen Sie?«, bellte er, kaum dass ich meinen Entschluss verkündet hatte. »Das kommt überhaupt nicht infrage.« Die letzten Worte schrie er fast.

Warum, in aller Welt, regte sich Dermöller bloß so auf? Die *Versicherung AG* musste doch nur drei Millionen als Betriebsausgabe verbuchen, ich dagegen gefährdete mein Leben.

»Sie haben ja keine Ahnung, was hier los ist.« Anscheinend hatte der Direktor sich wieder im Griff. »Tillmeier ist doch völlig egal.«

Jetzt verstand ich wirklich nichts mehr.

»Hier geht es um meine Reputation. Im Vorstand sitzen einige, die würden mich lieber gestern als heute abservieren. Ich sei zu alt, heißt es. Entscheidungsschwach. Ich hätte zu lange gewartet, ich hätte der Sache mit der *Julia* gleich nachgehen sollen.« Er lachte bitter. »Es heißt, ich hätte die falschen Leute auf den Fall angesetzt. Verstehen Sie, Herr Büsing?«

Klar. Mit den falschen Leuten war ich gemeint.

»Man wirft mir mangelnde Effizienz vor. Ich hätte meinen Verantwortungsbereich nicht ausreichend unter Kontrolle. Es geht nicht um diesen einen Vertrag. Das ist nur ein Vorwand. Man sucht einen Grund, um mich loszuwerden. Ich möchte ihnen diesen Grund nicht liefern. Deshalb können Sie nicht aufhören! Nicht jetzt. Ich brauche Ergebnisse. Und das möglichst schnell.«

Ich holte Luft, um ihm von Huber zu erzählen, aber Dermöller ließ mich nicht zu Wort kommen.

»Wenn Sie aufgeben, ist das Wasser auf die Mühlen meiner Gegner im Vorstand. Der Beweis für die Richtigkeit ihrer Vorwürfe. Und wenn ich falle – was meinen Sie, was mein Nachfolger tun wird?«

Ich konnte es mir vorstellen. Dermöller war zwar kein einfacher Auftraggeber, aber die *Versicherung AG* war mein größter Klient. Und ich hatte die lukrativsten Fälle meiner Karriere von dem Direktor bekommen. Ich sah Huber auf dem Stuhl, die Vorladung im blutigen Mund. Ein junger Mann von Mitte zwanzig, der durch meine Schuld jetzt in einem Raum der Wiener Gerichtsmedizin lag.

Dann dachte ich an mein Bankkonto. Und die Aufträge, die ich würde übernehmen müssen, wenn die Geschäftsbeziehung zu Dermöller und der *Versicherung AG* in die Binsen ging.

»Sie haben gewonnen«, sagte ich und hoffte, dass ich diesen Satz nicht doch noch bereuen würde.

Drei Stunden später saß ich in einem Flieger nach Lissabon.

Dritter Teil

1

Lissabon ist eine der schönsten Städte Europas. Aber an manchen Tagen im Sommer, wenn die Westwinde ausbleiben, die sonst angenehme Kühle vom Atlantik über den Tejo in die Stadt bringen, beherrscht Lissabons Straßen eine lähmende Hitze. Wer es sich erlauben kann, verlässt die Stadt und flüchtet ans Meer nach Cascais und Estoril oder in die Berge um das nahe liegende Sintra. Die verbleibenden Bewohner sehnen die Kühle der Nacht herbei und ertragen die erbarmungslose Hitze tagsüber entweder lethargisch oder voller Aggression, die sich manchmal in eruptiven Temperamentsausbrüchen entlädt. Das Hupkonzert in der Stadt, so sagt man, sei dann noch lauter und heftiger als an anderen Tagen.

An einem solchen Spätsommertag also traf ich in Portugals Hauptstadt ein. Als ich aus dem klimatisierten Flughafengebäude ins Freie trat, traf mich die schwüle Hitze wie ein Schlag in den Magen. Obwohl es schon früher Abend war, lief mir nach nur wenigen Metern der Schweiß in Strömen herunter. Ich brauchte ein Taxi, ein Hotel, ein kühles Bier und eine Dusche.

Am Taxistand verhinderten fest installierte Absperrgitter, dass sich die Fahrgäste im Pulk um die Fahrzeuge stritten. In langen Schlangen wurden die Wartenden zu den Wagen geführt, maximal zwei nebeneinander. Mehr ließ der Platz zwischen den Gattern nicht zu. Das Verfahren funktionierte reibungslos. Im Sekundentakt fuhren je zwei Taxen vor und nahmen ihre Gäste auf.

195

Ich beschloss, mein Glück im *Ritz Inter-Continental* zu versuchen. Das *Ritz* lag nur eine Querstraße vom Park Eduards des Siebten entfernt im Herzen der Stadt. Zentral gelegen, aber für Lissaboner Verhältnisse recht ruhig.

Als ich an der Hotelrezeption eincheckte, beschwerte sich gerade lautstark ein dicker Amerikaner über die defekte Klimaanlage in seinem Zimmer. Er redete sich so in Rage, dass er im Gesicht rot anlief. Es hätte mich nicht sonderlich gewundert, wenn ihn auf der Stelle der Schlag getroffen hätte.

Ich trug mich unter meinem richtigen Namen ein und bezog mein Zimmer. Von der siebten Etage hatte ich einen schönen Blick über die Dächer der Stadt.

Kurz darauf trank ich in der Hotelbar ein kühles Bier und dachte über mein weiteres Vorgehen nach. Zunächst wollte ich mich bei Barachi über diesen van Kerk erkundigen. Morgen würde ich dann Mirkovacs Domizil in Augenschein nehmen. Mein Plan, wenn man das so nennen konnte, sah kein anderes Vorgehen vor als in Wien. Ich beabsichtigte, mich mit meiner Kamera vor der Wohnung des Kroaten auf die Lauer zu legen, ihm – falls möglich – zu folgen und auf ein Treffen mit Tillmeier zu hoffen. Dann wollte ich Mirkovac zurück nach Österreich locken, um ihn dort der Polizei auszuliefern. Das war ich Huber schuldig. Van Kerk hatte mich auf den Gedanken gebracht. Ich würde Mirkovac vortäuschen, einen Kaufinteressenten für das Silber zu haben. Das Geschäft könne jedoch nur in Österreich abgewickelt werden, wollte ich ihm vorgaukeln. Ich hoffte, dass seine Geldgier größer sein würde als seine Vorsicht. Maximal eine Woche gab ich mir Zeit, diesen Plan umzusetzen. Wenn ich bis dahin keinen Erfolg hatte, würde ich nach Deutschland zurückkehren. Huber hin, Tillmeier und das Silber her.

»Was wissen Sie über einen Willem van Kerk?«, fragte ich Barachi, nachdem er sich gemeldet hatte.

»Van Kerk? Sie kennen ihn?«

»Das ist übertrieben. Ich hatte kurz mit ihm zu tun.«

»Und was wollte er von Ihnen?«

»Erzählen Sie mir alles?«, fragte ich zurück.

Barachi kicherte. »Sie haben Recht. Van Kerk ist Holländer. Er lebt in London. Es gibt sicher kaum einen Kunstschmuggel in Europa, bei dem er nicht seine Finger im Spiel hatte. Van Kerk ist überaus clever. Er kennt die Szene wie kein anderer, wurde aber nie festgenommen. Seine früheren Geschäftspartner sind dagegen alle in Haft oder auf der Flucht. Ihm konnte nie etwas nachgewiesen werden.«

Es wunderte mich, dass Barachi van Kerk früher nicht erwähnt hatte. »Sagten Sie nicht, es gäbe nur zwei Personen, die den Verkauf des Silbers abwickeln können? Sie und Mirkovac?«

»Ja.«

»Was ist mit van Kerk?«

»In letzter Zeit war nichts mehr von ihm zu hören. Ich nahm an, dass er sich aus dem Geschäft zurückgezogen hatte.«

Eine schlechte Lüge.

»Van Kerk kennt sich überall aus. Sollten Sie russische Ikonen benötigen, van Kerk besorgt Sie Ihnen. Brauchen Sie eine Exportgenehmigung, um nicht ganz legal erworbene Ware nachträglich zu legalisieren – kein Problem für ihn. Nur ...«

Der fette Amerikaner hatte inzwischen die Hotelbar betreten und brüllte lautstark quer durch den Raum: »Das Ritz in Lissabon ist auch nicht mehr das, was es einmal war.« Dann nahm er, immer noch vor sich hin schimpfend, an einem Tisch in der Ecke Platz.

»Etwas laut bei Ihnen«, bemerkte Barachi.

»Ja, etwas. Aber was wollten Sie sagen?«

»Eigentlich nichts mehr. Es sei denn ...«

»Was?«

»Sie sagen mir, was van Kerk von Ihnen wollte.«

»Gut. Van Kerk arbeitet für Scotland Yard. Er sucht Mirkovac und das Silber.«

»Das dachte ich mir fast. Wenn van Kerk jetzt mitmischt ... Ich denke nicht, dass er den Schatz den Behörden übergibt. Nicht Willem van Kerk. Entweder hat er einen wirklichen Kaufinteressenten, oder ...«

»Oder was?«

»Er will das Silber behalten und alle anderen, die englischen und ungarischen Behörden eingeschlossen, bis auf die Knochen blamieren. Van Kerk ist ein Egozentriker, wie er im Buche steht. So ein Coup würde ihm gefallen.«

»Glauben Sie denn tatsächlich, dass Scotland Yard mit einem solchen Mann zusammenarbeitet?«

»Warum denn nicht? In unserem Geschäft kennt jeder jeden. Unbekannte Gesichter haben nicht die Spur einer Chance. Die Ermittler sind auf Menschen angewiesen, die das Geschäft aus dem Effeff beherrschen. Und die ihrerseits bekannt sind. Sonst läuft nichts.«

»Und van Kerk ist ein solcher Mann?«

»Ja. Ohne jeden Zweifel.«

»Gibt es sonst noch etwas, was ich wissen sollte?«

»Sicher.«

»Aber Sie sagen es mir nicht?«

»Nein.«

Das war es dann wohl. Ich verabschiedete mich.

Zwei Stunden später hatte es sich angenehm abgekühlt. Ich schlenderte über die breite Avenida da Liberdade ins Stadtzentrum und suchte mir später im ältesten Stadtteil Lissabons, der Alfama, ein verträumtes Restaurant.

Mit einer vorzüglichen Portion Muscheln mit Schweinefleisch und zwei Flaschen eines frischen und spritzigen Vinho verde verschaffte ich mir die nötige Bettschwere.

2

Den nächsten Vormittag verbrachte ich damit, mich mit meiner Kamera in der Nähe des Wohnsitzes von Danko Tutjan alias Slobodan Mirkovac herumzudrücken. Das Gebäude lag nur einige Straßen entfernt vom *Ritz* zwischen Banken und Nobelboutiquen in einer der besseren Gegenden der Stadt. Mächtige Säulen bewachten die imposante Freitreppe, von der eine breite Glastür in eine große Halle führte, soweit ich das von der Straße aus erkennen konnte.

Das Wetter hatte sich nicht geändert, es war heiß. Und der unaufhörliche Autoverkehr verpestete schon am frühen Morgen die Luft. Es drohte Smog.

Nach vier Stunden endloser Warterei hatte ich die Nase voll. Ich kehrte in mein Hotel zurück und dachte darüber nach, ob es nicht besser wäre, mit Mirkovac in direkten Kontakt zu treten. Oder sollte ich doch die hiesige Polizei informieren? Schließlich hatte ich Mirkovac und Narócy beobachtet, wie sie eine Wohnung verlassen hatten, in der ein Mordopfer lag. Für eine vorläufige Festnahme dürfte das sicher reichen. Sollten die österreichischen Behörden aufgrund meiner Aussage einen internationalen Haftbefehl beantragt haben, reichte es vermutlich sogar für mehr. Aber irgendwie scheute ich vor diesem Schritt zurück. Ich wollte der Polizei die Mörder Andreas Hubers quasi auf dem Servierteller präsentieren. Aus persönlichen Gründen. Und als Äquivalent für meine unvollständige Aussage in Wien.

Ich nahm das Briefpapier des *Ritz* zur Hand und riss den Briefkopf des Hotels ab. Ich prüfte die Briefumschläge, die in dcr Mappe auf dem Schreibtisch meines Zimmers lagen. Keine Hoteladresse, durch sie konnte keiner auf meinen Aufenthaltsort schließen. Dann verfasste ich eine Nachricht an den Kroaten. Sie war kurz und bündig:

Ich erwarte Sie täglich zwischen 16.00 und 17.00 Uhr im A Brasileira. Kommen Sie allein! Büsing

Ich machte mich wieder auf den Weg zu Mirkovacs Residenz. Die Halle, zu der die Eingangstreppe führte, war in der Tat sehr imposant. Ganz mit weißem Marmor ausgeschlagen vermittelte sie den Eindruck eines hochherrschaftlichen Ballsaals. Nachdem ich die sich automatisch öffnende Glastür passiert hatte, stand ich einen Moment überwältigt und still in dem großen Raum, bis mich ein livrierter Portier ansprach. Er erkannte mich sofort als Ausländer und redete englisch. Ich bat ihn, Danko Tutjan das Schreiben persönlich zu übergeben.

Das Café *A Brasileira* lag direkt am Largo do Chiado und war in den Sommermonaten fest in der Hand zahlloser Touristen. Ich ging nicht davon aus, dass mir dort, unter Dutzenden von Menschen, Gefahr drohte.

Trotzdem fand ich mich schon gegen zwei am Rande des Platzes ein und beobachtete eine Zeit lang die Umgebung des Cafés. Um kurz vor vier nahm ich an einem der wenigen freien Tische draußen auf dem Podest direkt neben dem bronzenen Denkmal des Dichters Fernando Pessoa Platz und bestellte ein Bier.

Die Kellnerin servierte mein Getränk. Von meinem Stuhl aus hatte ich einen recht guten Überblick und hoffte, den Kroaten frühzeitig bemerken zu können. Mal wieder ein Irrtum. Kreischend bog ein Zug der berühmten Straßenbahnlinie 28 um die Kurve und erreichte den Largo do Chiado, als mich von hinten jemand ansprach.

»Bom dia. Ich vermute, Sie sind Herr Büsing? Willkommen in Lissabon.«

Ich fuhr herum. Hinter mir stand Slobodan Mirkovac.

»Wie haben Sie mich erkannt?«

»Wir haben einen gemeinsamen Bekannten.«

Narócy! Natürlich. Er musste irgendwo in der Nähe sein.

»Darf ich mich setzen?«

Suchend musterte ich die Menschen um uns herum.

»Mein Freund Géza ist nicht hier. Der Gastgeber bestimmt die Spielregeln. Ich pflege mich an die Modalitäten einer Einladung zu halten. Und Sie haben mich doch eingeladen, oder?«

Ich nickte und er nahm Platz. Mirkovac trug eine weite Sommerhose, ein luftiges Hemd und Turnschuhe. Ich sah nicht, wo er eine Waffe hätte verstecken können. Das beruhigte mich ein wenig. Trotzdem war ich nervös und meine Hände waren schweißnass.

»Géza hat Sie präzise beschrieben. Außerdem wirkten Sie sehr angespannt. Nicht wie jemand, der hier Urlaub macht.« Er lächelte. »Nun, da bin ich. Warum wollten Sie mich sprechen?« Sein Deutsch war fast akzentfrei.

»Ich möchte Ihnen ein Angebot machen.«

Er beugte sich ein wenig vor. »Ich höre.«

»Soweit mir bekannt ist, waren Sie im Besitz der vierzehn Stücke des Sevso-Silbers, die in London versteigert werden sollten.«

Der Kroate verzog keine Miene.

»Von dem Konsortium unter Führung des Earl of Cornwall können Sie keine Zahlungen mehr erwarten. Habe ich Recht?«

Ich fixierte ihn immer noch. Sein Gesicht blieb ebenso unbeweglich wie die Statue des Fernando Pessoa neben mir.

»Fahren Sie bitte fort«, sagte er lediglich.

»Etwa zwanzig der Fundstücke befinden sich noch in Ihrer Obhut. Stimmt meine Annahme?«

Er nahm einen Schluck von seinem Kaffee. »Welches Angebot haben Sie für mich?«

»Ich habe einen Interessenten für Ihre Stücke.«

Mirkovac stellte seine Tasse ab. Seine Mundwinkel zuckten. Es sah so aus, als würde er grinsen. »Wen meinen Sie? Willem van Kerk oder Jussuf Barachi?«

Er rief die Kellnerin und bestellte einen weiteren Kaffee und einen Brandy. Ich orderte noch ein Bier.

»Keinen von beiden.«

Jetzt lachte mein Gegenüber sogar. »Wollen Sie mich für dumm verkaufen, Herr Büsing? Es gibt zurzeit nur drei potenzielle Käufer weltweit: zwei Museen, die aber den endgültigen Ausgang des Gerichtsverfahrens in London abwarten werden, und einen amerikanischen Sammler aus dem mittleren Westen, der aber nur an der vollständigen Sammlung interessiert ist und im Moment ebenfalls alle Aktivitäten in dieser Hinsicht eingestellt hat. Also, was soll das Ganze?«

Die Bestellung wurde serviert und wir schwiegen einen Moment.

»Sie haben die restlichen Stücke?«

»Habe ich das gesagt?« Er erhob sich. »Sie sagten, ich bin eingeladen?«

Meine Felle schwammen davon. »Na schön, Herr Mirkovac. Van Kerk hat mich beauftragt, mit Ihnen in Kontakt zu treten.«

Jetzt sah er mich prüfend an. »Das glaube ich Ihnen sogar.« Er setzte sich wieder. »Was will er?«

»Mit Ihnen ins Geschäft kommen.«

»Willem van Kerk?« Er schüttelte ungläubig den Kopf. »Aber gut. Lassen Sie hören.«

»Er hat einen Kunstsammler an der Hand. Einen Mann von internationaler Reputation.«

»Wen?«

»Das hat er mir nicht gesagt.«

»Ist der Käufer liquide?«

»Selbstverständlich.«

»Wo soll das Geschäft getätigt werden?«

»In Wien.«

»Und wie?«

Ich erinnerte mich an Steiningers Belehrung. »Über eine vertrauenswürdige Person.«

»Wer soll das sein?«

»Barachi?«, schlug ich vor, weil mir so schnell nichts Besseres einfiel.

Der Kroate lachte lauthals. »Ich glaube ja, dass van Kerk an Sie herangetreten ist. Dieser Dandy will das Silber, koste es, was es wolle. Nur um sein Ego zu befriedigen.«

So etwas Ähnliches hatte auch Barachi von van Kerk behauptet.

»Und er benutzt Sie. Sollte dieser Vorschlag aber wirklich von ihm kommen, ist er übergeschnappt.«

»Wieso?«

»Barachi und van Kerk bekämpfen sich seit Jahren bis aufs Blut. Wenn einer dem anderen schaden kann, dann tut er es. Van Kerk wird sich eher die Zunge herausreißen lassen, als mit Barachi zu verhandeln. Das gilt im Übrigen auch für mich. Keiner von uns würde den Libanesen als Vermittler akzeptieren. Niemals.«

»Und warum nicht?«

»Er will das Silber, sonst nichts. Ebenso wie van Kerk. Außerdem ist Barachi ein Verbrecher.«

Ich verschluckte mich fast. Das lachte dieser Mörder mir frech ins Gesicht. Ich beherrschte mich nur mühsam. »Das müssen gerade Sie sagen. Sie haben doch Huber auf dem Gewissen.«

Mirkovac war bleich geworden. »Seien Sie ruhig, verdammt noch mal.« Er stand wieder auf. »Sie sind ja verrückt.«

Ich war zu weit gegangen. Wenn ich jetzt nicht überzeugend agierte, würde Mirkovac verschwinden.

»Das mit Barachi war meine Idee«, gestand ich. »Ich wollte wissen, wie Sie reagieren. Van Kerks Angebot aber steht. Er will mit Ihnen ins Geschäft kommen.«

Völlig unvermittelt riss der Kroate die Augen auf und starrte an mir vorbei, als würde er ein Gespenst sehen.

»Aber das ist doch ...« Dann straffte sich Mirkovac und schwenkte seinen Blick wieder zu mir herüber. »Geben Sie mir Ihre Telefonnummer«, flüsterte er. »Ich rufe Sie an.«

Ich kritzelte meine Handynummer auf eine Serviette. Er steckte sie ein, und bevor ich nach dem Grund für sein seltsames Verhalten fragen konnte, stand er auf und verschwand eilig in der Menge.

Perplex blieb ich sitzen und drehte mich um. Meine Augen suchten den Platz ab, konnten aber nichts Auffälliges ausmachen. Was hatte Mirkovac gesehen, das ihm einen solchen Schrecken eingejagt hatte? Ich war gespannt, ob sich der Kroate wieder bei mir melden würde. Trotzdem überfiel mich ein dummes Gefühl, dass ich mir langsam meine Unfähigkeit eingestehen musste.

3

Die schwarzhaarige Schöne an der Rezeption machte mich darauf aufmerksam, dass ich an der Hotelbar von zwei Männern erwartet würde. Misstrauisch, aber auch neugierig steuerte ich die Bar an. An der Theke hockten drei Texaner, die mit ihren Stiefeln, breitkrempigen Hüten und den Kamerataschen so aussahen, als ob sie eben einem Aufklärungsfilm über Klischees entsprungen wären. Sie unterhielten sich lautstark über die günstigsten Einkaufsmöglichkeiten für Souvenirs. Zwei elegant gekleidete, gut aussehende Damen am anderen Ende der Theke, die offensichtlich auf Kundenfang waren, warfen heiße Blicke auf die Amis, die diese aber anscheinend völlig kalt ließen.

An einem Tisch auf der Sonnenterrasse entdeckte ich schließlich zwei Männer, auf die die Beschreibung der Hotelangestellten passte.

»Büsing«, stellte ich mich vor. »Sie wollten mich sprechen?«

Die beiden standen auf. Ihr Körperbau und ihre Bewegungen erinnerten mich im ersten Moment an Arnold Schwarzenegger, im zweiten an Steininger und seinen Begleiter bei meinem ersten Kontakt mit ihm im Hotel *Sacher*. Polizei oder Geheimdienst, tippte ich daher.

Einer der beiden trug eine Sonnenbrille, die er auch nicht abnahm, als er mich auf Englisch ansprach.

»Unser Chef würde sich gerne mit Ihnen unterhalten.«

»Wer ist Ihr Chef?«

Der mit der Sonnenbrille zückte einen Ausweis und hielt ihn mir vor die Nase. »Scotland Yard.«

So langsam bekam ich Routine im Erkennen von Agenten aller Art. Was wollten die britischen Polizisten von mir? Und woher wussten sie, dass ich im *Ritz* war? Allerdings hatte ich gar keine Lust auf eine Unterhaltung mit den Ermittlern. Im Moment war mir nur nach einer Dusche und nach einem Gespräch mit Marlene.

Deshalb sagte ich: »Haben Sie sich nicht in der Lokalität geirrt? Soweit mir bekannt ist, enden die Kompetenzen einer nationalen Polizeibehörde an den Grenzen des jeweiligen Landes. Oder sehe ich das falsch?«

Sie antworteten nicht.

»Na gut. Bestellen Sie Ihrem Chef, er kann mich morgen besuchen. So gegen zehn wäre mir recht. Wir können uns ja hier treffen«, schlug ich vor und wandte mich zum Gehen. Der zweite Modellathlet machte einen Ausfallschritt nach vorne und versperrte mir so den Weg.

»Was soll das?«, empörte ich mich.

»Unser Chef möchte heute mit Ihnen sprechen. Sie sollten seinem Wunsch folgen. Sonst sehen wir uns zu unserem Bedauern gezwungen, Sie zu überzeugen.« Er griff nach meinem Arm.

Ich schüttelte ihn ab. »Lassen Sie das.« Ich sah mich hektisch um. Die Sonnenterrasse war gähnend leer. Keine Hotelgäste, keine Kellner.

Die beiden ersparten mir weitere Überlegungen. Sie griffen mir unter die Arme, schleiften mich zum Nebeneingang und eine Minute später fand ich mich im Fond eines Wagens wieder, der unmittelbar vor dem Gartentor geparkt worden war.

Der dunkelblaue Mercedes war nicht klimatisiert. Entsprechend schlecht war die Luft in der Karre. Ich saß zwischen den Muskelpaketen. Für drei Personen bot die Rückbank nicht genug Platz. Von dem Fahrer sah ich nur den Hinterkopf. Nach fünf Minuten war ich klitschnass. Ein Blick auf die schweißbeperlten Gesichter meiner Bewacher zeigte mir, dass es ihnen nicht besser ging. Das verschaffte mir eine gewisse Befriedigung.

Meine neuen Freunde fuhren mit mir auf einer der großen Ausfallstraßen Richtung Nordwesten. Nach etwa einer Stunde erreichten wir Sintra. Wir ließen den ehemaligen Königspalast rechts liegen und fuhren die Bergstraße hinauf, die zum Pena-Palast führte. Nach etwa fünfhundert Metern bog der Benz links ab in eine Toreinfahrt und stoppte vor einer der zahlreichen Villen der Stadt, die alle kleinen Schlössern ähnelten.

Die beiden führten mich in einen verdunkelten Wohnraum, dessen Mobiliar die Atmosphäre vergangener Jahrhunderte heraufbeschwor. Vermutlich war es seit der Zeit, als der Engländer Lord Byron die Stadt Sintra als Garten Eden über den grünen Klee lobte, nicht erneuert worden.

Es dauerte etwas, bis sich meine Augen an das Dämmerlicht gewöhnt hatten. Dann erst konnte ich die drei Männer erkennen, die im hinteren Teil des Salons auf Sesseln an einem runden Glastisch Platz genommen hatten. In der Mitte saß ein dürrer, fast klappriger kleiner Mann mit einem überdimensionierten Schnauzer. Links von ihm identifizierte ich Willem van Kerk. Und rechts hockte zu meiner Überraschung Steininger.

»Nehmen Sie bitte Platz«, lud mich der Hagere ein und zeigte auf einen freien Sessel vor ihm. Er sprach

Deutsch. »Die beiden Herren neben mir kennen Sie ja bereits. Ich bin Jackson. Von Scotland Yard.«

Wirklich ein illustrer Kreis. »Nett, Sie kennen zu lernen. Und schön, Sie wiederzusehen«, wandte ich mich an die beiden anderen.

Steininger grinste sein breitestes Grinsen und erklärte: »Wir sind nur inoffiziell hier. Sozusagen privat.«

»Sozusagen«, echote ich.

Jackson hielt sich nicht mit langen Vorreden auf und kam sofort zur Sache: »Wir haben Danko Tutjan alias Slobodan Mirkovac in Verdacht, sich nicht nur des Silbergeschirrs bemächtigt, sondern auch Gyula und László Jaronka sowie Andreas Huber umgebracht zu haben. Was das Silber angeht: Herr van Kerk hat Ihnen ja schon mitgeteilt, dass die britischen Behörden ihn gebeten haben, an der Klärung dieser Angelegenheit mitzuarbeiten.«

»Und die Ungarn?«

»Was meinen Sie?« Jackson wirkte irritiert.

»Hat Herr van Kerk Ihnen nicht gesagt, dass die ungarische Regierung ihn ebenfalls beauftragt hat? Sie sind bereit, für das Wiederauffinden des Schatzes einen nicht unerheblichen, sagen wir, Finderlohn zu bezahlen.«

Jackson warf van Kerk einen eisigen Blick zu. Der Holländer dürfte Jackson später so einiges zu erklären haben, hoffte ich.

Aber zunächst ignorierte Jackson meine Bemerkung. »Solange die Eigentumsverhältnisse nicht rechtsverbindlich geklärt sind, hält meine Regierung es für sinnvoller, den kompletten Schatz zunächst sicherzustellen, zumal ja sowieso schon eine Hälfte im Gewahrsam der britischen Behörden ist. Schließlich erhebt neben den Ungarn auch der Libanon Eigentumsansprüche. Sogar Kroatien hat inzwischen eine entsprechende Note sowohl in London als auch in Den Haag übergeben.«

»Kroatien? Warum denn die?« Langsam wurde es wirklich kompliziert.

»Mirkovac ist Kroate.«

»Na und?«

Steininger schaltete sich ein. »Wenn Mirkovac im Besitz der restlichen Silberstücke ist, wäre es denkbar, dass er diese in Kroatien versteckt hat. Die wollen auch ein Stück von dem Kuchen.«

Und die Briten hatten schon einen großen Happen geschluckt und wollten nun den Rest. »Und damit sind die Ungarn einverstanden?«, wunderte ich mich laut.

Jackson schwieg. Stattdessen antwortete Steininger: »Uns und unseren ungarischen Kollegen geht es ausschließlich um die Aufklärung dreier abscheulicher Morde, Herr Büsing. Es spricht einiges dafür, dass die Taten in Polgárdi und Wien vom selben Täter verübt wurden. Ich möchte ihn in Österreich vor Gericht stellen.«

Sein Anliegen hörte sich sympathischer an als das des Briten, von van Kerks ganz zu schweigen. »Warum beantragen Sie nicht einfach Mirkovacs Auslieferung?«

»Das haben wir bereits. Aber die europäischen Mühlen mahlen langsam. Er ist in Portugal noch nicht zur Fahndung ausgeschrieben. Zu unserem Pech besitzt er zudem die portugiesische Staatsbürgerschaft. Das macht die Sache nicht leichter. Bei Ihnen als Deutscher waren die hiesigen Behörden weitaus kooperativer.«

»Und was wollen Sie nun genau von mir?«

Der Brite übernahm wieder die Gesprächsführung. »Unterstützen Sie uns.«

»Wen denn nun?«, spottete ich. »Scotland Yard? Den österreichischen Staatsschutz? Oder van Kerk, der anscheinend für zwei Seiten arbeitet?«

»Der Yard und wir haben gemeinsame Interessen«, betonte Steininger.

»Versuchen Sie, Kontakt zu Mirkovac zu bekommen«, setzte Jackson seinen Versuch fort, mich zu überzeugen.

Anscheinend wussten sie nichts von meinem Treffen mit dem Kroaten.

»Deshalb sind Sie doch hier.«

Irgendwie verstand ich das alles nicht. »Warum ich? Warum erledigen Sie die Angelegenheit nicht selbst?«

»Sie haben es doch gerade gehört. Wir können in Portugal nicht so agieren, wie wir gerne möchten. Jedenfalls im Moment noch nicht. Und wir wollen nicht, dass Mirkovac verschwindet, bevor wir ihn greifen können.«

Jetzt kapierte ich. Sie wollten bei einem Fehlschlag ihre weiße Weste behalten und die Beteiligung ihrer Länder leugnen. Deshalb kam ihnen ein Privatmann wie ich gerade recht.

»Nein, wir können nicht warten.« Van Kerk mischte sich ein. »Ich habe Ihnen das doch schon erklärt. Er traut uns nicht. Er …«

»Mir auch nicht«, rutschte es mir heraus. Meine Hoffnung, dass meinen Lapsus keiner bemerkt hatte, wurde sofort enttäuscht.

»Wie meinen Sie das?«, bohrte Jackson nach. Er heftete mich mit seinem Blick an die Wand. Dann stellte er fest: »Sie hatten bereits Kontakt zu ihm?«

»Ja. Heute Morgen«, gestand ich. »Es war so, wie ich es Ihnen gesagt habe. Er hat mir nicht geglaubt.«

»Berichten Sie uns darüber.«

Ich tat den dreien den Gefallen.

»Das ist unsere Chance«, freute sich Jackson. »Ich bin sicher, wir kriegen ihn.«

»Aber wie wollen Sie das bewerkstelligen? Mirkovac wird sich sicher nicht mehr mit mir treffen wollen.«

»Das sehe ich anders.« Der Hagere rieb sich die Hände.

»Warum sollte er das tun?«

»Geld. Weswegen sonst?«

Ich war nicht überzeugt.

Jackson registrierte meine Skepsis und fuhr fort: »Herr Büsing, Mirkovac ist Geschäftsmann, kein Kunstsammler. Er interessiert sich allenfalls für Münzen.«

Van Kerk wollte etwas sagen, wurde aber von Jackson mit einer knappen Handbewegung daran gehindert.

Stattdessen sprach Steininger. »Mister Jackson hat Recht. Mirkovac geht es ausschließlich um Geld.«

Dieser kleine Vorfall zeigte eindeutig, wer hier das Sagen hatte. Jackson, Steininger, van Kerk. In dieser Reihenfolge.

»Bewegen Sie Mirkovac dazu, österreichischen Boden zu betreten. Dann können wir ihn festnehmen.«

Das deckte sich mit meinen Interessen. Trotzdem vergewisserte ich mich: »Wenn ich Ihnen richtig zugehört habe, geht es Ihnen, Herr Steininger, vor allem darum, den Mörder Hubers dingfest zu machen?«

Der Österreicher nickte.

»Ich muss mich wiederholen: Warum warten Sie dann nicht einfach das Ergebnis des Auslieferungsantrages ab?«

Steininger seufzte. »Als Portugiese wird Mirkovac nur in begründeten Fällen ausgeliefert. Zum Beispiel bei einem Kapitalverbrechen.«

»Ja und? Er und Narócy haben doch Huber ermordet.«

»Vermutlich. Wir haben Ihre Aussage. Wir wissen, dass Mirkovac in Hubers Wohnung gewohnt hat. Wir haben seine Fingerabdrücke gefunden. Das sind Indizien, nicht mehr. Uns fehlt ein sicherer Beweis. Einer, der auch einen portugiesischen Richter überzeugt. Wenn wir Mirkovac erst in unserem Gewahrsam haben, können wir ihn verhören. Ich hoffe, dass er dann auspacken wird. Wir können ihn aber nicht gewaltsam verschleppen. Er muss freiwillig nach Österreich kommen.«

»Und was ist mit Narócy?«

»Der wird nach Ungarn ausgeliefert, sobald man ihn hat. Narócy ist schon seit seinem Verschwinden aus Polgárdi mit internationalem Haftbefehl zur Fahndung ausgeschrieben. Aber Narócy ist nur ein Befehlsempfänger. Der Kopf ist eindeutig der Kroate.«

»Und vermutlich kommen wir nur über ihn an das restliche Silber.« Jackson steckte sich eine Zigarette an. »Wir vermuten das Silber im Freihafen von Zürich. Mirkovac hat dort schon seit Jahren eine Halle gemietet.«

»Wie stellen Sie sich meine Beteiligung vor?«

Jackson strahlte. Der britische Polizist wusste, dass er gewonnen hatte. »Wir statten Sie mit ausreichend finanziellen Mitteln aus. Genau genommen mit einer Million Schweizer Franken. Bar, in einem Koffer. Sie nehmen Kontakt zu Mirkovac auf und zeigen ihm die Million. Sie ist Ihr ›Sesam öffne dich‹. Im Gegenzug fordern Sie einen Beweis, dass Mirkovac das Silber tatsächlich hat.«

»Was?«

»Ein Foto eines der Stücke auf einer Tageszeitung mit erkennbarem Datum. Mirkovac wird dadurch hoffentlich zu der Auffassung gelangen, dass Sie ein ernst zu nehmender Geschäftspartner sind. Bieten Sie ihm für den Rest des Silbers fünfzig Millionen Franken. Wenn er Sie fragt, wer Ihr Auftraggeber ist, nennen Sie ihm den Namen Paul Waterfall. Waterfall ist in der Kunstszene mehr als bekannt.«

»Wer ist das?«

»Ein südafrikanischer Kunstsammler und Mäzen.«

»Und wenn sich Mirkovac bei diesem Waterfall erkundigt?«

Jackson grinste. »Machen Sie sich darüber keine Gedanken. Das ist geregelt.«

Ich zog es vor, nicht weiter danach zu fragen. »Aber Mirkovac weiß, dass ich bereits mit van Kerk gesprochen habe.«

»Was haben Sie ihm erzählt?« Jackson musterte seine Fingernägel.

Ich berichtete von dem Gespräch.

211

»Wo ist da das Problem? Sagen Sie Mirkovac, Sie hätten erneut mit van Kerk gesprochen und er hätte Ihnen den Namen Waterfall genannt. Behaupten Sie, van Kerk ginge es nur um die Provision, die er erhalten würde, wenn die Transaktion abgewickelt sei. Unabhängig davon, wer Käufer und Verkäufer tatsächlich zusammenbringt.«

»Das wird Mirkovac nie und nimmer glauben.«

»Warten Sie es ab. Das Risiko sollten wir eingehen. Wir haben ohnehin keine Alternative. Verabreden Sie einen Übergabetermin in Wien. In etwa einer Woche. So lange dürfte er brauchen, das Silber aus seinem Versteck zu holen.«

»Warum Wien? Warum nicht Zürich? Wird er denn nicht misstrauisch, wenn ich ihm ausgerechnet ein Treffen in dem Land vorschlage, von dem er annehmen muss, dass dort nach ihm gefahndet wird?«

»Vielleicht. Aber ihm wird nichts anderes übrig bleiben.«

»Warum?«, fragte ich noch einmal.

»Weil Sie auf Wien bestehen werden. Das ist die unabänderliche Bedingung Ihres Auftraggebers.«

Steininger ergänzte: »Der Südafrikaner besitzt ein großes Anwesen in der Nähe von Klagenfurt. Sagen Sie Mirkovac, dass Waterfall nicht bereit ist, das Risiko einzugehen, das Silber über eine Grenze schmuggeln zu müssen. Übergabeort ist Österreich, sonst nirgends.«

»Und wenn er darauf nicht eingeht?«

Jackson zog an seiner Zigarette. »Er wird darauf eingehen, glauben Sie mir. Wie gesagt, ihn interessiert nur Geld. Er hat keinen anderen Käufer. Entweder er bleibt auf der Sore hocken oder er verkauft an Waterfall.«

»Was ist mit dem Preis?«

»Sie meinen, er könnte mehr fordern als die fünfzig Millionen?«

»Ja.«

»Waterfall ist dafür bekannt, faire Preise zu zahlen. Aber er hat auch den Ruf, nur ein Angebot zu machen. Er handelt nicht. Fünfzig Millionen, sonst nichts.«

»Was ist, wenn mich Mirkovac überrumpelt und die Million nimmt und verschwindet?« Andere Alternativen als ein einfaches Überrumpeln wollte ich nicht ins Kalkül ziehen.

»Machen Sie sich keine Sorgen. Es wird bestimmt so ablaufen: Sie zeigen ihm das Geld, nennen die Bedingungen und gehen dann mit dem Koffer wieder in Ihr Hotel zurück. Schließlich wäre ein Überfall auf Sie Raub. Mirkovac würde dann auch in Portugal gesucht.«

Das beruhigte mich nicht, im Gegenteil. Ich fühlte mich immer unbehaglicher.

»Außerdem ist der Koffer, in dem Sie die Million transportieren werden, mit einem Sender ausgestattet.«

»Warum ein Sender?«

»Sollte er tatsächlich mit dem Geld verschwinden, können wir so auf seiner Spur bleiben und ihn festnehmen.«

Ich erinnerte mich an die zahlreichen Kriminalfilme, die ich im Fernsehen gesehen hatte. »Er wird das Geld nicht in dem Koffer lassen.«

»Sicher nicht. Der Sender ist in den Geldscheinen versteckt.«

Sie hatten anscheinend an alles gedacht.

»Herr Büsing, wir werden Ihnen in sicherem Abstand folgen und meine Mitarbeiter werden nicht zögern, im Notfall einzugreifen.«

Das beruhigte mich nur wenig. Zwar hatte ich die Arnold Schwarzeneggers lieber auf meiner Seite als gegen mich, aber weder sie noch ich waren schusswaffenresistent.

Mir war nur eines noch nicht klar. »Wie soll ich ihn dazu bewegen, wieder mit mir Kontakt aufzunehmen? Ihn anrufen? Oder soll ich ihn einfach in seiner Wohnung aufsuchen? Ein Besuch unter Freunden. So etwas in der Art?«

Sie fanden meine Bemerkung nicht besonders lustig.

»Mirkovac wird vermutlich selbst nicht mehr in seiner Wohnung auftauchen. Er muss befürchten, dass wir ihn beschatten.«

»Und? Haben Sie?«

»Was?«

»Ihn beschattet?«

»Seit einigen Stunden überwachen wir die Wohnung.«

Das verwunderte mich. Es konnte doch für die Polizisten nicht schwieriger gewesen sein als für mich, Mirkovacs Adresse herauszufinden. »Erst seit heute?«

»Wir erwähnten ja schon, dass die portugiesische Polizei nicht sehr kooperativ ist. Und bis wir unsere Leute eingeflogen hatten ... Nein, Sie müssen ihm eine Nachricht zukommen lassen.«

»Mit der Post?«

»Warum nicht. Oder ... Bei Ihrer ersten Kontaktaufnahme haben Sie dem Portier einen Brief übergeben?«

Ich nickte.

»Dann machen wir es jetzt ebenso.« Jackson griff neben den Sessel und brachte einen dünnen Aktenordner zum Vorschein. Er blätterte einen Moment darin und schrieb anschließend etwas auf einen kleinen Notizzettel, den er mir reichte. »Hier.«

Ich las: *Dock 3, Halle 27.* »Was ist das?«

»Mirkovacs Lagerhalle im Freihafen Zürich – er hat sie unter einem Aliasnamen angemietet. Wenn Sie diese Adresse kennen, müssen Sie über außergewöhnliche Beziehungen verfügen. Er wird mit Ihnen in Kontakt treten. Ganz sicher.«

Ich sah in die angespannten Gesichter der drei Männer. »Sie wollen mir also eine Million anvertrauen?«

»So sieht es aus.«

»Das Geld ist gefälscht«, stellte ich fest. Ich sollte dem Kroaten die Million zeigen, nicht aushändigen. Eine gut gemachte Fälschung würde er ohne technische Hilfsmittel nicht erkennen. Und warum sollte Scotland Yard auch nur das geringste Risiko eingehen?

Jackson verzog seinen Mund. Sein hageres, faltiges Gesicht, der riesige Schnauzer und die gelben Zähne, die er mir jetzt zeigte, erweckten in mir Assoziationen, die mir nicht behagten.

»Wollen Sie das wirklich wissen, Herr Büsing?«

Nein. Keine Frage, ich war der Lockvogel. Der Wurm, der als Köder dient, an einer langen Angelschnur. Und es wurde nach Haien gefischt. Kein besonders angenehmer Gedanke.

»Gut«, sagte ich. »Wo ist der Aktenkoffer?«

4

Die beiden Gorillas setzten mich spätabends wieder im *Ritz* ab. Als ich auf meinem Zimmer war, versuchte ich erfolglos, Marlene zu erreichen. Ich hinterließ eine kurze Nachricht auf ihrem Anrufbeantworter, obwohl ich ihr so viel hätte sagen wollen. Um mich abzulenken, ging ich in die Hotelbar. Die Amerikaner waren nicht mehr da, aber die beiden Damen schlürften am Tresen ihre Cola und warteten immer noch auf Beute. Ich setzte mich auf die Terrasse, die nun gut besetzt war, und bestellte eine Flasche Vinho verde.

Nach zehn Minuten machte die erste Frau einen diskreten Annäherungsversuch, fünfzehn Minuten später musste ich mich der zweiten Dame erwehren, deren Avancen schon etwas eindeutiger waren. Sie gab erst auf, als ihr der Kellner drohende Blicke zuwarf.

Ich vertrieb meine trüben Gedanken an den morgigen Tag mit einer weiteren Flasche Wein, der noch zwei Brandys folgten. Dann hatte ich mehr als genug und torkelte auf mein Zimmer.

Ich verbrachte eine ziemlich unruhige Nacht. In meinen Träumen verfolgten mich Mirkovac und Narócy mit überdimensionierten Äxten und Messern durch das Wattenmeer, während Gerd Tillmeier sie von der Spitze eines Segelmastes heftig anfeuerte und unter lautem Gekreische aus einem großen schwarzen Koffer Schweizer Franken herabsegeln ließ.

Nach dem Frühstück machte ich mich ziemlich verkatert auf den Weg in die Avenida Antonio Augusto Aguiar. In der Tasche trug ich die Notiz für Mirkovac: *Rufen Sie mich an. Es geht um Dock 3, Halle 27. Büsing.*

Nachdem ich sie dem Portier in die Hand gedrückt hatte, ging ich zurück ins *Ritz* und wartete.

Es dauerte Stunden, bis mein Handy schellte.

»Woher haben Sie Ihre Informationen?«, fragte mich Mirkovac sofort.

»Von meinem Auftraggeber. Er möchte endlich mit Ihnen ins Geschäft kommen.«

»Wer? Van Kerk? Nie im Leben.«

»Nein, nicht van Kerk.«

»Wer dann?«

»Paul Waterfall.«

Für einen Moment konnte ich nur seinen Atem hören. Dann vergewisserte sich der Kroate: »Sie handeln im Auftrag von Waterfall?«

»Ja.«

»Warum sollte ich Ihnen glauben?«

»Van Kerk ist nicht mehr Ihr Gesprächspartner. Er bekommt seinen Anteil, so oder so.«

»Das sieht ihm ähnlich.«

Jetzt galt es. »Ich verfüge über eine Summe, die ich Ihnen als Beweis für Waterfalls ernsthaftes Interesse zeigen kann.«

»Wie viel?«

»Eine Million Franken.«

»Sonst nichts?«

Damit hatte ich nicht gerechnet. Meine Gedanken rasten. »Ich kann nachvollziehen, dass Sie vorsichtig sind. Erkundigen Sie sich. Sie dürften über Mittel und Wege verfügen, um überprüfen zu können, was ich eben behauptet habe. Rufen Sie mich wieder an, wenn Sie mehr wissen.«

Ich beendete das Gespräch und wischte mir meine schweißnassen Hände an der Hose ab.

Jetzt hing alles davon ab, ob Jacksons Vorbereitungen wirklich so gründlich waren, wie er angedeutet hatte. Wenn nicht, könnte ich vermutlich auf Mirkovacs Anruf warten, bis ich schwarz würde.

Mit einem Piepen meldete sich mein Handy und signalisierte, dass der Akku in den letzten Zügen lag. Das bedeutete, dass ich mein Telefon an das Ladegerät anschließen und mich daneben setzen musste, wenn ich den Rückruf nicht verpassen wollte.

Um acht Uhr abends hatte sich der Kroate immer noch nicht gemeldet. Um zehn war der Akku wieder so weit aufgeladen, dass ich etwas essen gehen konnte. Sobald der Fall abgeschlossen war, würde ich mir ein moderneres Mobiltelefon zulegen, so ging das nicht weiter.

Ich war gerade dabei, den letzten Bissen des in Rotwein gegarten Kaninchens zu kauen, als Mirkovac anrief.

»Wissen Sie, wo der Cemitério dos Prazeres ist?«

»Nein.«

»Das ist der Zentralfriedhof.«

»Ich werde ihn finden.«

»Gut. Betreten Sie den Friedhof morgen Mittag um Punkt zwölf. Sie gehen den breiten Weg geradeaus weiter. An der dritten Quergasse wenden Sie sich nach links. Warten Sie vor dem fünften Grab. Bringen Sie das Geld mit. Ich möchte es sehen. Und kommen Sie allein. Ich werde Sie beobachten.« Damit war das Gespräch zu Ende.

Ich rief sofort die Nummer an, die mir Jackson gegeben hatte. »Er will sich morgen Mittag mit mir auf dem Zentralfriedhof treffen. Allein.«

»Ich kenne das Gelände. Kein schlechter Treffpunkt. Sehr groß, sehr unübersichtlich. Es ist von einer hohen Mauer umgeben und es gibt nur einen Zugang, der leicht zu kontrollieren ist. Vermutlich wird er oder einer seiner Leute den Friedhof schon jetzt überwachen.« Er dachte einen Moment nach. »Wir modifizieren unseren Plan. Steininger und ich werden erst um kurz nach zwölf in der Nähe des Eingangstores eintreffen. Schalten Sie Ihr Handy ein, bevor Sie den Friedhof betreten, wählen Sie meine Nummer und lassen das Gerät eingeschaltet. So haben wir die Möglichkeit mitzuhören, was Sie sagen, und können im Bedarfsfall sofort eingreifen.«

Ich war froh, dass er nicht Notfall gesagt hatte.

»Meine Mitarbeiter bringen Ihnen den Koffer morgen früh vorbei.«

»In Ordnung.«

Ich bestellte an der Hotelrezeption ein Taxi für elf Uhr am nächsten Morgen, das mich zum Zentralfriedhof bringen sollte. In dieser Nacht schlief ich noch schlechter als in der vorherigen.

Die Lissaboner Straßen waren wie immer verstopft. Der Fahrer hatte alle Mühe, uns durch den Verkehr zu kutschieren. Unruhig sah ich alle paar Minuten zur Armbanduhr. Es konnte knapp werden. Mein Handy piepste. Der Akku, durchzuckte es mich. Kaum zu glauben.

Ich kramte das Teil aus meiner Tasche. Tatsächlich. Die Ladeanzeige signalisierte, dass es mit dem Saft schon wieder zu Ende ging. Ich hatte den Ladevorgang am Abend doch zu früh abgebrochen. Ich ärgerte mich maßlos. Warum hatte ich das blöde Gerät nicht über Nacht aufgeladen? Das Taxi durchquerte gerade den Stadtteil Estrela. Wir waren fast am Ziel. Jetzt war es zu spät. Ich konnte nur hoffen, dass das Telefon noch über genügend Restenergie verfügte.

Um zehn vor zwölf hielt der Wagen am Friedhof und ich stieg aus. Mit der Linken umklammerte ich eisern den Aktenkoffer, die Rechte hielt in der Jackentasche das Handy. Ich drückte die Wahlwiederholungstaste. Das Telefon piepste dreimal hektisch und gab dann seinen Geist auf.

»Scheiße«, fluchte ich und blieb stehen. Was sollte ich jetzt machen?

Es war zwei Minuten vor zwölf. Sollte ich die Sache lassen? Das Taxi stand noch da, wo es mich abgesetzt hatte. Nur wenige Schritte, und ich könnte in mein Hotel zurückfahren.

Eine Minute vor zwölf.

Ich zögerte.

Eine Kirchturmuhr schlug Mittag. Ich hatte mich entschieden und marschierte durch den Eingang.

Der Cemitério dos Prazeres ähnelte mehr einer kleinen Stadt als einem Friedhof. Als Grabstätten dienten regelrechte Häuser von zum Teil imposanter Größe. Viele waren mit Skulpturen und Ornamenten geschmückt, hatten kleine und große Fenster, an denen gestickte und gehäkelte Gardinen hingen, manche kunstvoll verzierte Türen. Einige der Grabhäuser wirkten verfallen und ließen den Blick durch halb geöffnete Türen ins Innere frei. Ich erkannte Stühle und Tische und massive, in die Wände eingelassene Eisenträger, auf denen die Särge ruhten, zwei, drei oder auch vier übereinander. Auf allen Firsten war ein Kreuz zu sehen und eine Tafel neben dem Eingang verkündete, welche Familie hier ihre letzte Ruhe gefunden hatte.

Der Teil des Friedhofes, den ich jetzt erreicht hatte, war menschenleer. Trotzdem wurde ich die ganze Zeit das Gefühl nicht los, beobachtet zu werden, konnte aber niemanden ausmachen. Ich bog in den dritten Weg links ein. Hatte sich da rechts unter den Bäumen etwas bewegt? Langsam näherte ich mich dem verabredeten Ort.

»Bleiben Sie stehen«, befahl plötzlich jemand. Mirkovac tauchte hinter einem der Grabhäuser auf und näherte sich mir vorsichtig. Dann trat auf der anderen Seite des Weges ein weiterer Mann in mein Blickfeld. Es war Géza Narócy.

Mirkovac gab seinem Begleiter ein Zeichen. Der machte einige Schritte auf mich zu.

»Keine Angst«, beruhigte mich der Kroate. »Er wird Sie nur durchsuchen.«

Routiniert tastete mich der Ungar ab. Er betrachtete das Display meines Handys und steckte das Telefon in seine Tasche. Es hatte keiner daran gedacht, dass sie mich durchsuchen würden.

Narócy streckte seinen rechten Daumen zum Zeichen, dass ich sauber war, in die Höhe.

»Kommen Sie her«, forderte Mirkovac. Mir fiel auf, dass er trotz der Hitze dünne Handschuhe trug.

»Ich hatte ohnehin nichts Besseres vor«, murmelte ich. Mir schlotterten die Knie vor Angst.

»Haben Sie das Geld?«

Ich öffnete den Koffer und ließ ihn einen Blick auf die Million werfen. »Sie sehen: Waterfall meint es ernst. Er will natürlich ebenfalls Beweise, dass Sie das Silber tatsächlich haben.«

Der Kroate antwortete nicht, sondern gab mir durch Gesten zu verstehen, dass ich ihm den Aktenkoffer reichen sollte. Ich zögerte etwas zu lange.

»Nun machen Sie schon«, fauchte er mich an. Gleichzeitig spürte ich etwas Hartes zwischen meinen Rippen. Der Pistolenlauf erhöhte schlagartig meine Bereitschaft, seiner Aufforderung nachzukommen. Ich klappte langsam den Koffer zu und drückte ihm das Teil in die Hand.

»Folgen Sie mir.« Mirkovac ging den Weg hinunter. Der Druck auf meine rechte Körperhälfte nahm zu. Also gehorchte ich dem Kroaten. Was blieb mir übrig? Ich konnte nur hoffen, dass Jackson und seine Leute irgendwo hinter uns waren.

Mirkovac hatte es eilig. Narócy quittierte jeden meiner Versuche, langsamer zu werden, mit einem unfreundlichen Knurren. Ich gab meinen passiven Widerstand auf, ich eigne mich nicht zum Helden.

Nach fünf Minuten erreichten wir die hohe Mauer, die das Friedhofsgelände umschloss. Insoweit stimmten Jacksons Informationen. Ihm war allerdings anscheinend verborgen geblieben, dass das Mauerwerk an einer Stelle von einer kleinen Holztür durchbrochen wurde. Und diese Tür war nicht verschlossen, sondern ließ sich problemlos öffnen. Mirkovac warf einen prüfenden Blick nach draußen, nickte dem Ungarn zu und schlüpfte durch die Öffnung. Dann war ich an der Reihe. Narócy ging hinter mir her, ohne dass der Druck des Laufes zwischen meinen Rippen nachließ. Der Kroate verriegelte die Tür hinter uns. Ich machte mir nur kurz Gedanken darüber, wie er wohl an den Schlüssel für den Durchgang gekommen war.

Wir standen auf einer kleinen Anhöhe an einer Straße, die dem Verlauf der Friedhofsmauer folgte. Einige Kilometer entfernt konnte ich im Tal den Tejo und die Ponte 25 de Abril ausmachen. Auf der anderen Straßenseite, uns direkt gegenüber, befand sich ein unübersichtlicher, verwilderter Obstgarten. Das nächste und, soweit ich sehen konnte, einzige Haus in dieser Gegend stand etwa zweihundert Meter nördlich von uns. Passanten waren weit und breit nicht in Sicht. Hier war keiner, der mir helfen konnte.

Der Kroate lief über die Straße Richtung Garten und verschwand auf einem Feldweg hinter den Büschen. Nach etwa einer Minute hörte ich, wie ein Motor gestartet wurde. Einen Moment später tauchte zwischen den Obstbäumen ein Jeep auf. Der Fahrer gab kräftig Gas und der Wagen überwand mit einem Satz die letzte Steigung zur Straße.

Mirkovac stieg aus und wartete ungeduldig, bis mich Narócy zum Jeep gezerrt hatte. Der Ungar schob mich auf die Rückbank hinter den Beifahrersitz, wo er meinen rechten Arm mit einer Handschelle am Türgriff befestigte. Mirkovac nahm neben mir Platz, den Aktenkoffer auf dem Schoß, und Narócy setzte sich hinter das Steuer. Der Jeep setzte sich in Bewegung.

Ich sah mich um – kein Jackson, kein Steininger, keine Bodyguards. Ein toller Plan, den Jackson da ausgetüftelt hatte! Auf den Gedanken, dass Mirkovac nicht nur den Geldkoffer, sondern auch mich entführen wollte, war keiner gekommen. Aber warum tat der Kroate das?

Ich machte mir keine Illusionen: Wenn uns die Polizisten wirklich gefolgt waren, standen sie jetzt vor der Maueröffnung und ihr Wagen befand sich mindestens einen Kilometer entfernt am Haupteingang des Friedhofes. Selbst wenn sie einen Fahrer zurückgelassen hatten und diesen über Funk benachrichtigen konnten – wir waren bis zum Eintreffen der Polizisten über alle Berge. Ich konnte also nur noch auf den Sender setzen und hoffen, dass Mirkovac das Teil nicht zu früh entdeckte.

Aber auch diese Hoffnung wurde schnell zerstört: Der Kroate nahm einen Jutebeutel zur Hand und öffnete den Koffer. Mirkovac stopfte die Franken nicht einfach in den Beutel, sondern durchsuchte jedes Geldbündel sorgfältig, bevor er es verstaute. Nach fünf Minuten war die Prozedur beendet. Einen Sender hatte er nicht gefunden – weil es keinen gegeben hatte.

Mirkovac ließ den Ungarn anhalten, stieg aus und deponierte den Koffer in einer am Straßenrand stehenden Mülltonne. Dann fuhren wir weiter die Straße hinunter Richtung Tejo.

»Machen Sie die Augen zu«, befahl Mirkovac.

Ich gehorchte und hörte ein ratschendes Geräusch. Dann spürte ich einen Druck auf beiden Augen. Natürlich versuchte ich, sie wieder zu öffnen. Vergeblich.

»Was soll das?«, wollte ich wissen.

»Bleiben Sie ruhig. Es passiert Ihnen ja nichts.«

Wie gerne hätte ich ihm geglaubt. Ich merkte, wie mir etwas auf die Nase gesetzt wurde. Im ersten Moment war ich irritiert. Eine Sonnenbrille! Der Kroate hatte mir eine Brille aufgesetzt, um das Pflaster zu verbergen. Das bedeutete, dass wir uns einer Gegend näherten, in der sich Menschen aufhielten. Menschen, denen ein Mann mit zugeklebten Augenlidern auf der Rückbank eines Wagens auffallen konnte. Wenn es mir gelang, das Fenster zu öffnen, könnte ich vielleicht …

Ich schob meine linke Hand langsam Richtung Tür.

»Versuchen Sie es ruhig. Der Jeep hat elektrische Fensterheber, die nur vom Fahrer betätigt werden können. Und die Tür ist mit der Kindersicherung verriegelt. Keine Chance, Herr Büsing.«

Ich resignierte. Plötzlich durchzuckte mich ein Gedanke. Mirkovac hatte mir die Augen verklebt, um mich daran zu hindern, unser Ziel später wieder zu finden. Das konnte doch nur heißen, dass er mich nicht einfach umbringen wollte. Ich schöpfte wieder Hoffnung.

Am Verkehrslärm erkannte ich, dass wir uns auf einer Hauptstraße befinden mussten. Der Jeep blieb häufiger stehen, fuhr dann wieder an und bremste ab. Starker Verkehr. Oder Ampelanlagen. Ich hörte das dumpfe Tuten einer Schiffssirene. Wir waren in der Nähe des Tejo. Dann nahm ich ein Geräusch wahr, das mich an einen schnell fahrenden Zug erinnerte.

Ich vergegenwärtigte mir den Stadtplan Lissabons. Unsere Fahrtzeit hatte bis jetzt etwa zwanzig Minuten gedauert. Wir befanden uns in der Nähe des Tejo. Es war viel Verkehr und eine Eisenbahnlinie verlief in unmittelbarer Nähe der Straße. Natürlich! Jetzt wusste ich, wo wir waren. In Alcântara. Bei den Hafendocks.

Der Jeep bremste abrupt und bog nach rechts ab. Dann fuhr er mit deutlich verringerter Geschwindigkeit weiter. Nach weiteren etwa fünf Minuten hielt der Wagen mit laufendem Motor und Narócy stieg aus. Dem Geräusch nach wurde ein Tor geöffnet und dann rollte der Wagen wieder an, um nach wenigen Metern erneut und endgültig stehen zu bleiben. Wir hatten unser Ziel erreicht, eine Halle, irgendwo in den Docks Lissabons.

Mein rechter Arm wurde vom Türgriff befreit, um hinter meinem Rücken an den linken gefesselt zu werden. Narócy stieß mich nach vorne, wir gingen eine Treppe hinauf und kurz darauf fand ich mich auf einem Stuhl wieder. Ohne Vorwarnung riss mir der Ungar das Pflaster von den Augen. Es war ein kurzer, aber heftiger Schmerz.

Es dauerte einen Moment, bis sich meine Augen an die Helligkeit gewöhnt hatten. Wir befanden uns in einem kleinen Büro. Narócy stand links von mir, Mirkovac saß mir gegenüber an einem Schreibtisch und betrachtete die Geldscheine erst mit einem Vergrößerungsglas, dann schob er sie unter eine Lampe, die blaues Licht ausstrahlte. Die Handschuhe hatte er ausgezogen.

»Das habe ich mir gedacht«, bemerkte er gelassen, als er die Untersuchung beendet hatte. »Das Geld ist gefälscht. Wenn Sie mir die Bemerkung gestatten: eine ziemlich plumpe Fälschung sogar. Herr Büsing, Sie beleidigen mich.«

Ich wusste nicht, was ich darauf erwidern sollte. Also hielt ich den Mund.

Der Kroate packte das Falschgeld wieder in den Beutel, reichte ihn Géza Narócy und sagte etwas zu ihm auf Ungarisch. Der Ungar verschwand. Dann wandte Mirkovac sich wieder mir zu.

»Er wird es verbrennen. Sie haben doch sicher keine Verwendung mehr dafür. Oder doch?« Mirkovac grinste schief. »So, und jetzt sollten wir uns etwas unterhalten.«

Ich zuckte mit den Achseln. Hatte ich eine Wahl?

»Es freut mich, dass Sie so kooperativ sind. Wie lange verfolgen Sie mich schon?«

Ich entschloss mich zur Wahrheit. »Ich bin Ihnen und Ihrem Killer gefolgt, als Sie nach der Ermordung Hubers das Haus verließen und zum Flughafen fuhren. Da war es leicht, eins und eins zusammenzuzählen.«

»Killer? Wen meinen Sie?« Er rutschte auf dem Stuhl nach vorne und schaute mich verblüfft an. Sein Erstaunen erschien mir echt.

»Narócy. Wen sonst?«, platzte ich heraus. »Ich habe Huber gesehen.«

»Géza?« Er kramte in seiner Tasche und steckte sich mit fahrigen Bewegungen eine Zigarette an. »Jetzt verstehe ich. Sie glauben, er hat Huber umgebracht?«

»Er oder Sie beide. Natürlich.« Ich redete mich um Kopf und Kragen, aber im Moment war es mir egal.

Mirkovac schüttelte langsam den Kopf. »Sie irren sich. Wir haben mit dem Tod Hubers nichts zu tun. An diesem Samstag sind Géza und ich erst mittags aus der Schweiz zurückgekehrt. Als wir die Wohnung betraten, war Huber bereits tot. Ich habe ihn bezahlt. Er war mein Informant. Weshalb sollte ich ihn umbringen?«

»Die Wiener Polizei hatte Huber zum Verhör geladen. Vielleicht befürchteten Sie, dass er auspacken würde.«

»Worüber auspacken? Und was für ein Verhör?« Er stützte den Kopf in beide Hände. Ich antwortete nicht.

Seine Stimme klang belegt, als er wieder anfing zu sprechen. »Ich kannte Andreas Huber schon zwei Jahre, bevor er von Jussuf Barachi eingestellt wurde. Schon damals wohnte ich von Zeit zu Zeit bei ihm. Irgendwann hat mir Andreas erzählt, dass sein Chef von unseren Kontakten wusste und ihn vor die Alternative gestellt hatte, entweder entlassen zu werden oder ihm Hinweise über meine Geschäfte zu liefern. Andreas brauchte das Geld. Und Barachis Erpressung brachte mich auf den Gedanken, den Spieß umzudrehen. Andreas lieferte Barachi die gewünschten Informationen, selbstverständlich nur die, die ich ihm geben wollte, und im Gegenzug berichtete mir Andreas alles Interessante über die Aktivitäten des Libanesen.«

Das hatte mir mit umgekehrten Vorzeichen Barachi auch erzählt. Man kann nicht zwei Herren gleichzeitig dienen. Diese Binsenweisheit hatte Andreas Huber auf schreckliche Weise erfahren müssen.

»Wenn Sie nicht für seinen Tod verantwortlich sind, wer dann?«

»Das habe ich mich auch immer wieder gefragt. Barachi vielleicht? Ich weiß es nicht.«

Mirkovac sah verzweifelt aus. Und in diesem Moment glaubte ich ihm.

Narócy betrat wieder das Büro. Er nickte seinem Chef zu, der etwas zu ihm sagte, was ich nicht verstand. Der Ungar trat an mich heran. Was, wenn ich mich in meinem Gegenüber doch geirrt hatte? Ich hielt die Luft an. Narócy zog meine Arme ein wenig nach oben. Es klickte und meine Hände waren frei.

Der Kroate stand auf. »Möchten Sie auch etwas trinken?«

Ich nickte erleichtert. Meine Kehle war trocken. Aus meinen Achselhöhlen tropfte es stetig. Gegen ein kühles Getränk, am besten ein Pils, hatte ich wirklich nichts einzuwenden.

Stattdessen holte Mirkovac eine Flasche klaren Schnaps und zwei Gläser aus einem Schrank, stellte sie auf den Schreibtisch und schenkte ein.

Ich massierte meine schmerzenden Handgelenke. Der Kroate schob mir eines der Schnapsgläser zu. Sliwowitz. Scheußlich. Aber trotzdem war das ein Fortschritt. Vor einer halben Stunde hätte ich keine Wette auf mein Leben abgeschlossen. Jetzt tranken mein Entführer und ich gemeinsam Sliwowitz.

Schweigend goss Mirkovac nach. Dann begann er wieder zu sprechen: »Ich habe Huber nicht auf dem Gewissen.«

»Und was ist mit den Jaronka-Brüdern?«

»Auch mit deren Tod habe ich nichts zu tun. Aber Sie sitzen hier, damit Sie meine Fragen beantworten. Überlegen Sie: Wenn ich wirklich ein Killer bin, besteht Ihre einzige Chance ohnehin nur darin, auszupacken.«

»Warum? Vermutlich bringen Sie mich dann nur etwas später um.«

»Das Risiko müssen Sie eben eingehen. Sie haben Huber gesehen. Wenn ich das wirklich getan hätte, hätte ich keine Skrupel, Sie auf eben diese Art und Weise zum Reden zu bringen. Und ich bin sicher, Andreas hat geredet. Kein Mensch erträgt diese Schmerzen, die er hat ertragen müssen. Oder sehen Sie das anders?«

Nein.

»Bin ich aber nicht der Mann, für den Sie mich halten, haben Sie nichts zu befürchten. Das ist doch logisch, oder?«

Nicht ganz – Mirkovac mochte zwar die Jaronkas und Huber nicht auf dem Gewissen haben, doch hieß das ja nicht automatisch, dass er vor Mord zurückschreckte. Aber in diesem Moment wollte ich seiner Logik folgen.

»Was wollen Sie wissen?«

Von gelegentlichen Zwischenfragen Mirkovacs abgesehen, redete ich fast eine Stunde lang. Sogar Jacksons Plan, ihn mit dem Falschgeld nach Österreich zu locken, verschwieg ich nicht. An dieser Stelle schüttelte Mirkovac mehrmals den Kopf. Ob aus Verwunderung über meinen Leichtsinn oder mein Vertrauen in Jackson wusste ich nicht. Nur Marlenes Unterstützung vergaß ich zu erwähnen. Sie ersetzte ich durch einen Herner Junganwalt namens Esch, der vor Jahren für mich gearbeitet hatte.

»Und Sie haben keinen Beweis dafür gefunden, dass Tillmeier noch lebt?«, fragte Mirkovac, als ich geendet hatte.

»Keinen. Aber auch nicht dafür, dass er wirklich bei dem Unglück ums Leben kam.«

»Verstehe. Ich habe Tillmeier über Barachi zufällig bei einer Ausstellungseröffnung in Barachis Galerie kennen gelernt. Damals waren Barachi und ich zwar auch nicht gerade Freunde, aber nur Konkurrenten, keine Feinde. Wir hatten gelegentlich miteinander geschäftlich zu tun. Außerdem hat Barachi mir manchmal Münzen verkauft. Diese Ausstellung war, glaube ich, 1996. Tillmeier hatte damals finanzielle Probleme. Er hoffte, von mir gestohlene Kunstgegenstände erwerben zu können. Ich habe abgelehnt. Seitdem habe ich ihn nicht mehr gesehen. Im Sommer 98 hörte ich von László Jaronka und Géza, dass er und Joszef Jaronka bei dem Bootsunglück ums Leben gekommen sein sollen. Er hatte sich um die Vermarktung des Sevso-Silbers gekümmert und Kontakt zu Barachi aufgenommen. Wie mir Géza später erzählte, hatte László schon damals den Verdacht, dass Gerd Tillmeier sie betrügen wollte. Deshalb haben sie auch ihre Kontakte zu Barachi auf Eis gelegt und sind zu mir gekommen. Mitte August haben sie mir die vierzehn Stücke des Silbers übergeben, die jetzt in den Tresoren von Sotheby's liegen. Ich habe den Kontakt zu Cornwall hergestellt und die erforderlichen Expertisen besorgt. Es stimmt, was Barachi vermutet hat. Wir mussten die Fotos von den Stücken aus dem Verkehr ziehen, damit die Expertisen nicht in Zweifel gezogen werden konnten. Die Bilder gefährdeten die Auktion. Die restlichen Stücke haben Géza und László nach dem Auftauchen Barachis in Polgárdi vorsichtshalber aus dem Versteck geholt und an einen anderen Ort gebracht. Dann wurde Gyula gefoltert und ermordet. Allerdings wusste er nicht, wo sich das Silber befand, und konnte dem Mörder auch nichts erzählen. Sein Tod war völlig sinnlos. Dann wurde auch noch László umgebracht. Nach seinem Tod ist Géza untergetaucht und zu mir geflüchtet.«

»Warum erzählen Sie mir das alles?«

»Weil ich will, dass Sie mir vertrauen. Ich möchte weiter ungestört meinen Geschäften nachgehen. Deshalb habe ich ein großes Interesse daran, dass der wahre Mörder Hubers möglichst schnell dingfest gemacht wird.«

»Und das Sevso-Silber?«

Mirkovac zuckte mit den Schultern. »Viele vermuten etwas, aber außer Géza und mir weiß nur der Earl of Cornwall Genaueres von meiner Rolle in dem Geschäft. Er wird nicht alles sagen, was er weiß, da bin ich mir sicher. Er würde sich nur selbst belasten. Dann wäre er aus dem Spiel. Géza vertraue ich blind. Und er vertraut mir ... – Was mache ich jetzt mit Ihnen? Entführung ist auch in Portugal ein Kapitalverbrechen. Was würden Sie an meiner Stelle tun?«

Ich spürte, wie mir das Blut aus dem Gesicht wich.

Der Kroate sagte etwas zu Géza Narócy, der sofort das Büro verließ.

»Er holt das Leukoplast«, erklärte er mir.

Ich zuckte zusammen.

Mirkovac bemerkte meine Befürchtungen.

»Keine Angst. Er wird Ihnen nichts tun. Er bringt Sie lediglich in Ihr Hotel zurück. Ich möchte nur sichergehen, dass ich in diesem Büro auch zukünftig unbehelligt bleibe.«

»Wer hat mich in Wien überfallen?«

»Das waren Géza und jemand, der für Geld vieles tut. Wir brauchten die Bilder, das sagte ich ja eben schon.« Mirkovac griff zur Schnapsflasche, aber ich lehnte das mir angebotene Glas ab. Er schob mein Handy über den Tisch. »Passen Sie auf, Sie vergessen, was sich heute ereignet hat, und ich helfe Ihnen, Klarheit über Tillmeier zu bekommen. Sie sind mein Partner, wenn es darum geht, den Mörder Hubers und der Jaronkas der Polizei zu präsentieren. Sind Sie damit einverstanden?«

»Wie wollen Sie das anstellen?«

»Das weiß ich noch nicht. Aber wenn Tillmeier noch lebt, ist er hinter dem Sevso-Silber her, da können Sie sicher sein. Und da können wir ihn packen. Sie hätten dann Ihren Auftrag erfüllt und ich kann in Ruhe weiter meinen Geschäften nachgehen.«

»Heißt das, dass Sie das Silber haben?«

»Sie wollen doch Tillmeier?«, fragte er statt einer Antwort.

Ich nickte. »Wie erreiche ich Sie? Über Ihre Wohnung?«

Mirkovac lachte. »Das ist nicht Ihr Ernst. Nein, ich werde mit Ihnen im *Ritz* Kontakt aufnehmen.«

Eine Stunde später beruhigte ich meine Nerven mit einem doppelten Brandy an der Hotelbar des *Ritz*. Dann bestellte ich ein eiskaltes Pils und begab mich in eine stille Ecke, um in Ruhe nachdenken zu können.

Ich hatte das dumme Gefühl, wie eine Billardkugel hin und her gestoßen worden zu sein und jede Kontrolle über das Geschehen verloren zu haben, wenn ich überhaupt jemals so etwas besessen hatte. Mittlerweile schien mir alles denkbar:

Slobodan Mirkovac, der Kroate. Er hatte mir gegenüber zugegeben, die eine Hälfte des Sevso-Silbers dem Earl of Cornwall übergeben zu haben. Fragen nach der anderen Hälfte des Schatzes war er ausgewichen. Ich glaubte ihm, dass er Huber und die Jaronka-Brüder nicht umgebracht hatte. Aber seine Erklärung für sein Handeln musste nicht stimmen. Vielleicht besaß er das restliche Silber doch nicht und hoffte, über mich an die Kunstwerke heranzukommen? Wenn aber nicht er die Morde begangen hatte, wer dann? Tillmeier? Oder Barachi? Oder jemand, der mir noch nicht über den Weg gelaufen war?

Jussuf Barachi, der Libanese. Er hatte behauptet, dass sein Interesse in der Ausschaltung seines Konkurrenten Mirkovac bestand. Aber war das wirklich wahr? Vielleicht wollte auch er wieder in das Geschäft?

Und Willem van Kerk, der Holländer? Sowohl Barachi als auch Mirkovac trauten ihm nicht über den Weg, sondern verdächtigten ihn, lediglich pro forma mit Scotland Yard zusammenzuarbeiten und stattdessen eigene Interessen zu verfolgen.

Schließlich: Was war mit Gerd Tillmeier? Lebte er noch? Und wenn ja, wo hielt er sich versteckt?

5

Als ich am nächsten Morgen vom Frühstücksbüfett zu meinem Tisch zurückkehrte, um die zweite Portion Rührei mit Speck zu verspeisen, saß dort Jackson und nippte an einem Kaffee.

»Sie haben doch nichts dagegen, dass ich mich zu Ihnen gesetzt habe?«

»Wenn ich in Ruhe weiteressen kann, nicht«, antwortete ich und schob mir den nächsten Bissen in den Mund.

Eines musste man diesem Briten wirklich lassen: Jackson war ein Gentleman vom Scheitel bis zur Sohle. Er wartete, bis ich mein Frühstück beendet und die Kellnerin die Teller abgeräumt hatte. Erst dann brach er sein Schweigen und fragte in einem Tonfall, als ob er sich nach der Uhrzeit erkundigen wollte: »Wir haben uns gestern verfehlt. Es freut mich, dass Sie anscheinend bei bester Gesundheit sind.«

Mich auch, dachte ich.

»Irre ich mich, oder hatten wir vereinbart, dass Sie Ihr Handy eingeschaltet lassen?«

»Wir hatten. Leider hat mein Akku nicht mitgespielt.«

»Aha. Und was geschah dann?«

Die Frage wollte ich nicht wahrheitsgemäß beantworten. »Ich weiß es nicht.«

Sein Gesichtsausdruck sprach Bände. »Sie wissen es nicht?«

»Jedenfalls nicht alles. Mirkovac war am vereinbarten Ort. Er hat mich angesprochen und aufgefordert, stehen zu bleiben. Das habe ich getan. Dann hat mir jemand ein Tuch mit einer aromatisch riechenden Flüssigkeit auf Nase und Mund gedrückt. Ich habe noch versucht mich zu wehren, aber mir wurde sehr schnell schwarz vor Augen.«

»Äther?«

»Vielleicht.«

»Sprechen Sie weiter.«

»Wach geworden bin ich am frühen Abend in einem der Grabhäuser. Nicht sehr angenehm, das können Sie mir glauben. Einer der Särge war halb zerfallen und das Erste, was ich sah, nachdem ich die Augen geöffnet hatte, war ein Totenkopf, der mich angrinste.«

»Wo war das genau?«

»Keine Ahnung. Ich war noch ziemlich benommen, als ich aus dem Mausoleum kroch. Sie und Ihre Leute waren jedenfalls nicht mehr anwesend.«

Ich hoffte, dass das stimmte.

Jackson schien nicht sonderlich überrascht. »Wir haben rund drei Stunden lang den Friedhof abgesucht, aber nichts gefunden. Keine Spur von Ihnen oder Mirkovac. Und keine von dem Aktenkoffer.« Er sah mich wieder mit diesem Ausdruck an, der mich schon bei unserem ersten Treffen irritiert hatte.

Ich versuchte, meine Unsicherheit zu verbergen. »Was war mit dem Sender?«

»Fehlanzeige. Er muss versagt haben. Oder Mirkovac hat ihn gefunden und zerstört.«

Der Kerl war auch nicht besser als ich. Er log, dass sich die Balken bogen.

»Das ist bedauerlich. Ich hoffe, das Geld im Koffer war wirklich nicht echt?«

Er zog es vor, nicht zu antworten. »Wer war der Mann, der Sie betäubt hat? Narócy?«

»Ich habe ihn nicht gesehen. Woher also soll ich ...«

»Es könnte doch sein, dass er etwas gesagt hat.«

»Leider nein. Ich befürchte, die Sache ist ziemlich in die Hose gegangen.«

»Meinen Sie?«

»Sie nicht?«

Jackson nahm ein Stück Zucker, legte es auf einen Löffel und träufelte etwas Kaffee darüber. Dann steckte er das lukullische Gesamtkunstwerk in den Mund. Es schien ihm zu schmecken. Kein Wunder bei einem Angehörigen einer Nation, die traniges Hammelfleisch in Mintsoße oder Hirn in Aspik für das Nonplusultra guter Küche hielt.

»Mirkovac braucht immer noch einen Käufer. Vielleicht wird er sich wieder mit Ihnen in Verbindung setzen.«

Hier stimmte etwas nicht. Jackson wusste, dass das Geld im Koffer gefälscht war. Wie konnte er dann annehmen, dass der Kroate erneut mit mir in Kontakt treten würde? Das machte keinen Sinn. Es sei denn, er erwartete, dass Mirkovac auf Rache sinnen würde, da er von mir ja so schmählich mit dem Falschgeld hintergangen worden war. Mir fiel Jacksons Aussage wieder ein, dass es lediglich darauf ankäme, Mirkovac eines Kapitalverbrechens zu überführen, um ihn in polizeilichen Gewahrsam nehmen und an der Flucht hindern zu können. Aber was hatte der Brite davon, wenn der Kroate nach einem Anschlag auf mich – und von so etwas in der Art musste Jackson ja schließlich ausgehen – in einem portugiesischen Untersuchungsgefängnis hockte? Scotland Yard oder auch die Österreicher oder Ungarn würden nicht so schnell an ihn herankommen, um ein Verhör zu führen.

»Nein«, sagte ich bestimmt.

»Wie meinen Sie das?«

»Ich stehe für weitere Versuche dieser Art nicht zur Verfügung.«

Er fixierte mich wieder mit diesem stechenden Blick. »Was soll das heißen?«

Ich entschied mich für eine Breitseite. »Es ist mir schlicht zu gefährlich. Die Million war gefälscht. Mirkovac wird sich möglicherweise dafür rächen wollen. Auf jeden Fall aber wird er nicht mehr mit mir zusammenarbeiten.«

»Wie kommen Sie darauf, dass es sich um Falschgeld gehandelt hat?« Seine Selbstsicherheit war durch nichts zu erschüttern. Der Mann hatte sich vollkommen unter Kontrolle.

»Eine Million Franken! Sie würden mir niemals so viel Geld ohne Absicherung anvertrauen.«

»Wir hatten den Peilsender.«

Ich musste laut lachen. »Gar nichts hatten Sie.«

Schon wieder erst geredet, dann gedacht! Misstrauen sprang mich an. Ich benötigte eine Erklärung, eine möglichst plausible … »Ich habe den Koffer durchsucht. Es gab keinen Sender. Auch nicht zwischen den Geldscheinen.«

»Der Sender war zu groß. Wir haben ihn im Innenfutter eingenäht. Mirkovac muss das Geld erst waschen. Und das hinterlässt Spuren.«

Jackson wirkte überzeugend, hatte aber keine Ahnung, was ich wirklich wusste. Allerdings hatte ich auch nicht gesehen, dass Narócy die Scheine wirklich verbrannt hatte. Was war, wenn nun auch Mirkovac ein doppeltes Spiel mit mir trieb? Jackson war von Scotland Yard? Wirklich? Ausweise ließen sich fälschen. Van Kerk war ohnehin nicht zu trauen, für wen der wirklich arbeitete war ja völlig undurchsichtig. So blieb nur einer, von dem ich definitiv wusste, dass er Polizist war. Schließlich hatte er mich eine Nacht lang im Wiener Polizeipräsidium verhört.

»Ich möchte mit Steininger sprechen.«

Zum ersten Mal seit Beginn unserer Unterredung hatte ich das Gefühl, dass Jackson überrascht war. »Warum Steininger?«

»Das ist meine Sache. Ich möchte mich mit ihm unterhalten. Allein.«

»Das ist im Moment nicht möglich.«

»Dann machen Sie es möglich.«

Er seufzte. »Steininger ist nicht mehr in Portugal.«

Jetzt war die Überraschung auf meiner Seite. »Seit wann?«

»Seine Maschine ging gestern Vormittag. Er wurde von seiner Dienststelle nach Wien zurückbeordert.«

»Das müssen Sie mir erklären.«

»Eine blöde Sache. Einer seiner Assistenten, ich glaube, der heißt Schmidthauer, wusste, dass sein Chef in Lissabon war.«

Schmidthauer kannte ich. Er hatte nach der Ermordung Hubers das Vernehmungsprotokoll getippt.

»Und?«

»Es gab in einem anderen Fall, an dem Steiningers Büro arbeitet, eine dringende Nachfrage. Der Mitarbeiter konnte Steininger nicht über dessen Handy erreichen. Schmidthauer war mit den Vorgängen hier in Lissabon nicht vertraut. So hat er es über die Polizei in Lissabon versucht.«

Ich verstand immer noch nicht.

»Wie ich Ihnen schon sagte, Steininger und ich sind inoffiziell hier, verstehen Sie?«

Da kapierte ich. Schmidthauer hatte mit seiner Nachfrage die hiesige Polizei mit der Nase darauf gestoßen, dass ein ausländischer Bulle in ihrem Revier wilderte. Die Portugiesen hatten wahrscheinlich offiziell Beschwerde eingelegt – der Rest war klar.

Ich stand auf. Ohne Steininger keine weitere Kooperation. »Das war dann das Ende unserer Zusammenarbeit, Mister Jackson. Das gilt im Übrigen auch für Herrn van Kerk.«

Er erhob sich ebenfalls. »Ist das Ihr letztes Wort?«

»Natürlich.«

Er reichte mir die Hand und verzog keine Miene. »Schade. Wirklich bedauerlich, Herr Büsing. Aber ich kann Sie nicht zwingen, nicht wahr?«

»Nein, das können Sie nicht.«

Hoffentlich irrte ich mich nicht. Bestimmt würde Jackson weiter versuchen, mich als Köder zu benutzen, um so an Mirkovac heranzukommen.

Ich ging auf mein Zimmer und wählte Marlenes Dienstnummer, drückte aber sofort auf die Abbruchtaste, als das Rufsignal zu hören war. Ich war einfach ein elender Feigling. Dann sagte ich mir, dass sie Privatgespräche von ihrem Büro aus sowieso nur sehr ungern führte. Deswegen wäre es sicher besser, ein Telefonat mit Marlene auf die Abendstunden zu verschieben. Trotzdem drückte mich mein schlechtes Gewissen. Ich hätte sie schon längst anrufen müssen. Aber was sollte ich ihr sagen? Mich entschuldigen, natürlich. Und ihr meine Gefühle gestehen. Ich hatte mir schon früher die vermeintlich richtigen Worte zurechtgelegt, hatte an ausgefeilten Formulierungen gebastelt und mir sogar Gedichte ausgedacht. Aber immer, wenn ich einen Anlauf unternehmen wollte, hatte ich diesen zentnerschweren Kloß im Hals. Es ging einfach nicht. So war es am Anfang auch bei Claudia gewesen. Nie hatte ich ihr gesagt, was ich damals für sie empfand. Später, als wir uns auseinander gelebt hatten und nur noch stritten, gab es keine Veranlassung mehr für Liebesschwüre. Und so …

Mein Handy klingelte. Es war Mirkovac.

»Können wir miteinander reden?«, fragte er.

»Ja, ich bin allein.«

»Nicht am Telefon. Bei Ihnen im Hotel?«

Ich dachte an Jacksons Besuch. »Nein, nicht hier. Möglicherweise werde ich überwacht.«

»Davon sollten Sie ausgehen.«

Meine beiläufig vorgebrachte Vermutung wurde durch seine Antwort fast zur Tatsache. Ich war erstaunt, mit welcher Selbstverständlichkeit ich mittlerweile über Sachverhalte sprach, die mir vor einigen Wochen noch eine Gänsehaut verursacht hätten.

»Kennen Sie das Hieronymitenkloster in Belém?«

»Natürlich.«

Das Mosteiro dos Jerónimus ist eines der berühmtesten Baudenkmäler der Stadt und gehört zum Pflichtprogramm jedes Touristen.

»Gut. Treffen wir uns um zwölf im Kreuzhof. Seien Sie vorsichtig.« Grußlos beendete er die Verbindung.

Ich sah auf die Uhr. Kurz vor zehn. Ich bestellte über die Hotelrezeption ein Taxi und griff nach meiner Kamera. Fünf Minuten später stieg ich in den bereits wartenden Wagen und ließ mich zum Rossio bringen. Dort umrundete das Taxi auf meine Anweisung den Platz. Dann erteilte ich, sehr zur Verwunderung des Fahrers, die Anweisung, die Avenida da Liberdade wieder in Richtung *Ritz* zu befahren. Im Gewühl der Autos versuchte ich etwaige Verfolger auszumachen, musste aber schnell einsehen, dass das angesichts des dichten Verkehrs ein hoffnungsloses Unterfangen war. Ich ließ das Taxi an einer der Metrostationen stoppen. Nach dem Begleichen des Fahrpreises stand ich noch einen Moment wie unschlüssig auf dem Bürgersteig neben dem Taxi, stürmte dann die Treppe zur U-Bahn hinunter und ließ einen Fahrer zurück, der alle seine Vorurteile über Touristen und deren Verhalten in diesem Moment bestätigt sah. Glücklicherweise donnerte gerade ein Zug in den Bahnhof. Ich betrat den erstbesten Waggon, blieb aber in der offenen Tür stehen, um den Bahnsteig zu beobachten. Ich konnte nichts Verdächtiges bemerken.

Zwei Stationen später stieg ich aus und lief zu Fuß zurück zum Bahnhof am Rossio, um von da die S-Bahn Richtung Estoril zu nehmen. Am Torre de Belém, ebenfalls ein Touristenmagnet und ganz in der Nähe des Klosters gelegen, beendete ich meine Fahrt. Ich schlenderte zum Ufer des Tejo und musterte unauffällig die

Menschen in meiner Nähe. Dann observierte ich mit dem Zoomobjektiv meiner Spiegelreflex die etwas weiter entfernte Umgebung. Mir fiel auch so niemand auf.

Zwanzig Minuten vor dem vereinbarten Termin betrat ich im Schlepptau einer dänischen Touristengruppe das Kloster. Es war angenehm kühl im Inneren. Ich folgte den Skandinaviern bis zur Kirche, lauschte den Erläuterungen der Reiseführerin und machte ein interessiertes Gesicht. Dabei behielt ich den Eingang im Auge. Außer drei Japanern betrat niemand das Gebäude. An der Sakristei ging ich meiner eigenen Wege. Ich war mir ziemlich sicher, einen etwaigen Schatten abgeschüttelt zu haben.

Mirkovac wartete wie besprochen im Kreuzgang. Narócy konnte ich nicht entdecken. Ich wäre aber jede Wette darauf eingegangen, dass er sich in der Nähe aufhielt und uns nicht aus den Augen ließ.

»Hat Sie jemand verfolgt?«, begann der Kroate unsere Unterhaltung.

»Bestimmt haben es Jackson und seine Leute versucht. Aber ich bin mir sicher, dass ich sie abgehängt habe.«

»Also arbeiten Sie nicht mehr mit ihm zusammen?«

Ich schüttelte den Kopf und berichtete ihm vom Besuch Jacksons.

»Aber Sie geben nicht auf, oder?« Er sah mich prüfend an.

»Nein. Noch nicht. Ich möchte wissen, ob Tillmeier noch lebt. Und wer Huber ermordet hat«, fügte ich leise hinzu, obwohl ich mittlerweile nicht mehr davon überzeugt war, verantwortlich für seinen Tod zu sein.

Mirkovac griff in seine Jackentasche und holte ein Handy und ein Ladegerät hervor, beides drückte er mir in die Hand.

»Was soll ich damit?«, wollte ich wissen.

»Nehmen Sie. Sie werden es vielleicht brauchen.«

»Ich habe schon ein Telefon. Warum…?«

Er hob eine Hand, um mich zum Schweigen zu bringen. »Hören Sie mir doch erst zu. Dieses Gerät ist im portugiesischen Netz angemeldet und auf der Karte ist ein Guthaben von umgerechnet fünfzig Mark eingetragen. Sie können die Dinger hier an jeder Ecke erwerben. Über die Rufnummer kann niemand auf Sie Rückschlüsse ziehen. So weit klar?«

Ich war fast beleidigt. »Selbstverständlich.«

»Gut. Hier haben Sie die Nummer.« Er gab mir einen Zettel. »Nehmen Sie das Gerät morgen in Betrieb und schalten Sie es in den nächsten Tagen nicht aus. Ab Morgen erscheinen eine Woche lang in überregionalen Lissaboner, Züricher, Wiener und Frankfurter Tageszeitungen großformatige Anzeigen diesen Inhalts.« Mirkovac faltete ein maschinengeschriebenes Blatt auseinander und zeigte es mir.

UTINAM·EA·MODESTA·SUPELLEX·TIB·O·SEVSO ..., las ich. *Wenn Sie wissen, wie es weitergeht, und Kunstliebhaber sind, rufen Sie an: 00351151345367.*

»Das Zitat kennen Sie vermutlich?«

Ich nickte.

»Den Rest auch?«

»Irgendetwas mit per annos, soweit ich mich erinnere.«

»Fast richtig. Multos per annos serventur et quoque liberis tuis usui sit. Nur wer das Silber oder die Bilder gesehen hat, kann den Text kennen. Verstehen Sie jetzt?«

Tillmeier gehörte zu diesem Personenkreis. Der schmächtige Kroate stieg, was seinen Einfallsreichtum betraf, gewaltig in meiner Achtung.

»Prägen Sie sich die Worte ein.«

»Wieso? Ich habe doch den Text hier.« Ich wedelte mit dem Blatt.

»Nur noch zwei Minuten. Dann geht der Zettel in Flammen auf«, erwiderte Mirkovac ungerührt.

Ich versuchte, den lateinischen Satz auswendig zu lernen. Es gelang mir nur unzureichend, ich glaubte aber schließlich, mich an die richtigen Worte erinnern zu können, wenn ich sie am Telefon hören würde. Ich gab ihm die Anzeige zurück.

Der Kroate verbrannte das Papier über einem Papierkorb und fing sich dafür einen rügenden Blick der dänischen Reiseleiterin ein, die gerade mit ihren Schützlingen um die Ecke bog.

»Ich werde Sie täglich morgens und abends über Ihr eigenes Handy kontaktieren, um zu erfahren, ob wir Erfolg hatten.«

»Wenn Tillmeier sich nun nicht meldet?«

Er hob die Schultern. »Dann haben Sie Pech gehabt. In diesem Fall sollten Sie nach Ablauf der Woche das Handy in den Tejo werfen und nach Deutschland zurückkehren.«

6

Die nächsten drei Tage verbrachte ich hauptsächlich mit Warten, ebenso wie Jacksons Gorillas, die vor dem Hotel herumlungerten. Sie machten sich keine Mühe, ihre Anwesenheit zu verbergen. Aber vielleicht sollten sie ja lediglich vom eigentlichen Schatten ablenken.

An der Hotelrezeption buchte ich einen Mietwagen, den ich in der Garage abstellen ließ. Der Barkeeper war, nachdem einige Geldscheine von meiner in seine Tasche gewechselt waren, bereit, seinen Bruder als Fahrer anzuheuern. Ein Telefonat, und der Bruder würde den Wagen aus der Garage steuern, auf dessen Rückbank liegend ich Jacksons Spionen entgehen wollte.

Der erste Anrufer, der sich über Mirkovacs Telefon meldete, war Steininger. Ich erkannte seine Stimme sofort, als er den restlichen Text zitierte, antwortete ihm aber nicht. Er versuchte es noch einige Male und gab schließlich auf. Jackson und van Kerk meldeten sich nicht. Entweder hatten sie die Anzeige nicht gesehen oder sie kannten die Inschrift nicht. Ein Anrufer versuchte, mich in ein Gespräch zu verwickeln. Ich schloss aus seinen Worten, dass er zumindest mit *Sevso* etwas anfangen konnte, blieb aber auch bei ihm stumm. Vielleicht war es ein Beauftragter des Briten oder des Holländers. Auch von Barachi hörte ich nichts. Möglicherweise nahm er in Afritz die Zeitungen überhaupt nicht zur Kenntnis.

Es war am Samstagmittag, als der entscheidende Anruf kam. Eine mir unbekannte männliche Stimme sagte auf Deutsch: »Ich bin sehr interessiert.«

Und dann folgten die lateinischen Worte: »Multos per annos serventur et quoque liberis tuis usui sit.« Das war mein Mann.

»Wir sollten uns treffen«, schlug ich vor.

»Einverstanden. Wo?«

»In Lissabon.«

»Gut.«

Sein Einverständnis kam schnell. Fast zu schnell.

»Wann können Sie hier sein?«

»Morgen. Ich melde mich wieder.«

Der Unbekannte legte auf. Ich zitterte vor Aufregung. Das Jagdfieber hatte mich gepackt.

Als der Kroate am Abend anrief, verabredeten wir ein Treffen auf der Aussichtsterrasse des Castelo des Sao Jorge.

Der verdeckte Transfer mit dem Mietwagen funktionierte reibungslos. Auch zukünftige Ausflüge würde ich so organisieren. Zwei Stunden später hatten wir das Terrain untersucht und für geeignet befunden. Es gab ausreichend Möglichkeiten, sich in den Ruinen zu verstecken und gleichzeitig fast alles überblicken zu können. Außerdem herrschte auf der Burgruine bis in die späten Abendstunden reger Publikumsverkehr, der, so hofften wir, unseren Überraschungsgast von unüberlegten Handlungen abhalten würde.

In einem kleinen Restaurant in der Alfama berieten wir unser Vorgehen. Ich würde dem Unbekannten, von dem wir hofften und glaubten, dass es sich um Tillmeier handelte, allein gegenübertreten, da Tillmeier den Kroaten und auch Narócy kannte. Narócy würde das Treffen sichern und sollte Tillmeier später folgen, um herauszufinden, wo er sich versteckte, dann Mirkovac informieren. Dieser würde wiederum die Polizei verständigen. Mirkovac spielte den Fotografen. Ich benötigte ja Beweisfotos, dass Tillmeier lebte. Kein besonders origineller Plan, aber besser als keiner.

Der Unbekannte rief am Sonntagmorgen wieder an. Wir verabredeten uns für sechs Uhr nachmittags auf dem Kastell. Gegen vier bezogen Mirkovac, Narócy und ich unsere Positionen. Um fünf zogen dunkle, schwere Wolken auf. Um halb sechs brach ein heftiges Gewitter los und wir wurden völlig durchnässt. Um kurz vor sechs tröpfelte es zwar nur noch, aber der Gewitterregen hatte auch den letzten Touristen vom Kastell vertrieben. Wir waren völlig allein.

Mich fröstelte. Es hatte sich merklich abgekühlt. Meine Lederjacke fühlte sich klamm an. Bis jetzt keine Spur von dem Unbekannten. Narócy konnte ich nicht sehen. Er hatte sich hinter einem Brunnen, etwa dreißig Meter entfernt von mir, versteckt. Der Kroate lauerte mit der Kamera zwei Meter über uns auf einer der Befestigungsmauern zwischen den Zinnen.

Plötzlich hörte ich leise Schritte. Ein Ast knackte. Hektisch schaute ich mich um, konnte aber niemanden entdecken. Dann vernahm ich einen erstickten Schrei. Unmittelbar darauf kam aus Richtung des Brunnens ein Geräusch, das mich entfernt an das Öffnen einer Rotweinflasche erinnerte. Ich fuhr herum. Mir gefror das Blut in den Adern. Vor der Nische, in der er sich versteckt hatte, lag Géza Narócy in seinem Blut. Ich hatte ihn nur bis zu den Hüften im Blickfeld. Sein Oberkörper zuckte, bäumte sich kurz auf und blieb schlaff liegen. Für einen Moment war ich wie paralysiert.

Dann lief ich los, wollte um mein Leben rennen, erstarrte aber nach wenigen Schritten. Um die Ecke trat ein blonder, bärtiger Mann mit einer Pistole in der Hand und zielte auf mich. Ich erkannte ihn sofort, trotz des Bartes.

Gerd Tillmeier verzog das Gesicht. Ich hatte den Eindruck, dass er … Tatsächlich: Er lächelte mich an.

Ich machte einen Schritt auf ihn zu, voller Wut und Angst.

»Bleiben Sie stehen, Herr Büsing.«

Das hatte nicht Tillmeier gesagt. Doch ich kannte die Stimme. Fünf Meter von mir entfernt stand Jussuf Barachi neben Slobodan Mirkovac, auf dessen Schläfe eine Waffe zielte.

Meine Verwirrung war vollständig. »Herr Barachi«, stammelte ich und bewegte mich in seine Richtung.

»Stehen bleiben«, zischte der Libanese. Die Mündung des Schalldämpfers schwenkte zu mir herüber. Ich sah zu Barachi, dann zu Tillmeier, der langsam näher kam. »Aber …?«

»Sie sind wirklich naiv«, verspottete mich Barachi. »Wir sind Ihnen gefolgt. Sie sollten sich zum Telefonieren ruhigere Orte als eine Hotelbar aussuchen.«

Der dicke Amerikaner. Ich hätte mich ohrfeigen können.

»Und dann das Spielchen mit der Anzeige. War das Ihre Idee, Mirkovac?« Barachi lachte trocken auf.

Tillmeier schaltete sich ein. »Und was für ein netter Versuch, Ihr Trick mit dem Mietwagen. Nur dumm, dass wir den Barkeeper besser bezahlt haben als Sie.« Der Deutsche hob seine Waffe ein wenig, sodass Mirkovac sie besser sehen konnte. »Erkennen Sie sie wieder? Das ist Ihre Pistole. Sie hätten Sie nicht in der Wohnung des armen Huber zurücklassen sollen. Erst Huber, jetzt Ihr ungarisches Faktotum und dann noch er.« Tillmeier zeigte auf mich. »Mirkovac, Sie sind wirklich ein übler Killer. Und dann verschwinden Sie auch noch spurlos.«

Sein Zynismus war nicht zu überbieten.

Barachi sah mich mit einem kalten Lächeln an. »Wissen Sie, Sie sind mir wirklich sympathisch gewesen. Bedauerlich, dass es so enden muss.«

»Dann ... dann haben Sie Huber umgebracht?«, stotterte ich.

»Wo denken Sie hin! Ich kann es nur schwer ertragen, Menschen leiden zu sehen. Nein, Sie haben doch meinen Bekannten kennen gelernt, als Sie mich in Afritz besuchten.«

»Warum Huber?«

»Ich habe Ihnen doch erzählt, dass er wirklich loyal war. Nur leider für die falsche Seite. Mittlerweile dürfte die österreichische Polizei nach Mirkovac und Narócy fahnden. Auch wenn Sie mich nicht zu Mirkovac geführt hätten – unserer Freund hier wäre für immer verbrannt und aus dem Geschäft.« Er kicherte leise. »Diese Wendung ist mir natürlich lieber.«

»Sie sind ein ...«

»Lassen Sie das.« Er hob die Waffe wieder etwas an und wandte sich an Mirkovac. »Wo ist das Silber?«

Der Kroate fluchte in seiner Sprache. Es hörte sich wie eine Beschimpfung an. Dann spuckte er Barachi ins Gesicht.

Mit einer Wendigkeit, die ich dem fetten Kunsthändler nicht zugetraut hätte, holte er aus und schlug Mirkovac hart ins Gesicht. »Sie werden reden, das verspreche ich Ihnen. Sie haben alle geredet. Huber und die beiden Jaronkas. Wir sind nur leider etwas zu spät gekommen. Der da«, Barachi zeigte auf den toten Ungar, »hatte das Silber schon zu Ihnen geschafft, bevor wir mit diesen Versagern fertig waren. Sie werden Tillmeier begleiten. Und Sie werden mir schon noch verraten, wo es ist. Da-

244

für wird Sulzing sorgen.« Barachi grinste breit. »Ich lasse Sie besser allein. Einen schönen Abend noch.«

Der Libanese spazierte gemütlich davon, passierte die Leiche Narócys, ohne dem Toten eines Blickes zu würdigen, und verschwand hinter der Ecke aus unserem Blickfeld.

»Tja, Herr Büsing, jetzt wissen Sie ja, dass ich noch lebe. Eigentlich schade, dass Sie niemandem mehr davon erzählen können.«

»Ich hatte mich also doch nicht geirrt«, keuchte Mirkovac. »Ich habe Sie neulich hier in Lissabon gesehen.«

»Tatsächlich?«

Tillmeier trat näher an uns heran. Schließlich war er nur noch zwei Meter entfernt. »Ich will mein Silber wieder«, fauchte er mit verzerrtem Gesicht. »Und ich werde es auch bekommen.« Er hob die Waffe.

Von diesem Zeitpunkt an schaltete sich auch der letzte Rest meines Verstandes aus und irgendeine Stelle in meinem Gehirn, von der ich bis dahin nicht geahnt hatte, dass es sie gab, übernahm die Kontrolle über meinen Körper. Ich spürte, wie meine Nackenhaare sich sträubten. Meine Muskeln spannten sich. Und dann passierte es: Wie ein wildes Tier sprang ich Tillmeier an. Der wich zurück, geriet ins Straucheln und löste im Fallen einen Schuss aus. Ohne zu wissen, ob ich getroffen worden war, schlug ich ihm mit der Faust heftig ins Gesicht, immer und immer wieder.

Mirkovac riss mich zurück. »Lassen Sie. Er ist tot.«

Der Deutsche lag auf dem Rücken, seine Augen starrten überrascht in den Himmel. Nur langsam kam ich wieder zur Besinnung.

»Habe ich ihn getötet?«

Mirkovac schüttelte den Kopf. »Nein. Nicht direkt. Der Stein. Er ist mit dem Hinterkopf auf den spitzen Stein gestürzt.« Der Kroate legte mir die Hand auf die Schulter. »Sie haben mein Leben gerettet. Das werde ich Ihnen nie vergessen.«

»Schon gut.«

»Ich werde mich jetzt verdrücken. Ich glaube nicht, dass ich der Polizei das alles hier erklären möchte.«

Das konnte ich nachvollziehen. »Hauen Sie ab.«

Er verschwand unter den Bäumen. Ich sollte ihn nie wieder sehen.

Es dauerte nicht lange, bis die Polizei eintraf. Und wieder stand mir eine lange Nacht bevor.

Ich machte meine Aussage. Diesmal erzählte ich wirklich alles.

7

Einige Tage später kaufte ich mir am Flughafen von Lissabon den *Standard,* die große Wiener Tageszeitung. Darin befand sich die Meldung, dass ein gewisser Josef Sulzing an der Grenze zu Italien zunächst unter dem dringenden Verdacht, einen Wiener ermordet zu haben, festgenommen worden war. Einen Tag später hatte der Verdächtige Selbstmord begangen. Sulzing war auf der Flucht gewesen. Seine Fingerabdrücke waren mit denen identisch, die auf dem zerknüllten Zettel in Hubers Mund gefunden worden waren. Faserspuren ließen den Schluss zu, dass er auch an der Ermordung der Jaronka-Brüder beteiligt gewesen war. Sulzing hatte sich am Tag nach seiner Verhaftung während eines Verhörs aus einem der Fenster im fünften Stock des Wiener Polizeipräsidiums gestürzt. Er war sofort tot gewesen.

Auf der fünften Seite stand in einer Kurzmeldung, dass der portugiesische Innenminister seinen englischen und österreichischen Kollegen wegen der verdeckten Tätigkeit von Mitgliedern der jeweiligen Polizeiapparate offiziell eine Protestnote hatte zukommen lassen. Die beiden Länder hätten die Vorwürfe energisch zurückgewiesen. Die Beschwerde entbehre jeglicher

Grundlage, gab der Sprecher der englischen Behörde bekannt. Der Sprecher des Polizeipräsidiums in Wien wurde mit den Worten zitiert, dass ein subalterner Beamter auf eigene Faust Ermittlungen in Portugal aufgenommen hatte und vorläufig in den Innendienst versetzt worden sei. Er müsse mit seiner Entlassung rechnen.

Ich warf die Zeitung in den nächsten Abfalleimer. Dann kam mir ein Gedanke. Ich setzte mich mit Bastian in Verbindung und fragte ihn, ob er Lust hätte, nach Wien zu fliegen und meinen Mercedes abzuholen.

»Was ist mit der Schule?«, fragte er.

»Vergiss die Schule«, antwortete ich. »Allerdings nur für einige Tage.«

»Was ist mit Geld?«, wollte er dann wissen.

»Überzieh dein Konto. Der Ersatzschlüssel für den Wagen liegt in meinem Schreibtisch.«

»Ich weiß«, bekam ich zur Antwort. Darüber würde ich nachdenken müssen.

»Was ist mit Spesen?«, setzte er nach. Das hatte er vermutlich von mir.

»Grünes Licht bis zweitausend Mark, okay?«

»Bin schon weg.«

Das war erledigt. Ich wollte meinen Sohn in den nächsten ein oder zwei Tagen nicht in meiner Wohnung haben.

Die Umbuchung meines Fluges von Wien nach Düsseldorf war kein Problem. In gut fünf Stunden würde ich in der nordrhein-westfälischen Metropole landen. Dann rief ich Marlene an.

Der Flug verlief ruhig. Trotzdem konnte ich es kaum erwarten, dass wir endlich ankamen. Diesmal hatte meine Ungeduld aber nichts mit meiner Flugangst zu tun.

Ich entdeckte sie schon von weitem durch die Glastür. Marlene wartete auf mich am Ausgang. Ich beschleunigte meine Schritte, verfiel in einen leichten Trab und schließlich rannte ich fast.

»Marlene, ich …«

Ich umarmte sie, streichelte über ihr Haar. Ich sah sie an, nahm sie erneut in den Arm und flüsterte ihr ins Ohr: »Ich liebe dich.« Auf einmal ging es ganz leicht. Es war so einfach, diesen Satz auszusprechen. »Ich muss dir etwas erklären. Ich habe es dir schon immer sagen wollen, aber …«

Marlene legte mir zärtlich einen Finger auf den Mund und gab mir dann einen langen Kuss. »Ich dich auch.«

Am nächsten Tag setzte mich Marlene in Recklinghausen ab. Ich traf Sonja Tillmeier in ihrer Kunstgalerie an. Sie begrüßte mich wie einen alten Bekannten.

»Wie geht es Ihrer Mutter?«, erkundigte ich mich.

»Gut. Sie ist wieder in Ungarn.«

»Ich dachte …«

»Nicht in Polgárdi, sondern in Debrecen. Das liegt im Osten an der Grenze. Wir werden unseren Besitz am Plattensee aufgeben. Meine Mutter wollte nicht in Deutschland bleiben. Sie liebt ihr Land zu sehr. In Debrecen werden wir ihr ein Haus bauen. Direkt neben dem Grundstück der Eltern meines zukünftigen Mannes.«

Sie muss mir mein Erstaunen angesehen haben. »Die Versicherung hat mich informiert. Gerd ist tot und ich werde wieder heiraten«, sagte sie fast trotzig.

Ich hob abwehrend beide Hände. »Natürlich.«

Trotzdem meinte sie, mir etwas erklären zu müssen. »Meine Ehe war in den letzten Jahren keine Ehe mehr. Ich habe ihn nicht mehr geliebt. Schon lange nicht mehr. Gerd hatte nur noch seine Geschäfte und sein Boot im Kopf. Er hat mich nicht verstanden. Wir haben uns immer öfter gestritten. Er meinte, mir ginge es nur um meine materielle Absicherung.« Sie schüttelte resignierend den Kopf. »Aber das war es doch nicht. Er hat es aber geglaubt. Vielleicht hat er deshalb die hohe Lebensversicherung abgeschlossen. Um mir zu beweisen, dass er für mich sorgen konnte. Vielleicht wollte er ja wirklich nur, dass es mir gut ginge. Und ich ...« Sie beendete den Satz nicht und sah an mir vorbei ins Leere. »Ich weiß es nicht.«

Ich hatte eine andere Vermutung, behielt sie aber für mich. Sobald die Versicherungssumme im Besitz von Sonja Tillmeier gewesen wäre, hätte sie Besuch von ihrem Mann bekommen. Da war ich mir sicher.

»Kurz bevor er den Segeltörn unternahm, habe ich ihm gesagt, dass ich mich von ihm trennen würde. Aber mein Mann hat wohl gehofft, mich halten zu können. Ich habe mich in den letzten Tagen gefragt, ob vielleicht alles, was er dann Schlimmes gemacht hat, nur eine Kurzschlusshandlung war. Eine Reaktion auf meine Ankündigung, ihn zu verlassen.«

»Das glaube ich nicht.«

Sie sah mich fragend und auch bittend an.

»Nein, ganz bestimmt nicht. Sie müssen sich keine Vorwürfe machen.«

»Meinen Sie?«

»Ich habe nicht die geringsten Zweifel.«

»Danke.«

»Und Ihr zukünftiger Mann?«

»Ist Ungar. Er stammt aus Debrecen, lebt aber jetzt hier im Ruhrgebiet. Er hat 1993 ein Handelsunternehmen in Székesfehérvár gekauft. Peter war flüchtig bekannt mit Joszef.«

Ich erinnerte mich. Die *Kardarcz GmbH*. »Ihr zukünftiger Ehemann heißt Peter?«

»Peter Adamjecz, ja.«

Der Gesellschafter der Firma, na klar. Jetzt verstand ich, warum sie an dem Tag, als wir uns zum ersten Mal begegnet waren, so spontan ihr Geschäft verlassen hatte und zur *Kardarcz GmbH* gelaufen war.

»Übrigens, vor einigen Tagen waren Beamte des Bundeskriminalamtes bei mir.«

»Ach. Was wollten sie?«

»Sie haben mir ein Band vorgespielt. Ich habe Gerds Stimme sofort erkannt.«

»Der Anruf bei der ungarischen Polizei, der die Ermittler zur *Alten Mühle* führte?«

Sie nickte. »Er wurde aufgezeichnet.«

Anscheinend war es den Ungarn doch noch gelungen, den Defekt ihrer Aufnahmetechnik zu beheben. Hätten sie Sonja Tillmeier die Aufnahme sofort vorspielen können, wäre mir möglicherweise einiges erspart geblieben. Aber hätte die Ungarin ihren Mann auch wirklich identifiziert? Schließlich hätte die *Versicherung AG* in diesem Fall nicht gezahlt.

Ich verscheuchte diese Gedanken. Der Fall war abgeschlossen. Fast. Eine Frage spukte mir noch im Kopf herum.

Ich sprach sie aus. »Ich möchte nicht pietätlos wirken, aber als ich Sie vor einigen Wochen nach der Grabstelle Ihres Mannes fragte, haben Sie mir geantwortet, dass Sie eine Stelle zum Trauern brauchten. Tatsächlich haben Sie das Grab nie besucht.«

Sie zog die Augenbrauen hoch. »Sie waren auf dem Friedhof?«

»Ja.«

»Das mit der Trauer war gelogen. Ich kannte Sie nicht. Warum sollte ich Ihnen etwas über meine wirklichen Gefühle erzählen?«

Das verstand ich. »Aber warum haben Sie dann überhaupt ein Grab gekauft?«

»Das habe nicht ich getan, sondern meine Brüder. Sie sagten, unsere Mutter würde es so wollen. Ich war von Anfang an dagegen. Deshalb habe ich mich auch nicht darum gekümmert. Habe ich jetzt alle Ihre Fragen beantwortet, Herr Detektiv?«

»Ja.«

Eine Woche lang konnte ich Dermöller hinhalten. Ich wollte zumindest einige Tage meine Ruhe haben. Dann fuhr ich endlich nach Essen.

Eleonore Wittig trug eines ihrer schwarzen Kostüme und die gleiche Bluse wie immer: weiß und mit gestärkten Rüschen.

»Herr Dermöller erwartet Sie schon.« Sie öffnete mir die Tür zum Büro ihres Chefs. »Kaffee wie üblich?«

Ich nickte.

Dermöller saß bereits in seiner Sitzgruppe. Er machte sich nicht die Mühe, bei unserer Begrüßung aufzustehen. Vor ihm türmten sich Tageszeitungen. »Ich habe mir die Artikel von unseren Fremdsprachenkorrespondenten übersetzen lassen. Sie haben ja in Lissabon einen ziemlichen Wirbel veranstaltet.«

»Das war nicht beabsichtigt.«

»Hier, lesen Sie.« Er schob mir die Presseauswertung der Abteilung für Öffentlichkeitsarbeit über den Tisch. »Seite drei.«

Ich begann zu lesen:

Neue Züricher Zeitung vom 10. Oktober 2000.

(dpa) Der bekannte österreichische Kunsthändler und Mäzen Jussuf Barachi hat in London die gegen ihn erhobenen Vorwürfe zurückgewiesen, in einen der größten Kunstdiebstähle des Jahrhunderts verwickelt zu sein. Auch mit den damit zusammenhängenden Mordfällen habe er nicht das Geringste zu tun. Wie Paul Jackson von Scotland Yard bestätigt, hat Barachi lediglich im Auftrag seiner Behörde diskrete Auskünfte in dieser Angelegenheit eingeholt und sei als fachlicher Berater tätig gewesen. In einer ähnlichen Funktion habe auch der Niederländer Willem van Kerk für den Dienst gearbeitet. Sie würden den Libanesen auch weiterhin …

Ich verzog angewidert das Gesicht und warf den Artikel auf den Tisch.

Dermöller nickte. »Ich habe unsere Rechtsabteilung angewiesen, die Forderung Sonja Tillmeiers dem Grunde nach anzuerkennen. Und auch Ihr Honorar wird selbstverständlich überwiesen, sobald Ihr Bericht fertig ist.«

Mein Bericht. Ich hasse es, Berichte zu verfassen. Sie verleiden mir jede Freude an meinem Beruf.

»Kommt demnächst.« Ich kramte in meiner Jackentasche und zauberte die Kunststoffhülle hervor, in der ich meine Spesenquittungen aufbewahrte.

»Das ist nicht Ihr Ernst«, stöhnte Dermöller, als ich meine Schätze vor ihm ausgebreitet hatte.

Mit spitzen Fingern griff er in die Loseblattsammlung. »Ein Flugticket, okay. Und eine Hotelrechnung. Das geht auch in Ordnung. Aber was ist das hier?« Er hielt die Reste einer benutzten Serviette hoch, auf der ich überschlägig meine Ausgaben in dem Wiener Internet-Café festgehalten hatte.

»Als was würden Sie das ansehen?«, fragte ich zurück. »Das ist eindeutig ein Eigenbeleg.«

Der Direktor lächelte mich melancholisch an. »Außer Spesen nichts gewesen, was?«

»So kann man das nicht sehen.«

»Wie denn dann?«

»Ich habe den Beweis geführt, dass Gerd Tillmeier im April 1998 nicht gestorben ist. Das war mein Auftrag. Die Provision steht mir also zu. Dass er später dann doch ums Leben kam, freut vermutlich vor allem seine Erbin. Und Ihr Unternehmen hat für diesen Zeitraum zumindest die Zinsen gespart.«

»Die nur leider keine fünfzehn Prozent ausmachen.«

»Das ist nun wirklich nicht mein Problem.«

Zwei Wochen nach diesen Ereignissen erhielt ich ein Päckchen ohne Absender. Laut Poststempel war es in

Zürich aufgegeben worden. Ich schüttelte es vorsichtig, es tat sich nichts. Kein ungewöhnliches Klappern, kein verdächtiges Ticken. Als ich es öffnete, fiel mir etwas Holzwolle entgegen. Dann sah ich den weißen Briefumschlag, ohne Anschrift und Anrede. Ich legte ihn beiseite und griff in die Holzwolle. Ein Becher war darin gebettet. Ein Silberbecher.

Nun verstaubt das sicher sehr wertvolle Kunstwerk in einem meiner Regale. Allerdings nur so lange, bis das archäologische Museum in Herne fertig gestellt ist. Dann wird auch dort ein Päckchen eingehen. Ebenso diskret und anonym wie das, welches ich erhalten habe. Sollen sich die Menschen in dieser Einrichtung den Kopf darüber zerbrechen, wie ein Stück des weltweit gesuchten Sevso-Silbers in meine Heimatstadt gelangen konnte. Ich möchte nicht bis an mein Lebensende an das Geschirr erinnert werden. Es ist mir zu blutig. Sieben Menschen mussten dafür sterben.

Ach ja, der Brief. Der Umschlag enthielt nur ein Foto. Es zeigte den großen Teller des Silbers, den mit der lateinischen Inschrift. Neben der Platte lag eine Züricher Tageszeitung. Das Datum war gut zu erkennen. Die Fotografie war fünf Tage nach meiner Rückkehr ins Ruhrgebiet aufgenommen worden.

Mit Filzstift hatte jemand etwas in einer fremden Sprache quer über das Bild geschrieben. Nur ein Wort.

Die Sprache war serbokroatisch. Und das Wort bedeutete schlicht *Danke*.

Dieser Roman beruht auf einer wahren Begebenheit. Der Schatz des Sevso wurde tatsächlich vor mehr als zwanzig Jahren in Polgárdi in Ungarn von drei Straßenarbeitern entdeckt. Die drei wurden kurz darauf unter bis heute ungeklärten Umständen umgebracht. Vierzehn Artefakte des Schatzes sollten 1990 bei Sotheby's in London versteigert werden. Dazu kam es jedoch nicht, da ein Gericht aufgrund des ungeklärten Besitzverhältnisses die Auktion untersagte. Diese Antiquitäten liegen wahrscheinlich noch in den Tresoren einer Kanalinsel. Die restlichen Teile des Schatzes sind bis heute nicht aufgetaucht, obwohl Geheimdienste mehrerer Länder in die Suche nach dem Silber involviert waren und immer noch nach den Antiquitäten fahnden. Vermutet werden sie im Freihafen von Zürich. Getrennt sind die beiden Teile der Sammlung quasi unverkäuflich. Sollten sie aber jemals wieder zusammengeführt werden, wird ihr Wert auf eine halbe Milliarde Mark geschätzt.

Der Ablauf der Geschichte, alle Details, Namen und Dialoge sind natürlich frei erfunden.

Die Inschrift auf dem Teller lag mir nur auf Deutsch, nicht aber auf Lateinisch vor. Sie musste deshalb rückübersetzt werden. Deshalb ist es möglich, dass sich die hier zitierte Inschrift vom Originaltext unterscheidet. Ich danke Reinhard Junge für die Übersetzung.

Besonders und unbekannterweise bedanke ich mich bei Peter Landesmann, dessen Artikel ›Schweigen ist Silber – Der spektakulärste Kunstraub des 20. Jahrhunderts‹ im *Magazin der Süddeutschen Zeitung* vom 19. Mai 2000 mich zu diesem Kriminalroman inspiriert hat.

Jan Zweyer im Frühjahr 2002